中公文庫

古事記の研究

折口信夫

中央公論新社

目次

古事記の研究

古事記の研究

昭和九年九月七・八日、下伊那郡教育会第七支会講演筆記

第一　古事記の世界

はじめて、お目にかゝる方が多い事と存じます。私は話が下手で、又、特殊な話し振りをいたしますので、お聞きとりにくい所もあることゝ思ひます。

伊那も、下伊那迄参ると、私の郷里の言葉に近く、北の方よりは、いくらかお話しよいかと思ひます。

古事記の研究といふ題目ですが、古事記に就いては、あらゆる方面から観察研究が出来ますが、私は、古代に関することには興味を持つてゐますので、広い題目を与へられますと、却つて苦しいのです。で、出来るだけ範囲を狭めて申し上げてみたいと存じます。

第一に歴史から見たり、民俗学から見たり、文学から見たり、書籍から見る見方があると思ひますが、出来るだけ範囲を狭めて申し上げます。今日の午後の時間になると思ひますが、第二章の歌謡の解釈数首の所では、御質問を受ける時間がないと思ひます。それで、あなた方が常に疑問に思つてゐられる歌がありましたら、この歌を解釈して欲しい、と言つて頂きたいと思ひます。古事記の中には解釈の出来ない部分もあるから、それは解釈出来ないとお答へするかも知れません。

古事記の歌謡のみでなく、古事記の本文でも、古から今に到るまで、学者に訣らない所は誤魔化してあります。先輩の学問・註釈のどういふ所がごまかしてあるかお訣りになればよいと思ひます。しかし、私がから申すのも先輩の学問に対して皮肉を言ふつもりではありません。学問には皮肉といふことが一番悪いと思ひます。私の学問で、大きな事を言つていけませんが、あなた方の注文に応ずる事が出来ないかも知れませんから、御断りしておきます。

古事記の研究は、古事記それ自身の研究だけでは、目的通り行はれないといふ事は、皆様もお訣りの事と思ひます。つまり古事記を囲んでゐる世界といふものがある。古事記ばかりではない。殆ど同時に書物の記載を信ずれば、古事記の八年後に出来たと言はれてゐる日本紀があり、その二三年後にそろ〳〵出はじめた風土記といふ書物も数種残つてゐる。それから奈良朝に出来たか、平安朝の初めに纏つたと言はれる――私は平安朝の初期に書物の形をとつたと思つてゐます――万葉集の中にある歌も、古事記の世界で育つたと言へます。その外、祝詞・宣命などいふものが、古事記の世界に育まれて、だん〳〵発達したのですから、これらのものを参考にして考へなければなりません。と同様に、他の書物も、古事記を参考にしなければ解釈がつかないのです。

それで、私の今度の講義が、古事記に就いて、多少目鼻のついたお話が出来れば幸ですが、同時に、古事記の世界の解釈がなければなんにもならないと思ひます。併し、私の話が漠然とした要領を得ないお話に終るかも知れません。日本の古代の民族が、どういふ様な経路を経て、今に至つたかゞ訣ればよいと思ひます。吾々の生活の源――第一歩とは言へませんが、第二歩第三歩であるかも知れませんが――、昔の形を考へて見る必要があります。必しも古事記ばかりを摑まなければならぬとお考へにならぬ様にして欲しいと思ひます。どうかこの講義の後に、心を潜めて、古事記の研究を進めて頂きたいと思ひます。今度の講義は、或は「古事記研究の初歩」といふ題目の方が適当かと思ひます。

吾々が、かうして今日ある事は吾々の民族の祖先があつたからでありますが、その祖先が、必しもよい生活をしてをつたとは言へません。田舎の生活は、近所隣りによく訣りますが、好い生活のみとは申されません。よい生活も、悪い生活も、ひつくるめて村がだん〱進んで来たのであつて、それと同様に、日本民族も進んで来たのであります。今日の倫理観念から観れば許されない様な生活も、また立派な生活もしてゐたのです。昔、穢い生活をして来たとしても、昔だからよかつた、といふ予断をして掛る事はいけません。勿論、よい生活は大いに誇るべきであるが、悪い生活があつても、それを認めなくてはなりません。吾々の心の中にもよい事も悪い事もあるから、悪いからといつて悲観したり、呪つたりする必要はありません。況して私の話を呪つて貰つては困ります。出来るだけ、本道の話をしてみたいと思ひます。

世間では古事記・日本紀と言ふと、神話といふことを思ひますが、私は、日本の国の民族といふ学問の上では、神話といふ語は使はれないと思ひます。記紀には神話といふものはありません。何故かなれば、一つの組織立てられた、固まつた宗教であり、神学の上に立つ宗教でなければ神話はない。神様に関する物語だからといつて、それが神話だと言ふことは出来ません。

耶蘇教国の神話とか、仏教国の神話とか、まほめつと教国の神話といふやうな意味の神話は日本にはありません。つまり、神様の物語はあるが、神話はありません。

神話に成つてゐないといふことは、合理化されてゐないといふ事である。譬へば、神話といふのは雑草を刈り取つて、きれいな芝生をこしらへた様なものであり、日本のは雑草の原のやうな所で、誰もそれに解釈を下してゐない。神話となると自分達の立てた宗教に都合の好いやうに神様の性格を曲げ、自分達の生活に神の生活をひき直してゐるのであつて、自由さをまげてゐる。合理化するといふことは、自分の思ふつぼへ嵌めてくることで、合理化されない神様には神話はないのです。日本の宗教――神道――もぼつ〳〵宗教化してくると、合理化が行はれ、神学化されて来ます。天理教や大本教のやうに、神に対する解釈が出来るやうな浅薄なものです。天理王尊といふ神があるが、それは天理王といふ仏教上の言葉が、何時の間にか、日本の神様の名に変つてしまつてゐます。大本教も同様で、何れも、あなた方でも、巧くやつてあるなあと、批評の出来るやうな簡単な神学でしかない。古事記・日本紀のやうな昔の神々の物語は、合理化が行はれてゐない。自由である。只一部分合理化が行はれようとしたが、合理化しない中に、世間の人が知りすぎて、創作を加へられない様に動きがとれなくなつたのです。世間では、近頃、唯物史観などゝいふ言葉がはやつて、先走つた人達は、歴史の考へ方をかへて、皆の目を覚ましてやらうといふ様な立場から、歴史の組織をかへて行かうと考へてゐます。日本の古代歴史の、いはゆる神話は、政治家が手を入れて一種の政治的合理化を加へない中に、民族的に皆が承認して出来てしまつたものであつて、古代民族全体が作つたもので、政治家が作つたものではない。この事をよく頭に入れて置いて欲しいと思ひます。

歴史といふものは、必ず静かに考へるべきものであつて、何もかも疑つてきてゐては破産してしまひます。今の人は、今迄の信仰を、すべて破壊してしまつても、生きてゐられるが、今少し前の青年は、今迄の信仰を失くしてしまへば自殺してしまつたも同然でせう。

で、今度の話は、誰に頼まれたのでもない、私自身の心にたのまれて、ごく自由にお話するのですから、そのおつもりで自由に聴いて頂きたいと思ひます。

一　諺の生きてゐた社会

こゝに、最初に、諺の生きてゐた社会といふ、へんな題を掲げましたが、私は、度々、古代の話をしてゐますので、興味を引くために題をかへても、同じ話になつてしまふが、遠慮なしに話してみたいと思ひます。この辺の所から這入つて参ります。すでに、昨年この郡の会地村《おうち》を中心とする教育会でお話した刷物を御覧下さつた方がありませうから、それと話が触れない様にして行きたいと思ひます。あれも、話が下手なのを筆記する方がしつかり書いて下さつたのですが、結局、瓦を玉とすることは出来ませんでしたが、あの刷物をまだ見ない方は、借りてゞも御覧下されば結構であります。

一番古くから伝はつてゐる文学で、吾々の生活に残つてゐるものは「諺」しかありません。私の考へでは、歌は文学になつてゐて、生活の中には短歌はない。短歌は文学として作つてゐます。斎藤茂吉・北原白秋・島木赤彦さんなどの生活の中には、文学以外に少し位生きてゐるかも知れませんが、吾々の生活の中には、文学以外にはありません。吾々の生活を、あゝいふ型の中に入れてゆくのでせう、だから、生きてゐるものではない。生きてゐるものは「諺」だけで、「諺」は早く死んだやうに見えるが、ともかくも、文学でなく、生活に持つて使つてゐます。

わたくしは関西で育つたものですから、関西の例が多く出て、関東の例が出にくいが、譬へば、「いろは短歌」といふか、「いろは譬へ」といふか、「泣き面《ツラ》に蜂」「葭の髄から天井覗く」「糠に釘」など、いろはで配列してゐる。いろは以外に沢山あるが、大体、標準的な譬へを四十八決めて、京まで入れて「いろは譬へ」を拵へてゐる。吾々は大分忘れてしまつてゐるが、相変らず幾分は使つてゐます。生活と関係はないやうだが、遣つてゐるから、吾々の生活の中に生きてゐると同じでありますす。譬へば、植物は自身自分勝手に生活してゐて、吾々と関係がないやうに見えるが、朝顔が毎朝花を開くといふ事に於て、吾々と交渉を持つやうに、「いろは短歌」も、短歌自身からいへば死んでゐるかも知れないが、吾々が使つてゐる時、生命をもつてくる。よく老人が、そんなことは「糠に釘」だから捨てゝ置けと言つたり、そんな事を考へたつても「葭の髄から天井のぞく」と同じだから諦めろと、かういふ時には交渉を持つてくるのです。ところが短歌は知識的な遊戯で――かういふと憤慨する人もあるかも知れないが――、結局、文学といふものは広い意味に於て遊戯であります。その遊戯的衝動を除けて置いては文学はないのです。それとは異つて、

吾々から考へると、いろは短歌は死んでゐるやうに見てゐるが、本道は吾々の生活の中に生きてゐるのです。さうして、年寄ほどそれを生かして遣つてゐるのです。

古代民族の、吾々へのことばの上での遺産は何かといへば、恐らくは、この「諺」だけでありませう。ところが、それがどういふ風にして出来、又、固定して動きがとれなくなつたかといふ事は、も一遍考へて見る必要があります。何処の国にも諺があり、何処の国だつて似た様な進み方をして来てゐるが、同じものはありません。研究の際、比較研究の材料にはなるが、西洋のぷろばあぶや支那の俚諺といふものを研究すると、日本の諺を研究する参考にはなるけれども、日本の諺そのものではありません。出発点も違ふし、進んだ経路も変つてゐます。今日では諺といふものは固定してゐるから扱ひ易く、こはさぬ限り残つてゆきます。ちやうど火事のない限り、天井の隅などから何百年前のものが転がつて出てくるのと同じ様に、人間は、ことばに対して忘れてゆくが、時々思ひ出して来ます。さうして、諺は固定してゐるから、却つて保存されてゐるのです。

「下手の長談義」といふ諺が生き〳〵してゐます。お知合ひの方があつてお気の毒ですが、よく村会議員や県会議員の候補に立つ人々には下手の長談義が多いですね。私の育つた大阪へんの町と村と接してゐるあたりの、蟹を取つて売つてゐたといふ訣ではないが、通称がにやといふ家があつて、その家の人で県会議員から、衆議院議員まで進んだ人があつた。

幼名を岩公といひ、そのがにやの岩ちやんが村会議員になつた時に、その挨拶が、下手の長談義であつたので、下手の長談義といふと、がにやの岩ちやんと言つて囃したものでした。囃詞の詞の部分は当意即妙に出来てゐて、さういふ様に囃詞が諺の部分に入つて行つたが、終ひには訣が訣らなくなつてしまつたのです。さういふ様に諺は何時でも固定してゐるが、適切の事があると生き〳〵としてきます。又中には何時迄も死んでゐるものもある。譬へば、「亭主の好きな赤烏帽子」といふやうなのはなんだか意味が訣りません。或学者がこじつけて、大名の家の主人が赤えぼしが好きであつたので、親族一統がそれをつける様になつたと、そんな事かどうか。ことによると、性慾的な解釈をしてゐる人もあります。諺は感じが自由であるから。又「月夜に釜ぬく」、こんな諺を出されては誰も訣りません。俚諺の大家の藤井乙男さんでも訣らないと言うてゐます。「月夜に釜ぬくあて者」など言つて囃す事があるが、そんな意味ではなさゝうです。諺の中には生きてゐるものもあるが、とつくの昔に死んで、生命のないものもあつて、吾々は、それをそのまゝ遺産として受け継いで来てゐるのです。どうかすると復活するものもあります。吾々の今持つてゐる諺のどれを探しても古事記の世界に生きてゐたものはありません。既に古事記の世界で諺は固定して、知識となつてゐたのです。昔の世界では固定してゐなければ知識ではなかつた。私は西洋の哲学は訣らずにすんでしまつたが、哲学史をみると、こゝ迄来ればいけないといふ所までくると、それをひつくりかへす学説が出てきて、ひつくりかへした学説が又ひつくりかへされては進んでゆくのです。先の人の哲学が固定して知識となるから、それを土台にして新しく生れてくるのです。固定したものが今の吾々の生活には知識となつてゐるが、昔の人には生活そのものであつた。で、勿論、古事記の世界に生きてゐるものは、哲学に較べると値打ちの無い儚いものだが、諺は古事記の世界で既に固定してゐる。それは古事記の世界より、もつと〳〵先の世界があつたことを意味してゐるのです。又、その中に生れて、生命が止り〳〵してゐたものもあるのです。教育者も、あまり世間で持てはやされる者は生命が短い。民謡や、流行言葉でも同様に、一時的に持てはやされるものがあるが、それらは忽ち忘れられてしまふものです。ことばに関するものは、ちよつとした目安では考へられない、不思議な所があるものです。

さて、古事記の世界の前には、もつと〳〵前の世界があつたと言うてよい。国が確立する以前に、民族があり、この土地に根を下して、それがだん〳〵膨れてきて、大きな団結をこしらへて来たのです。又、もつと〳〵前に外から来たかも知れない民族が、日本の土地に長く住んで、その間に色々な知識の集積がことばの印なしで残す事は出来ないやうになつてゐた。言葉なしには何も考へられなく、ことばに飜訳しなければ考へられなかつたので、ことばによつて知識が伝承されてゐた訣です。この諺のことを考へるには古事記だけでは工合が悪い。古事記と同じ世界を扱つてゐる日本紀をも併せて考へた方がよいのです。諺は、ひろい意味で解釈した方がよい。諺は祖先の遺産であるから、教訓や戒律、或は暗示・譬諭を含んでゐると解釈するが、諺にはもつと直観的な露骨なものがあります。田舎や都会に住んで、無知の生活をしてゐる人も頭をつかつてゐて、類推して諺はかういふ種類だと、かたづけるが、存外例外があるものです。譬へば、「月夜に釜ぬく」といふことは、月夜に抜くな、といふ教訓にならない。「亭主の好きな赤烏帽子」にも意味がない。これを支那の「上の好む所下の之より甚しきは無し」といふ意味に解釈する人もあるが、普通の人はそんな風に考へてはいけません。「論語読みの論語知らず」は教訓を含んでゐると考へられるか知らんが、昔から伝はつてゐるが教訓を含んでゐないものが沢山にあります。昔から伝はつて失はれないでゐるものが諺であつて、それに今の世の中に合ふ様に、現代風に解釈を加へてくると、教訓的の意味を持つてくるのです。だから、又次第に多く保存されてゆく。諺の中には存外非教訓的のもの、人の悪口のやうなものがあります。悪口といふものは、聴かされるものには教訓になるが、存外悪意をもつた、良風を害する諺もあります。この辺でも、坂をへだてた字々同士で、年越しの晩に喧嘩をしたり、言ひ合ひをする習慣があるでせうが、その言ひ合ひには決つた文句があつたもので、それが諺でありませう。又、固定した諺であるから保存せられ、何のためだか訣らぬが保存の責任を負はせられたものが諺であつて、勿論、古事記以外の書物に残つてゐることばの芸術に似たものが沢山あります。

古事記の初めを見ますと、例の伊邪那岐《いざなぎ》ノ命《みこと》、伊邪那美《いざなみ》ノ命《みこと》が天《あめ》ノ御柱《みはしら》を廻られた時の話がありますが、結婚の法を知らなかつた。何所の国でも結婚といふことを不思議がるもので、如何にして生殖の法を発見したのであるかといふと、動物がしてゐるのを見る。台湾の人は、銀蠅のつがつてゐるのを見、日本では鶺鴒《せきれい》が尾を振つてゐるのを見、あいぬでは鶺鴒は淫乱の鳥として、鶺鴒から教はつたものです。すると、動物の方が人間より先に知つてゐることになります。今は何のために思ひ付いたかといふことが問題となつて来、それを解決すると、それが次の時代の教訓になるのです。昔の人は何のためにとつぎの道を発見したか、嫁ぎの道を発見したことが物語となり、知識となつて、次々と若い者に教へられて行くことゝなつたのです。これがつまり、昔の教育であります。教へなければ知らないですむのではないかと思ひ、早くからそれを知らせて置いたもので、年頃になると、女では刀自《トジ》、男では刀禰《トネ》といふ非常に勢力のあるものがあつて、それを教へ込むのです。奈良の都が出来ても、平安の頃まで宮廷に大きな祭りがあると、京都の町の刀自・刀禰までも出てくるのです。これらの人たちは、村落の知識の保存者で、それが嫁ぎの道ばかりでなく、色々の知識を保存して行くものであつた。

初めに天ノ御柱を廻られた時、廻りそこなつた。そのことを日本の後世の学者は、女が出しやばるのはいけない、夫唱婦和といふことを伝へてゐるのだ、と言ふが、そんなことではないと思ひます。近頃、神前結婚といふことがはやり出したが、古も無いことは無いが、今とは違つてゐた。昔は花嫁の杯を夫にさすが、今は男から女へゆく。が、こんな合理化はいけません。神道家は天ノ御柱廻りを根拠としてやつてゐるので、天ノ御柱を廻られる時、女神が「あなにやし、えをとこを」と言はれ、こんどは男神が「あなにやし、えをとめを」と言はれた。その時かたはの神様が出来た。蛭子と言ひ、後に淡島が生れた。そこで天の神様に御伺ひを立てられたら、高御産巣日《たかみむすび》ノ神《かみ》が教へられて、女が言先立つたのはいけないと言はれたので、今度は男神から「あなにやし、えをとめを」と言はれ、後に女神が「あなにやし、えをとこを」と言はれた。それから、だん〳〵よい子が生れ、神様や土地が生れたのです。

昔の人だつてやつぱり合理的の考へがあつて、神様の中から土地が生れるのはをかしいと考へたのでせう。昔の人だつて信じられる程度までは信仰するが、信じられないことは信じなかつた。大八島がめをと神の腹から生れたといふことを不思議に思つたらしく、日本紀を読みますと、昔からあつた色々の伝へを多種多様に伝へてあります。「一書に曰く」と書いてある所が沢山あります。それだけ神代の巻を大切にしてゐた訣です。

その「一書に曰く」、お子たちをお産みになる時には夫婦で嫁がれたが、国をお産みになる時には夫婦ではない、あはぢの島を胞《エナ》（胎盤）として大八島を産まれてゐます。昔の学者はえは兄《エ》である。胞とは長男、長女といふ年長者のことで、淡路島を兄として、他の島を生んだとされてゐます。おなかは借りものと言ふが、国を生む時には別の物を胞にして生むと考へられて、淡路島を胎盤に入れて生んだと考へたらしいのです。これは古事記にはないけれども、古事記の時代にはさういふ合理化をもつてゐたらしいのです。

「あなにやし、えをとこを」「あなにやし、えをとめを」のにやはほめことば、やしは囃詞で、日本紀には「あなにゑや」とあります。あなはあゝ、にやは好い、やしはなあで、つまり「あゝ好いなあ」といふ意であります。「えをとこを」は好い美しい、普通は可愛いゝといふ字を宛てゝゐますが、吉は古くえとよと両方あつて、「えをとこ」は好いをとこよ、「えをとめ」は好い女だなあの意味で、互ひに讃美するほめ合ひの言葉です。けれども、古くから人によると、いゝ男、いゝ女を生みたいと希望を表す詞といつてゐるが、私はさう解釈しないで、柱を廻り合つた時に讃め合つた詞としておきます。

「あなにやし、えをとこを」「あなにやし、えをとめを」のこの二つの詞は一つの諺として古くから伝はつてゐて、結婚の時には、必ず思ひ出されねばならない詞であつて、古い時代には尊い人達はそのことばを唱へて、とつぎをされたかも知れません。「を」といふのは感動の「よ」といふ意味で、これは一つの諺であつて、教訓でも何でもありません。これを入用な時に用ゐねばならぬ詞として伝はつてゐたので、それが日本紀になりますと、「あなにゑや、うましをとこにあひぬ」「あなにゑや、うましをとめにあひぬ」と長い詞に変つてゐますが、これは諺が簡単で訣らないから、訣る様な詞に合理化したので、これでは逢つた瞬間の喜びが表れない。いゝ男だ、いゝ女だ、でよいと思ひます。諺が実用されてゐると、時代が変るにつれてその時代の人々に訣るやうに変へなければならないのです。

「あなにやし、えをとこを」の諺よりも前に、古事記の巻頭に、

天地《アメツチ》のはじめの時、高天ノ原に成りませる神の名《ミナ》は、天之御中主ノ神。次に高御産巣《ムス》日《ビ》ノ神。次に神産巣日《ノ》神。この三柱の神は、みな独神《ヒトリガミ》成《ナ》りまして、身《ミミ》を隠したまひき。

このよみ方は、宣長の古訓によつてゐますが、宣長の古訓に就いては後で申します。

次に国稚《ワカ》く、浮脂の如くにして、水母《クラゲ》なす漂へる時に、葦牙《アシカビ》の如《ゴト》萌え騰《アガ》る物に因りて成りませる神の名《ミナ》は、宇麻志阿斯訶備比古遅ノ神。次に天之常立ノ神。この二柱の神も独神成りまして、身《ミミ》を隠したまひき。

「久羅下那洲多陀用幣琉之時」、三体の神様があらはれた、とありますが、古事記では万葉仮名で書いてある部分は（後から出来た万葉仮名とは少し違ふが）重大な所であつて、此所は間違つて訓まれてはいけないといふ部分は、必ず一字一音の万葉仮名で書いてあり

ます。「久羅下那洲多陀用幣琉之時」の時は一つの成句で、「之」は漢文的の置字で、「その時」といふ緊張した事を表した時に用ゐるものであります。

「久羅下那洲多陀用幣琉之時」、これは一つの諺であつて、世間に用ゐられてゐたから使つたゞけで、誰でも知つてゐる詞であつたのです。つまり、古事記・日本紀のもとになつた物語に「久羅下那洲多陀用幣琉之時」を使つてゐたのです。名高くて、だれでも知つてをり、知つてゐなければならない大事な詞、即ち諺であつたのです。何故、諺を忘れてはならないかと言ふと、それは神様に対する責任である。昔神様が使つてゐたから、人間も使はなければいけない、と考へたので、これは日本人の信仰であつて、哲学でも何でもありません。祭りには神の使つてゐた詞をそのまゝ使つてきて、その詞を刀自・刀禰が伝承して、この詞を伝へなければいけないとして伝へてゐたのです。若しそれが忘れられては、その土地が亡びてしまふと考へてゐる、これが諺の出来る根本の理窟であります。

それからまだ長い諺があります。

故《カレ》二柱の神、天《アマ》ノ浮橋に立たして、その沼矛《ヌボコ》を指し下して攪《カ》きたまへば、塩こをろこをろに攪《カ》きなして、引き上げたまふ時に、その矛のさきより滴る塩、積りて島と成る。これ淤能碁呂《オノゴロ》島なり。

「故二柱の神、天ノ浮橋に立たして」までは本居宣長先生の訓みであるが、それからは

「故二柱神立、訓立云多多志天浮橋而」と書いてあるが、この註は他のよみ方をしてはいけないといふ注意であつて、「立」の敬語として多多志とよませてゐます。吾々は漢文のよみがぞんざいであるが、昔の人はかういふ所が敏感ですから、二柱の神が天ノ浮橋に多多志てと訓んでをつたから訓まなければいけないといふのであつて、これを訓註といひます。その沼矛をかきをへ給へば「塩こをろ〱に」と書いてあるが、塩がごろ〱と音がしたんでせうか。

　塩許袁呂許袁呂邇此七字以音画鳴訓鳴云那志而引上時。自其矛末垂落之塩。累積成嶋。是淤能碁呂嶋。自淤以下四字以音

「自淤以下四字以音」、かういふ風な訓がある。つまり、これは訓み方が非常に大事である。この文章の中の大部分は失つてはならぬ諺であつたのであります。譬へば東郷大将が日本海々戦の時に、「皇国の興廃この一戦にあり。各員一層奮励努力せよ」と言はれたなど丶、吾々は使ふが、そんなことよりもつと神聖です。失つてはならぬ詞は、古くとも諺であります。

その意味から言へば、歌だつて諺でありますが、歌のことはあとにします。もつと、諺らしい感じのするものをあげた方が工合がいゝでせう。つまり昔の人は今の生活に大事だから諺を伝へてゐるのであるが、中には何のために伝へてゐるか訣らないものもあります。

伊邪那岐・伊邪那美、二柱の神のめをとゝつぎをした時に用ゐたからといつて、伝へてゐた諺も、わけは訣らぬが神様の詞だから失つてはならないと考へてゐたのでせう。訣らなければ何とか理窟をつけて合理化するが、合理化しきれぬ詞も幾つかあるのです。

その前に合理化した詞を挙げた方が都合がいゝでせう。譬へば、垂仁天皇には二人の皇后があつて、野見《のみ》ノ宿禰《すくね》が初めて土偶をこしらへた時の方は後の皇后であります。その前のは沙本毘売《さほびめ》といひ、その皇后が亡くなられる時の事件が名高い事件として残つてゐます。沙本毘売の兄は沙本毘古《さほびこ》ノ王《みこ》といひ、大和の東北部の村の主であつた――その頃の宮廷は今の奈良のずつと南にあつた――、沙本毘売が兄の許を去つて、天皇の后となつた時、沙本毘古が「兄と天皇と何れが愛《ハ》しき」ときくと、面と向つて言はれたので、「兄の方が好き」と答へた。その頃の人は、一度詞に出して言ふと神が聞いてゐるから、誓ひになつて、それに背くことが出来ないと考へてゐたから、兄の方が好きと言へば、兄の言ひつけを聴かねばならなかつた。兄は「それならば兄の言ひつけを守つて、天皇を殺せ」といふ。天皇はその様な謀反があるとは御存じなく、皇后沙本毘売の御膝を枕として御眠りになつた。こゝで皇后は短刀で天皇の御頸を刺し奉らうと三度まで振り上げられたが、堪へ難く悲しい事にお思ひになつて、お刺しすることが出来ずにお泣きになつてしまふ。その涙が落ちて陛下のお顔をぬらし奉つた。

その時に天皇は御目覚めになり、皇后にお問ひになるには、「朕は不思議な夢を見る。それは沙本の方角から驟雨がやつて来て急にわたしの顔をぬらした。又錦の様な紋のある蛇がわたしの頸にまきついた。この様な夢は何の兆であらうか」とお問ひになつた。ところが、皇后沙本毘売は隠しきれないだらうと思し召されて、兄の沙本毘古が言はれた事を天皇に申し上げた。天皇はそこで直ちに兵をお集めになり、沙本毘古をお討ちになつた時に、沙本毘古は稲城《イナギ》を造つてまち戦つた（稲城は稲で作つたとりで）。沙本毘売は兄の方へ味方したから兄の城へ逃げこんだ。垂仁天皇のいくさが稲城まで迫つた時火をつけようとした。その時皇后は子供だけはと思つて、子供を稲城の外にさし出した。天皇は子供を受け取つて来る時に皇后のお手を取つて引き出す様にとお仰せになつた。そこで衣をつかまへれば皇后の衣はずる／＼にやぶれ、玉をつかまへれば玉の緒も切れてしまつた。それは予め衣も玉の緒も腐らせて置いたのであつた。そこでお子様はとり出すことが出来たけれども、皇后を取り出すことは出来なかつたので、天皇はおこられて玉作を罰せられた。古事記の本文には、沙本毘売がおなくなりになるその後に、

故《カレ》其の軍士ども還りまゐ来て、奏《マヲ》言しつらく、「御髪自ら落ち、御衣《ミツ》また破れ、御手に纏《マ》かせる玉の緒も絶えにしかば、御祖《ミオヤ》をば獲まつらず、御子をとり得まつりつ。」とまをす。こゝに天皇悔い恨みたまひて、玉作りし人どもを悪まして、其の土地を皆

奪ひたまひき。かれ諺に「地《トコロ》得ぬ玉作」とぞ曰《イ》ふなる。

日本の古いものにかう遺はれてゐることは、日本の国中の玉作が土地を持たなかつたといふことです。古事記の文に、「故諺曰二不レ得レ地玉作一也。」宣長先生は文章をよむことが上手な人で、平安朝の訓みまでは、殆どそれに近く読み得てゐる。

只今の諺も、おそらく諺そのものから来る感じから言ふと、垂仁天皇の時、沙本毘売が亡くなられて出来た諺とは思はれない。所得ぬ玉作は、世間で行はれてゐたとは言へるが、垂仁天皇が玉作から土地を奪ひ上げたから出来た諺とは言へない。玉作は諸国を流浪して歩かなければならないから、土地を持たないのであつて、玉作に限らず近頃の職人といふものも、皆土地を持たない。それは職人の弱みで、生業の本をば土地に持たぬのが百姓との違ひで、職に携はる者は土地を持たぬといふことは昔からの事実です。玉作以外にも土地を持たないものがあるのに、玉作だけを上げるのは訣がないと言ふものがあるなら、それは屁理窟です。玉作といふ感じが修辞的効果があつて面白いのか、偶然さういふ言葉が出たとも考へられる。偶然出て妥当性が出来たとも言へるから、古事記の書いてゐることも正面からは受け取れない。寧ろ玉作以外にも、土地を持たないものが沢山あつた。「ところ得ぬ」といふことは、「不適当である」といふことで、譬へばあの人はあの席に似合はぬ、玉作ではないけれども、不適当な人だ、といふ様な意味で逆に言ふこともある。

江戸の町人はことばの遊戯が好きで、小字《コナ》と小字《コナ》とで悪態をつきあふ。それを巧くつくことが賞讃される。歌舞妓芝居に悪態の狂言までもあつて、その他の言語の遊戯が流行り、「恐れ入りやの鬼子母神」といふのは、入谷は浅草の方へ出て行く所に入谷田圃といふ朝顔の名所があつて、吉原帰りの人が朝顔の花を見て根岸の笹の屋の湯豆腐を食べて帰る、その入谷の鬼子母神ではないが恐縮した、といふことを、「恐れ入りやの鬼子母神」といふ。

この言ひ方は枕詞とは逆の使ひ方で、「ところ得ぬ玉作」も同様、人間が不適当な場合に「ところ得ぬ」と言つた。それから玉作の土地を持たないのも事実で、何かのはづみに玉作を出して、玉作の人ではないが不適当、といふ意味で使はれ、つまり、悪口言はれてゐる中に、何の意味か判らぬが、終には玉作は土地をもたない証明書のやうになる。かくて次第に変つて来てゐるが、さういふ意味で遣はれてをりますと、この事件によつて始められたといふことになる。少くともこの事件によつてあの諺が出来たといふことになつて、諺と垂仁天皇とは別々である昔の事件を思ひ起すと、偶然合ふやうな事件が起つて来る。さうしてそれらの事件の多少の喰ひ違ひなど飛躍して併せて考へてしまふ。

日本紀に、

　神のほくらも橋立のまにまに

といふ諺がある。これは垂仁天皇のお姫さまが大変お年をとられて、神様のお祭りが辛くなつたから、どうかしてくれと言つた時に出来たといふ諺である。

「橋立」とは、「立て橋」の事で形容詞が下に来てゐる。天の橋立といふことは御存じの事と思ひますが、天と地との間にあつてその通りを通ふ梯で、いざなぎの尊といざなみの尊が夫婦争ひをなされたといふ話の続きで、いざなぎの尊がおこつてその梯をとり落された。それが倒れて出来たものが夜佐ノ海にある今の天ノ橋立であります。この話は記紀以外にある伝説であります。

「立橋」とは古い伝説で、つまり、はしごの事です。「神のほくら」といふのは小さい宮のことで、もと「禿倉」と書いた。今は祠といふ字を宛てゝゐるが、昔は倉の中に神をまつゝた。琉球へ行くと四本脚の上に立つてゐる倉で高倉と言つてゐる倉がある。――奈良辺の校倉造《あぜくらづくり》に似た倉である――この倉の中に稲などを取り込む。足があると鼠が入らない。その為に高くしてある。その中に神様を祀つてあるから高倉は神聖である。で、この諺は、「人間が思ひも及ばない様な事も、手順があれば達することが出来る」といふ様な、それくらゐの意味のことを中心として、それを囲む広い意味に使はれた。

　雲にかけ橋、霞に千鳥

といふことが恋愛のことにつかはれることもある。で垂仁天皇の御時に、女王が年を寄られて、祠に梯をかけて神を祭ることが辛くなつたといふ事実と、この諺とは別々のものである。諺と事実と別々であつて、ある時代にその諺の意味が忘却された時、二つが歩みよつて来たのでありませう。神の祠の諺の出来たのは垂仁天皇時代より後の事でせう。女王が歎かれたのが古くて、諺の方が新しいと思はれます。奈良朝以前に二つのものが歩みよつたのでせう。物語をしてゐる人が、語つてゐる中に、これだなと聯想して説明するのです。も一つ前を考へますと、本道は、諺は物語の中に這入つてゐた。譬へば、「あなにやし　えをとこを」「あなにやし　えをとめを」の様な諺は物語の語りはじめられた頃からあつたが、順調に一緒に続いて来ればよいが、諺は断片的で遊離し易い。だから貯金帳とか為替の紙切れを持つてゐるやうに、何時でも大きな金に取り替へられるので、何時でも使へるから便利であつて、どうしても物語の中から、断片的の諺はそれだけが遊離して伝はつて、だん〳〵意味が変つて来る。譬へばはいからといふことばゝ、今ではしいくとかいつとかいふ言葉の意味に変つてゐますが、はいからといふ言葉の出た頃の事を考へますと、望月小太郎、竹越三叉さんなど二人の洋行帰りが、気どつた、黄色い声を出して、鼻もちのならぬ様な演説をしたので、皆嫌つて、三はいからと言つた。新帰朝者で、高いからあをつけた、いやなきざな奴、昔の日本新聞――頑固で旧式で、余り売れない新聞であつた――で三宅雪嶺さんなどゝいふ人が居られて灰殼といふ字を当てゝ、悪意をもつて書いたので、吾々の子供のうちははいからと言へば、いやな感じのものであつたが、今はさうでない、いゝ意味に変つて来てゐる。そのやうなものです。もとの物語から遊離して、段々意味が変つて行く中に、原の物語が見付かつても、しつくり当てはまらない事になつて来る。ちやうど、東京で子供が不良になりるんぺんとなつて家に戻つて来ても、まうその家にはしつくり合はないやうなものです。だから、古事記・日本紀その外のものでも、「故《カレ》云々」と諺の説明のあるのはそれは本道のものでない。この物語からこの諺が出たといふ説明は、違つてゐることが多い。

それが、段々世の中が進むに従つて、物語をする人が技術的になつて来る。神から伝へられたと信ぜられた物語は、その邑その国の祭りの時に唱へてゐればそれでよかつたが、段々神聖味がすりへらされて、始終してゐると、面白ければ面白いなりに、つまらなければつまらないなりに、すり減らされて脱落し、堕落して来る。譬へば古事記を読みますと、天孫降臨の時のことですが——余り一所懸命に真面目に伝へてゐますと物語の言葉だけ独立して残つて、世間の言葉と訣らなくなつて来る。訣らう／＼としても訣らなくなつて来る。訣らなければ訣らないだけ色々な細工をして来ます。

故爾詔㆓天津日子番能邇邇芸命㆒而。離㆓天之石位㆒押㆓分天之八重多那雲㆒而。伊都能知和岐知和岐弖。於㆓天浮橋㆒宇岐士摩理蘇理多多斯弖、天㆓降坐于筑紫日向之高千穂之久士布流多気一。

古訓によつて訓むと、

かれこゝに、天津日子番能邇邇芸命に詔たまひて、天之石位《イハクラ》を離れ、天之八重多那雲を押し分けて稜威《イツ》の道《チ》別き、道別きて天ノ浮橋に、浮きじまり、そりたゝして、筑紫《ツクシ》の日向之高千穂之霊異《クジ》ふる峯《タケ》に天降《アモ》りましき。

天孫は何故、高千穂の峰にお降りになつたかといふことは、降らうとする所に直ぐ降られるものではなく、足場が必要である。高千穂の峰は一つの足掛りであつて、天から神が降られるには、必ず山へ降られ、次に地上へ降られる。故にどんな神様でも、山の宮といふものがある。

「宇岐士摩理そりたゝして」といふのは古い詞です。記紀をよむのに大切なことは、詞を記録した時には判つてゐたのであらうと、素朴に信ずるが、存外判らない言葉があつて、詞は神様から伝はつてゐるのであるから、この形を崩さない様に務めた。しかし無意義にいくらかは変つて行つた。日本紀には二通り、古事記にはかういふ風に違つた書き方をしてあるのだから、その当時既に訣らなかつたのであります。努力しても訣る気遣ひはないが、訣らないからといつて努力しないでゐてはいけないといふことです。近代の人は昔の人が訣らなかつたから訣らないとしてしまふが、昔の人より研究の便利があるから千年や二千年たつても研究出来ないといふことはない。事実効果が挙つてゐる例もいくらもある。このまゝ訣らせようとするのは無理で、何故こんな風に変つて来たかを考へねばならない。ところが、一方物語がいよ／＼面白くなつて行くと、物語が人々に歓迎されて来る。すると語部が調子に乗つて、一番効果の多い所をねらつて入れ事をする。そして「故何々、」――だからさう言つてゐる――といふことばを入れる。後に「語部」の所でお話しますが、常陸風土記は一番諺をはつきり伝へてゐる。常陸の筑波山では春秋の祭りが行はれた。その時男女が登つて行つて逢ふのであるが、その時結婚したるしるしを貰ふのです。そのものを娉財《ヘイザイ》と書いてゐます。常陸風土記の筑波郡の条の終りに、

俗諺《クニブリノコトバニ》曰ク筑波峰《ネ》之会《ノカヾヒニ》不レ得二娉財一《ツマドヒノタカラヲエザレバ》者児女不レ為《ムスメトセズト》矣。

かゞひは歌垣と同じで、男と女が歌の掛け合ひをして、女が負けると一夜妻となる。一夜妻になると形見に何かとりやりが行はれる。その形見には男女相互の下着をとりかはす。それに経済観念が這入つて来て、つまどひのたから（とつぎのたから）として代金に近いものに代つて来た。

児女不為とは娘にしないといふことで、「かゞひ」に行つて神様の験をうけて来ない様な意気地なしは娘にしないといふことで、筑波峰の歌垣で男のものをもつて来ない娘は家には入れぬ――結納も貰はぬものは家に入れぬ――といふ意である。つまり、こんなのは諺

を簡略にしてありますからどんなことから出たか訣りません。何でも常陸風土記は漢文にするから本道のことは判りません。

常陸風土記の始めにひたちといふ国名の説明がある。

所以《ユエ》然《シカ》号《ナヅクル》者《ハ》。往来道路《ユキヽノミチ》。不隔江海《ウミカワ》之《ノ》津済《ワタリヲ》。国郡《クニコホリノ》境堺《サカヒ》相続《アヒツヾケレバ》山河《ヤマカハ》之《ノ》峯谷《ミネタニ、》取《トリテ》近通《チカクカヨフ》之《ノ》義《コヽロヲ》以為《テセリ》名称《ナト》。

常陸国は海陸を渡らないで、直接陸続きであるから直地《ヒタチ》と言ふと言つてゐる。

或曰。日本武天皇《ヤマトタケノオホギミ》巡《メグリテ》狩東ノ夷之国。幸《イデマストキニ》過新治之県《ヒバリノクニ、》所遣《ツカハセル》国造《ミヤツコ》毗那良珠命《ヒナラタマノミコト》。新ニ令《ム》掘《ラ》井《ヲ》。流泉《イヅミ》清澄《キヨクスミテ》。尤有好愛《イトメデタシ》。時停乗輿《ニトヾメミコシヲ》翫《ヒ》水《ヲ》洗《ヒタマフ》手《ヲ》。御衣《ミケシ》之《ノ》袖垂泉《ソデイヅミニヒヂ》而沾《テヌレヌ》。便依《スナハチヨリテ》漬袖《コロモヲヒタス》之《ノ》義《ニ》。以為《セリ》此国之名《ト》。

こゝの日本武天皇の「天皇」はおほぎみと訓み、文武天皇の父君草壁皇子を岡宮ノ天皇《オホギミ》といふ。吾々の考へてゐる天皇でなくて、天皇の代りも出来る様な神聖の位置にあられた方を天皇《オホギミ》と言つたらしい。さて、日本武尊が、東の国をばお巡りになつて常陸国の新治ノ県《クニ》をお通りになつた、さうして国造に新しく井を掘らしめた。流れ出る泉が非常に澄んで清らかであつたので、日本武尊は乗物をお止めになつて、水に遊び手を洗はれた。神様のやうな尊い方でも祭りに来ると御手を洗はれ、神様の出て来られた話を歴史上の偉い人に当てはめる。その時、御衣《ミケシ》の袖が水につかつた。そこで衣の袖をひたしといふことが「ひたち」になつたといふ。まあ、そこで二説ありませう。この説は両立しないでせう。その後にもまう一つ例がある。

風俗《クニビトノ》諺《ニ》曰《ハク》。筑波《ツクバノ》岳《ニ》黒雲掛《カヽリ》二衣袖一漬国《コロモデニヒタチノクニトイフ》是也《コレナリ》。

といふのが常陸の語原だと説明してゐる。日本武尊の清水で袖をぬらした話と、雨が降つて来て袖がぬれた事と、大ざつぱだが同じ話だと思つてゐる。この頃は「ころもで常陸ノ国」と言つたものであらう。「ころもでひたす」は常陸ノ国を起す枕詞である。何故枕詞を使ふことになつたか、といふ事の有力な理由はかういふ所にある。幾つもの理由が単純化されて一つのものになる。一つの原因から一つが出て来たものではない。枕詞の出来た力強い原因の一つは、その国の讃め詞がくつゝいてゐる。さういふことがくつゝいてゐるとその国が偉く見える。偉い土地になる。土地又は人間に神様の讃め詞がありく残る。それが後に技巧をこらして詞と詞のつぎ目に縁のあるやうな結びかたをする。これは序歌といふ。つゞまつて五音か七音になつた。序歌が単純化されると枕詞で、古いもの程、人の名や土地の名にくつゝいてゐる。

枕詞といふものが大きくなつて序歌となつたのではない。枕詞といふものも諺である。人の名、土地の名を重々しく神聖化して来る。人麻呂あたりになると理由が訣つて来るが、「三つ栗の」となり、直観的の枕詞になつた。昔から訣が訣つたり訣らぬなりに伝へる。

それがたま〳〵技巧的になると、同様にこゝに笑話が生じて来る。

二　笑　話

普通、村上天皇の時出来たと言はれてゐるから、平安朝になつて少くとも百五十年以後に出来たといふ竹取物語をば例証として、逆上りに考へて見たいと思ひます。竹の中から生れたから、「なよ竹のかぐや姫」と言ふ。その姫が段々美しくなつて来る。近所の村の人がつまどひに来る。最後に五人の貴族（実在の人物であるから、物語は皆うそである。）が残る。その五人とも失敗する。最後に天子様まで失敗する。しまひには、かぐや姫は天子様に形見をのこして天に去つてしまふ。これら貴族の失敗話のおしまひには「かれ何々」と、落し話がつく。譬へば、かぐや姫が或貴族には天竺の御仏の石の鉢を欲しいと言ひ、或貴族には燕の子安貝を註文する。或貴族には金銀の珠玉を、又或貴族には龍のあぎとの玉を、又或貴族には火鼠の裘《カハゴロモ》を採つて来てくれと、ありさうにもないものを註文した。正直の人は取りに行つて失敗し、賢い人は偽つて持つて来る。大和の十市の郡の或山寺のお賓頭盧《びんずる》の前にある古ぼけた鉢を持つて来て、これが天竺のものといふと、見ぬかれて鉢を門に捨てた。「故《カレ》、面なきことをば、はちを捨つ」といつて書いてある。或貴族は燕が子供を産む時にお尻を上げる、その時に貝が出るといふので、梯を組んで燕の巣に手を差し入れ、手に握つて下りて来た。さうするとそれは糞を握つてをつたのだつた。「故かひなし」と書いてある。誰もそんな事から起つたことゝは信じない、うそだから面白い。うそを本道らしく結びつける技術。つまり、一つの才気が面白いのです。さういふ練習を積んで、こじつけの上手なのが讃美されるやうになつて来る。

阿倍氏の一族に阿倍ノ志斐《しい》ノ連がある。この阿倍ノ志斐ノ連が何故志斐といふ名字になつたか。昔は大氏と小氏と複姓があつた。家の在り場所で姓が別れた。職業やら祖先の特別の事業やら功労やらによつて、複姓が出来て来る。この志斐ノ連の祖先にほらふきがあつた。秦の二世皇帝に仕へた宦官に超高といふ男があつて、これも馬と鹿とこじつけて一つにしてしまつたといふ話もあるが、それと同じやうに阿倍ノ志斐ノ連が天武天皇に仕へて辛夷《コブシ》の花を出して楊の花と言つて差し上げた。天皇御自身も楊と辛夷の花の区別はお訣りになる。近臣はそれを楊ではない辛夷だと言つたが、どうしてもきかないで楊だと無理に強ひて押し通したから天皇はお褒めになつて、志斐ノ連といふ姓を賜つた。吾々にはどういふ言ひ廻しをして辛夷を楊だとこじつけたかは判明しないが、何か言葉の綾でごまかした一つの技術があつたに違ひない。併し、不都合のことにはこの話の出て来た新撰姓氏録には、言ひ訳が書いてない。訣るのは詞の上で、さういふこじつけ話が出来たといふことである。言葉の上から出る人を笑はせる一つの技術があつたのである。この日本の笑話の起りは幾つもある。内容が面白いからといつて笑話にはならない。笑話の型に入らないと笑話にはならない。

日本の落し話に限つて、落すといふさげがつく。今から時代が少し前になるが、室町時代から江戸時代にかけてはさげを歌で落した。十返舎一九の膝栗毛では弥次郎兵衛喜多八が時々失敗をするたびに狂歌を詠んでごまかす。それが笑話の特徴である。それが古いものであると諺で落すのである。内容的の笑話と申しましても単純で、下劣の事を言へば皆喜ぶので、吾々でも常は紳士がつてゐるが、胸襟を開くと下劣の話では非常に親しみを感じ、自由な気持になれる訣でせう。昔からこじつけ話の系統では大話（法螺吹き話）がある。現実にもどこにもあるものです。つまり、法螺吹きは公認された時代から続いてゐた。一体、日本人はほらふきを一種の滑稽家として割合に寛大であつた。里のほらふきは賢くてよく人の仲立ちになつたので、人と人との間をむすびつけ、男女の仲立ちをするのがその仕事で、好感をもつて迎へられてゐた。

嘘吐き弥次郎は嘘吐き村へ行つて或ほらふきの家を訪れると、その主人は留守で、子供が留守居をしてゐた。その子供が、「父はひき臼が風で舞つて行つたので竿でおさへに行つた」と言ふので、流石の弥次郎もはう／＼の態で逃げ帰つたといふ話がある。かういふ大話は田舎で喜ばれてゐて、まう阿倍ノ連以前からあつたらしい。天地開闢の話なども、或点誇張した所に、皆にゆるやかな感じをもたすことが出来たのだと思ふ。さういふ厳粛な神聖なお話の中にも多少、大話が入つてゐる様に思ひます。

近頃猥談などゝ申して性慾がゝつた事と、非常にきたない話が紳士の間によく行はれてゐるが、昔も神々が猥談で笑はせられた。古事記で天《あめ》ノ宇受売《うずめ》ノ命《みこと》が天ノ岩戸の前で裳の緒を番登におし垂れて舞ひをまつた。その様子を見て神々が笑つたので、それで解決がついた。天照大神《あまてらすおおみかみ》が何で笑つたのだらうと、戸を開けて御覧になつたといふことは別のことである。神と人とを合意せしめるものが笑ひである。昔の人は神様を笑はせよう笑はせようとしてゐたから、昔は下劣の猥談が沢山出て来る。大便・小便・吐《タグリ》の話などが出て来る。芭蕉などは長い旅をして歩いたけれども、少しも吐の事は書いてないが、私は不幸にして時々、いや三遍までも吐をかけられた事があります。先日も和田峠の省営バスに乗つてゐて側の人にたぐりをかけられて困りました。長い旅でそんなものをかけられてはたまらないですよ。

古事記では大気津比売《おおげつひめ》の神《かみ》の話。素戔嗚《すさのお》ノ尊《みこと》（日本紀では月読ノ尊となつてゐる。「月読」はつくよみと訓んで欲しい。万葉でも「ゆふづくよ」「あさづくよ」など、訓んでゐる。

つくよみのみとは神よりも一段下の精霊をいひ、大山祇《ツミ》・海津見《ワタツミ》などゝいふ。大山祇のつはのの意でみは神を表す語であるが、神より下である。この月読ノ尊と素戔嗚ノ尊とは別の方である。）が、大気津比売の所へ宿つた所が姫は吐《タグリ》を出してそれでお料理をしてゐた。尊がそれを見て汚い奴だとおこつて大気津比売を殺された。この時大気津比売の体の頭・目・耳・鼻・口・番登・尻から五穀が生じた。この大気津比売といふ名は古事記に三度まででも出て来るが、それは皆違ふ神である。どんな社にも神様の食物をこしらへる役目の女の神様があつた。伊勢の内宮《ナイグウ》の食物をこしらへる神が外宮《ゲグウ》の神様であり、外宮は大気津比売（とゆけひめの神）であらせられる。

神功皇后さまと、皇后の継子との戦争で、まゝ子軍が負けて逃げて行く時に、昔の人は窮するとよく鼬《いたち》の様に糞が出たと見えて、糞をしたのが褌《ハカマ》をよごした。それでそこを糞褌と言つた。それが後に音が変つて「くずは」といふ地名になつたといふ。

播磨風土記を見ると、大国主《おおくにぬし》ノ命《みこと》は天地創造の神と同じに見られてゐる。（古事記や日本紀を見ますと、天ノ御中主《ノ》神・高御産巣日《ノ》神などゝありますが。）その大国主と少彦名《すくなひこな》とが出雲から大和へ行く時、大国主は、お前は重荷を背負つて走るが辛いか、糞をこらへる方が辛抱できるかといつて競走した。大国主ノ命は大便をこらへて行く、少彦名は重い荷を背負つてこらへること数日、大国主《ノ》命は行くにたへられないと仰せられて坐つたまゝで糞をされる。少彦名も笑つて、我もしか苦し、と言つてその荷物をばその岡になげうつた。そこでその岡を埴《ハニ》の岡といつた。

又大国主《ノ》命が大便をされた時に小竹《サヽ》がその糞を弾き上げて着物をよごした。そこでそこを波自加《ハジカ》村と名づけた。その荷と糞とが石になつて今に至るまでなくならないといふ愚かしい話が書いてありますが、一面から考へますと、天照大神が天岩戸にお隠れになつたのは素戔嗚尊が天《あま》つ罪《つみ》を犯されたゝめで、その他天つ罪の原因は大凡きたない事が書いてある。露骨なきたない話が書いてある為に、地上の人がそれと同じ罪を犯すことを禁じてゐる。国《くに》つ罪《つみ》は性慾的方面の罪である。日本の罪悪観念は宗教観念から出てゐる。触穢《しよくえ》が罪悪の原因になつてゐるものが天つ罪なのです。

さて笑話といふことは内容と外形と両方面から見て行かなくてはなりません。単に内容だけが面白いのではなく、落す部分――諺――笑ひだけが独立して人を笑はせるといふ様になつて、歌の部分が万葉になつて発達して行きます。話の技術は諺から出て来る。古事記・日本紀等に出て来る、まるで諺の型をなしてゐない「あなにやし……」などゝいふ諺にも注意しなければなりません。

謎は一種の知識で、諺であるから、解けた時には喜びを感ずる。日本紀の仁賢天皇の巻に――書物となるときたなくなるので民族は挙つてこれを打ち消さうとするが、この伊那にもさういふ話があつて、道祖神といふのは親子で夫婦になり、兄弟で夫婦となつてゐる――日鷹《ひたか》の吉士《きし》が朝鮮に使しようとして浪速の海岸で舟出しようとした時、玉造部鯽魚女《フナメ》の孫飽田女《あくため》が夫麁寸《あらき》の舟出を悲しんで泣いてゐた。「母《オモ》にもせ、吾にもせ、若草の我がつまはや」と言つて泣いてゐた。これは諺で言つてゐて、諺は偶数で行くものです――歌の方は奇数で行く――。おもとは母のことで、その母にも兄で、そして私の夫だと言つて泣いてゐた。訣らないことを言つて泣いてゐたから世話やきの人がどうしたかと言ふと、「あきゞの　いやふたごもり　をしとおもふ」と答へた。あきゞは蒜《ヒル》とか葱の様に根のまるつこくなるもので、非常に大きく粒がふくれてゐて中に子が二つはいつてゐて、をしといふのは大事とか可愛とかいふので諺の形で答へてゐる。ちよつと言つたぐらゐでは何のことか訣の訣らない諺であるが、昔はかうしたわからない諺で教育してゐた。これは母にも兄で私にも兄、さうして私の亭主だといふことを言つたので、昔は家族の観念が厳密であつたが、一方でゐるうずの所もあつた。飽田女の「おもにも兄　吾にも兄」と歌つてゐた諺の関係を図に示すと、

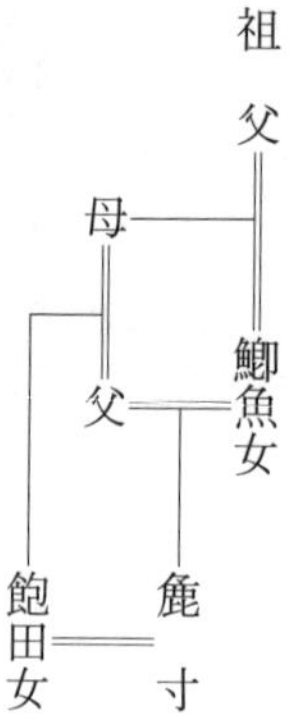

となります。
江戸の時代になつて、西鶴の「本朝《ほんちょう》桜陰《おういん》比事《ひじ》」といふ本に、訣りにくいと思つてつり系図をして説明してゐる。西鶴のは裁判して、お祖父さんはそんな事はいけないといふ、又叔父さんは……奉行は破廉恥として罰した。こんな事があつてはいけないからと教訓してをりました。
昔は系図がやかましかつたけれど、考へ方が幼稚であつたから、こんな事を教へてゐたのです。それが何時の間にか事実のやうになつてしまつた。秋葱《アキヤ》の粒を割ると両方に玉が這入つてゐるといふやうに、親族関係を表してゐる。はやはわやでなくてはやでよいのです。神武天皇が皇后と結婚をなされる、皇后と結婚されるといふのはくどいやうな言ひ方ですが、大事な結婚だから慎重に取り扱つてゐるのです。吾々から考へれば勿体ない話であるが、皇后の比売多多良伊須気余理比売《ひめたたらいすけよりひめ》は前は富登多多良伊須須岐比売《ほとたたらいすすきひめ》と言つた。それは母が富登を神様の矢に当てられてうろ〳〵して騒いでゐたが、やがてその矢を持つて来て床のあたりに置いたら、忽ち美しい男になつてその母と結婚された。さうしてお生れになつたのが富登多多良伊須須岐比売であつて、後に比売多多良伊須気余理比売と言ふので、この結婚の話は古事記にだけあります。たぶん、比売多多良伊須気余理比売を捩《モヂ》つた洒落なんで、そのわけははつきり訣りません。その伊須気余理比売を神武天皇が倭《やまと》の高佐士野《たかさじぬ》に妻まぎに行かれた時大久米《おおくめ》ノ命《みこと》が歌つたうた、

天つゝ　ちどりましとゞ　などさける利目《トメ》

この歌の後の方は訣るが、前の方は鳥の名といふ説もあるが、よくは訣らない。何れにしても、結婚の時に歌はれた歌でありませう。訣らないが一種の「謎」であるらしい。ともかくも、「諺」は割合に注意されてゐませんが、その方に注意すれば面白いと思ひます。

三　歌と諺

歌と諺とは吾々が考へてゐる程違ふものではなくて、始終、混同されてゐます。前に申しました如く、様式上から言へば諺は偶数、歌は奇数のもので、出処は違ひます。日本の民族がこの土地に生活を始めた古い昔から神といふものがあつた。邑々《むらむら》国々の祭りの信仰を維持するために実際、神がありました。その神は人間であつて、人間が神になつて出て来

たのであります。昔から神が一度出て来たといふ信仰のもとに、その後も必ず神が来るのだと思つてゐました。それが後には忘れられて、その時に人が神になるのだと思つてゐました。その後知識が出て来、昔は神が出て来たが、今は人間が神になるのだといふ意識を持つやうになり、そして神に仮装して神事《カミゴト》を演ずるのであります。それは一種のぺえぢえんと（野外演技―仮装行列）になり、それが変つて本道の演劇といふものが生れて来ます。太古から神に伝はつてゐる――神になる者に伝はつてゐる――詞がある。それは歌や諺よりも長い文句でありました。そして、それは必ず律文である。一体、人が興奮して発する詞は律文であります。散文では覚えられないのです。それは人間が興奮して神憑《カムガヽリ》のやうなさまになつて発する詞は律文の形であつて、57かまたは77にならない前に、相当な長さを持つた詞が伝はつてをり、神役に携はる者に一番大事な詞でありました。その神役を務める人は、自分自身も神だと信じてゐる（それは村の男であつた）。その詞は村の善悪を暗示するからして、その詞を言ふといふ事が一番大事なことでありました。いゝ悪いといふ事はその邑のうちで発現して来ます。とにかく刀禰といふ長老がゐて、古い知識を持ち伝へて若い者に授ける。神役をしなければ村の若い者になれなかつたのです。さういふ事は最近迄続いて来ました。

祭りの時に新しい神が出て来るといふ事は、日本民族がこの国に根を下ろすか下ろさないかの以前から続いてゐました。その神の祭りの時に出て来て土地の悪いものを抑へつける。その抑へつけるには詞で命令します。命令されると、土地のすぴりつと即ち精霊が答へます。――誓ひ――をせずにはゐられなくなります。即ち神と土地の精霊とが詞の遣り取りをします。この時の神の詞が発達して祝詞といふものになつてまゐります。それから土地の精霊が神様に服従を誓ふ時の詞が寿詞となつて来ます。これが後には祝詞と寿詞と一緒にされて祝詞といつてゐます。

神の言はれるものと信じて、自分が神となり切つて誦へる詞が祝詞で、それに対して、服従する役になつてゐる人が誦へる詞が寿詞であります。その詞が、時の経過すると共に、駄目を押すからだん／＼長くなります。その長い詞の中で、簡潔で緊張した部分が出来て来ます。つまり、全体の叙事的な詞の中の或部分が抒情的なものとなる。長い文句の中で神様の詞が際立つて来ます。学問の力であまり単純化すると、真実と違つてまゐりますが、しかし、大体のよりどころを示すものが学問であります。神の発する祝詞のやうなえつせんすの部分が諺になります。また土地の精霊（すぴりつと）の発するえつせんすのやうな処が歌となります。

土地の神は邑々の生活に対して悪意を持つてゐて、人間に対して悪戯をする。それは、人間は自分達の中に割り込んだ奴であるから。それに対して、一年の中に時を定めて遠くからその邑々を救ひに来る神があります。その神が土地の神を抑へつけてくれます。抑へ付けてくれるのはそれは詞があつて、この詞が長くなると、その中の大切な詞が遊離して来、全体が弛んで来ると、その急所の部分だけ誦へると全体を言つたと同じ効果が現れる。つまり、元々「諺」といふものは命令的なもの、人に迫る力を持つて、詳しく説明しない暗示的なもの、「歌」は、始めから自分の衷情を訴へて相手の同情を求め、許して貰はうといふ立場にあるので、抒情的なものとなつて来ます。

私達の研究では、何故歌は奇数で、諺が偶数であるかといふことはまだよく訣りませんが、仮に説明すると、大体偶数の形に、まう一つでも句を添へるといふと、自分の感情を濃《こま》やかに言ふ事が出来ます。昔の返答とは、相手の言つた事を繰り返せば返答した事になるので、何処へ行つても馬鹿村だの、馬鹿話などがあります。大馬鹿が嫁を貰つて、嫁に教へられた通りにして失敗した話、牛と牛の喧嘩を分ける話、庄屋の所へお客に行つて、真似をして芋を落したといふ話などがあります。昔の人は、人のした事を繰り返せば礼儀が済んだのでありますが、しかし、その人のしたところへ少し加へることによつて自分の感情が出て来るのです。「諺」に対して「歌」といふ形が別れて来た原因は、まう一つ句を付けた事によると思ひます。

こゝに５７の諺があります。其処へまう一つ７を加へて５７７とすると歌になります。相手の言つたのに対して少しばかり自分の感じを出してゐます。そんな関係だからして存外、歌と諺とが形に於て似てゐる上に、内容もそんなに異つてはゐません。だからよく混同されてしまひます。

第二　古事記の歌謡

一　古歌謡の様式と分類と

日本の歌の始めはといへば、まう誰も信じてはゐないであらうけれど、素戔嗚尊の、

八雲立つ　出雲八重垣、つまごみに、八重垣つくる。其の八重垣を

からだと申してゐます。そんな事は昔は誰も言はなかつた。古事記・日本紀などの書物に一番先に出て来るからだといふだけであります。昔の人は一番古い書物に出て来るものは一番古いものだと考へたからであります。

短歌に対して連歌といふものがあります。その連歌は、平安朝の終りから鎌倉の始めにかけて独立したものであります。その連歌の抑々の始めも、必ず昔から日本武尊が甲斐の酒折ノ宮で火をとる翁（爺さんではなくて、一種の知識でせうが松明でも持つてゐたのか）に問ひかけられた時からだと言はれてゐます。古事記の世界では進んでゐたから、そんな事は問ひかけても問ひかけなくても問題ではないのに、昔の人は幼稚だと思つたからして、

わざ〳〵取り上げたのです。

4	7		7	
	4	3	4	3
にひばり	つくばを	すぎて	いく夜か	寝つる

かういふ形を片歌と言ひます。それに対して、

5		7		7	
2	3	3	4	3	4
か丶	なべて	夜には	こ丶の夜	日には	とをかを

つまり、４７７と５７７で掛合ひをされたのであります。後の５７７といふ形はだん〳〵整頓せられた形で、もとはもつと自由なものであつたのでせう。昔は土地を表すに、近所の土地を並べてその土地を表しました。民族は旅行して歩いて行つた先々に、自分の土地の名前を持つて行きました。あいぬ人のやうに、地形から地名を付ける事が上手なら違つた名を付けるのだが、日本の古い民族は、同じ地名を持つて歩きました。先住の民族も同じ意味で名を残してゐます。だから、ところ〴〵に同じ地名が沢山ありました。何処の近所の何処といふ事をはつきり言はねば訣らぬので、「にひばり　つくば」といふのは、新治の傍の――と並んだところの――土地の筑波といふ意味なのです。「幾夜か……」は幾

晩寝たか、そんな事は問はなくてもよいと思ふが、大昔はかういふやうな暦の観念も幼稚であつたといふ事を、古事記で示してゐるのであります。

かういふ形で問はれると、必ず、答をせねばならぬものでありました。神様の詞は返事を要求してゐるのだから、どうしても、言ひ掛けられゝば答へねばなりません。昔も、どんなに言つても、ものを言はぬものがありました。どうしてもものを言はない、人や木や草などにものを言はせるのが神の威力なのであります。「かゝなべて……」は、指折り勘定しまして、夜は九晩、昼は十日で御座ゐますよ。（昔のをはよといふ意味）これは愚にもつかぬ問答であるが、かういふ事を問答するのが面白い。前代の人はかう無智であつたといふ事を古事記では示してゐるのであります。

之が連歌のはじまりだと言はれてゐます。かういふのなら、もつと書物に古くあるものからいへば、

「あなにやし　えをとこを」

「あなにやし　えをとめを」

でも連歌になつてゐませう。古事記には、比売多多良伊須気余理比売――ひめたゝらいすけよりひめ――（神様の御名は平仮名で書けばよいでせう。津田左右吉さんはわざ〳〵神の御名を片仮名で書いてゐられるが、平仮名でよいと思ひます。片仮名で書くと外国人の

名のやうだからいけないと思ひます。天子様の御名前は字に意味があるからさうもいきませんが）が、七人連れで倭の高佐士野（「たか」は岡で低地に対して言ふ語）を通りかゝられた。すると神武天皇が大久米ノ命をつれて、妻まぎに出られました、その時に大久米ノ命が、

４　やまとの
６　たかさじぬを
４　なゝゆく
５　をとめども
７　たれをしまかむ

なゝゆくは七人通つてゐるといふ意味です。後の言葉では許されないが。まくは求く《マ》又は枕《マ》くの意、万葉ではまぐは求ぐ、まくは枕くの意に用ゐてゐます。七人通つてゐるあのをとめ達よ、その中の誰れを抱いてお寝ねになりますか。

天皇の御答に、

５　かつ〲も
７　いやさきだてる
６　えをしまかむ

少しばかり、道の一番先に立つてゐる、といふ意味にも取れるが、「ちよつと、年齢が上の」の意味でありませう。「年が一番上に見えるあの娘をおれのものにしよう」と、からおつしやつたのであります。つまり、天皇の御歌は５７６であるが、大体５７７に近い。がそれに対して問ひかけた方の形は４６４５７となつた。全体がどうも短歌の形に近づい

てゐます。かういふやうにして出来たといふ事が出来ますが、まだ短歌ではありません。万葉では短歌の形が出来てゐます。大方の歌が亡び、短歌だけ新興の歌にならうとしてゐます。この時代には多くの歌が出来て来てゐます。新しい歌が出来てくる時代だから色々の形があります。

神武天皇の歌は何十年か何百年か経つて、伝はつたのであるから、神武天皇の時にこの形があつたとは考へられません。古事記の時代の前に、これが神武天皇の御歌であるといつて伝へてゐたのであります。たゞ吾々の古い祖先の歌を考へる時、この歌に深い愛情が湧いて来るのであります。

吾々が歌をうたふには、これだけの時間の間にうたつてしまふといふ事は定まつてゐるが、音数は定まつてはゐません。

かつ〴〵も　いや前立てる、えをしまかむ

をうたつてしまふ間に、

倭の　高佐士野を　七行く媛女《ヲトメ》ども。誰をし覓《マ》かむ

がうたへればよいのです。歌ふ時間が同じやうでなければ、形の違ふものが掛け合はされるものではありません。

やまとのたかさじぬを」なゝゆくをとめども」たれをしまかむ」

この三つにうたへばよかつたのでした。返事の方と同じに三度に言つたのでありませう。日本の文学といふものは、どれ一つとして、独立して発達してゐるものはありません。何かの方便、何かのついでに発達してゐるものばかりであります。三味線などに従つて浄瑠璃などが発達しました。謡物の一部分として歌が発達して来たのです。だから、文句の方ばかり問題にするのは間違ひである、時間が同じにうたつてしまへればよかつたのであります。文学を見る眼で文学史を見るといふ事は、却つて、文学が訣らぬ事となります。「やまとの　たかさじぬを」と「なゝゆくをとめども」とは殆ど同じ時間によまれたものであると考へられます。さうするとこんなのが片歌ではない。この形が発達すると、片歌は５７７といふ事が頭に這入つてしまひます。

「倭の　高佐士野を云々」は短歌の分類に這入つて来ます。三句の片歌のうちに、片歌の脹れたやつが五句の短歌になつて行く用意が出来てゐます。片歌は５７７のものであるが、息に限りがあるから一群を分類して五句の短歌に近づくのであります。もつと大きな衝動がなければ短歌は出て来ません。片歌で掛けられると返事をしなければなりません。祝詞寿詞の問答の中の急所になる所が外に出て来てこんな形になつてしまひました。祭りの時にこんな事をやつてゐるから、これが発達して来て、男女の掛合ひとなり、東《アヅマ》の言葉で言へば、嬥歌《カヾヒ》となります。それは相手を抑へつける事が目的で、それが結婚する事であり、祭りの時は女は男に負けまいとして、一所懸命で歌を練習します。万葉時代には女の歌人で偉い者が出て、これが刀禰に対して刀自の勢力が出て来た事となりました。同時に男達を女が教育して、男の持つべき結婚の智識などを授けて行きました。つまり、自分が一生独身でゐて、村のあと〳〵の男を仕立てゝ、出て来たのであります。我国の歌謡の歴史を見ますと、偶数の諺から一歩出て来ると序歌になつてゐます。ところが、まう一度言へば、偶数の諺でも偶数の中に句が分裂して来ますから、二句のものが四句になり、三句のものが五句になつたりします。その点から考へても、はつきりと区別はつかぬのですが、日本の長歌など調べて見ても偶数のものが多いらしくあります。五十嵐力さんのお書きになつた「国歌の胎生及び発達」といふ本に偶数の歌が多いとはつきり出てゐるのですが、それは諺の形に近いものが多いといふ事です。だから細かい区別は立たぬが立つだけつけて話すのだから、多少の不自然さのあるのは仕方がないと、考へて頂きたいと思ひます。

ところが、序歌はかういふ風にどうしても一組にならねばならぬ。どうしても答を要求してゐるのであるから、半分離れた歌といふものはない訣だが、後にはさういふものが出て来ます。後にはひつゝけて又うたふ事も出て来ます。

先の「にひばり筑波を過ぎて　幾夜か寝つる」や「かゞなべて　夜には九夜《コヽノヨ》　日には十日

を」も序歌の問答であります。問と答とが別々の事を言つてゐるが、両方がくつゝいてゐる訣です。

神武天皇が大和の高佐士野で、伊須気余理比売に問ひかけられた時の、伊須気余理比売の答は、古事記には書いてありません。かくの如く、古い書物を見る時には書物に書いてない部分を見る必要があります。

そこで古事記には、

　爾《コヽ》に大久米ノ命、天皇の命《ミコト》を、其の伊須気余理比売に詔《ノ》れる時に、其の大久米ノ命の、黥《サケ》る利目《トメ》を見て、奇《アヤ》しと思ひて、

　あめつゝ　ちどりましとゞ　などさける利目

とあつて、かう歌ひますと、大久米ノ命は、

　媛女に、直《タヾ》に逢はむと、わがさける利目《トメ》

と歌つて答へました。すると、をとめは「仕へまつらむ」と申しました。

大久米ノ命が伊須気余理比売の傍《ソバ》へ行つて天皇の命を伝へた時、比売が今一つの歌を言つてゐなければなりません。

4 ｛あめつゝ
7 ｛ちどりましとゞ
7 ｛などさけるとめ

は考へさせる謎みたいなものであつて、どうしてそんなに入墨がしてあるのかといふ意味であります。（黥《サケ》るといふ事を入墨といふのは可笑《ヲカシ》いかもしれませんが）それに対して大久米ノ命が答へてゐます。

をとめに　4
直《タヾ》に逢はむと　7
わがさける利目《トメ》　7

私の目が黥《サケ》てゐるのは、あなたのやうなをとめに、直《ヂカ》に逢はんためであると言つたのであつて、昔は、をとめに逢ふ時は顔を隠したものであります。昔はをとめは顔を出さず、早乙女の田植ゑの時など、白粉《オシロイ》をつけたり紅を塗つたりして顔を違へてしまつて、分らぬやうに変へたのであります。今でも日本の東北地方では、細い雑巾のやうなもので顔を隠す所があります。ところがこゝは本道の入墨でなく、求婚の時は入墨と同じものをつけたのであります。

さて、こゝは古事記の書き方が判りにくいのだが、「をとめに直《タヾ》に逢はむとわがさける利《ト》目《メ》」は、神武天皇の代りに、天皇の御詞を持つて行つて、大久米ノ命が答へるのでありますから、この返事は神武天皇の御詞であり、これを「みこともち」と言ひます。若し大久米ノ命が自分の心を謡つたとすれば、余りに僭越であります。大久米ノ命は取次役であつて、取次役の言つた言葉は取次役自身の言葉ではありません。昔の本を読む時には、貴い人の言葉と、取次役の言葉とに混乱があるから注意しなければなりません。

これも片歌の問答であります。

万葉集などを見ても旋頭歌があります。５７７と切つて又一番先へ返つて、５７７となり、第三句ではつきり切ります。形はどうしても繰り返してゐる形で、気分はどうしても回答のやうな気分になります。例を申しますならば、古事記では重く、日本紀では重くない諺でありますが、仁徳天皇の皇后石之日売《いわのひめ》は嫉妬深い方であられた話があります。この二人の方の間の話は美しい歌物語になつてゐます。

昔は、嫉妬《ウハナリネタミ》といふ事がありますが、男に、後に係はりの出来た女をうはなりと言ひ、もし自分より目下の女に自分の男が係はりが出来ても平気でゐるが、同格か目上の者に出来ると妬むのであります。うはなりとは第二第三の妻の事で今の妾ではありません。そのうはなりと見做された多くの方の一人に、宇遅能若郎女《うじのわかいらつめ》がありました（昔は異母妹の結婚は許されてゐたが同母妹との結婚は許されませんでした）。石之日売皇后がよそへ行かれた時、天皇が異母妹の八田《やた》ノ若郎女《わかいらつめ》と結婚されたが、どうしても御子が生れなかつたので、そこで天皇が八田ノ若郎女にお贈りになつた御歌に、

八田《ヤタ》の一本《ヒト》菅《スゲ》は、子持たず、立ちか荒れなむ。あたら菅原《スガハラ》。言《コト》をこそ菅原といはめ、
あたら清女《スガシメ》

八田といふ処に生へてゐる一本の菅《スゲ》は子を持たない。子を生まないで、立つたまゝ荒れてしまひさうだ。あつたら惜しい、美しい女だ。惜しい娘だ。口では菅原と言つてゐるが、おれの場合では、美しい娘清女《スガシメ》なんだ、といふ程の意で、一本菅で八田ノ若郎女の境遇が訣ります。

これは譬諭的技巧のすぐれた歌で、この歌も先の歌と同じく、短歌に似てゐるが片歌であります。かういふ歌は片歌が二つ寄つて一つになつてゐて、後の旋頭歌に似てゐます。この歌は仁徳天皇の御歌かどうかは訣りませんが、仁徳天皇にはすぐれた御歌があります。昔の尊い方の歌は、必ずその方が作つたかどうかは訣らぬが、その側に附いてゐる人が作つても、その方が作つた歌といふ事になります。平安朝の貴族の女《ムスメ》はよい女房を持つてゐることがその女《ムスメ》を偉い者にしてゐました。その女房が独立して来て、紫式部が偉いとか、清少納言が偉いといふ事になつて来たのであります。後々になつても、文学を作つたとされてゐる人と、実際作つた人とが同じであるかどうかは訣りません。

明治天皇のやうに日に何首といはれる程歌を詠まれたのは、作詩といふ事は帝王の御修業だとされたのであつて、これは別であります。

先の仁徳天皇の御歌は片歌の二つ寄つた旋頭歌に似た形で一首の歌になつてゐます。それに似た歌は処々にありますが、日本紀継体天皇の巻に、目頰子《メヅラコ》といふ人が任那へ行つた時、

親族の人が作つた歌に、

　韓国を　如何にふことぞ　目頬子来る。」向放くる　壱岐の渡りを、目頬子来る

これも片歌を二つ寄せた一首の歌であります。ふことは経営するとか生活するに近い語なのでせう。からくにとは朝鮮の事であります。「むかさくるいきのわたり」のむかさくは、はつきり訣らぬが、寄せ付けない意で、寄せ付けない神のゐる壱岐のわたりを目頬子が来るの意であります。この歌のやうに同じ語を繰り返す事によつて、だん／＼技巧が出て来ます。一首の意は韓国《カラクニ》をどういふ風に経営しようとしてか、壱岐のわたりを目頬子がやつて来るといふ事であります。かういふ風にして、まだ万葉集にあるやうな旋頭歌とは言へないが、二つ寄らなくてはならぬ約束のある片歌が寄つて旋頭歌の形をなしてゐます。まう一つ大切な事は組歌といふ事で、日本の歌はたゞ一首では済まない、必ず二首以上続いて行く習慣があります。問はれて答へ、又続いて行くといふ習慣から、音楽の方へ深まつて行きます。つまり、一人の人が言ふにしても、問答でなくして幾種類か歌が連なつて行きます。片歌の問答も、575、575の掛合ひでない歌が続いてゐます。譬へば「倭の高佐士野の……」「八田の一本菅は……」の歌のやうに、575、575と続いてゐるのでなくして、ちよつと見ると形の違つた歌が続いてゐませう。実はまだ続きがあつたのが便宜上一纏めにされてをりました。二首だけで終るのではなく、二首目の歌

が三首目を呼び起して四首といふ風になつたやうであります。さうするとどうしても歌は、一首でしまはなく何首も続く事になります。ところが、まう一つ事情があります。歌といふものは到底そんなに長いものではありません。古事記・日本紀には長いものもあるが、本道の古い歌はさう長いものでなかつたのでせう。

東洋の声楽の一般規則としては、歌ひ放しでなく、歌の調子を変へて、歌ひ納める約束、否、要求を持つてゐたやうであります。譬へば八句の歌があるとします。歌が歌ひ終つてから、囃しの附くと同じ気持で、歌の一部を繰り返すことゝなります。その形が片歌・旋頭歌の中にもあります。それで吾々の持つてゐる古い書物には、意味が訣ればよいのですから、大抵の場合、囃し言葉が無かつたり、其儘つけてあるのもあります。それで古事記・日本紀を調べて見ると、歌の詞を違へてゐる部分もあります。古事記・日本紀を見ても、声楽としての歌は形は訣りません。本道に歌つた所は省いたらしい。歌ひ返してある所が省いてあるに違ひありません。万葉ではこれは大事な部分となつて来るので省けないのであります。万葉の古い部分では省いてあるかも知れないが、新しい部分では省けないのであります。

万葉集の長歌の後に反歌が附いて来ます。反歌といふことは、歌ひ納める所の歌といふ意味で、ちよつと短く調子を変へて歌ひ納めてしまふのであります。長歌を律の調子で歌つたゞけではもの足りないから、呂の調子で歌ひ納めるのであります。万葉でも古い長歌では、反歌のないものが沢山ありますが、これは反歌がなかつたと言へないのであります。それは最後の句を三句なり五句なり、歌ひ納めに繰り返して歌つてゐたのであつて、書いても同じであるから書かなかつたのであります。

万葉集の巻十二、十三に次の様な同じやうな歌が二度出てゐます。

あしびきの　山より出づる　月待つと　人にはいひて　妹待つ吾を（三〇〇二）

巻十三の方には、

百足らず　山田の道を、浪雲の　愛し妻と、語らはず　別れし来れば、速川の　行かくも知らに、衣手の　反へるも知らに、馬じもの　立ちて躓く。為む術の　たづきを知らに、物部の　八十の心を、天地に　念ひ足らはし、魂相はゞ君来ますやと、吾が嗟く八尺の嗟　玉桙の　道来る人の、立ち留り　いかにと問はゞ、答へ遣るたづきを知らに、さ丹づらふ　君が名いはゞ、色に出でゝ人知りぬべみ、」あしびきの山より出づる　月待つと　人にはいひて、君待つ吾を（三二七六）

と出てゐます。巻十三の方は、長歌の終りに出てゐて、どうすれば人が知るだらうし、かうすれば、人が知るだらうから、あしびきの山よりでる月を待つと人に言つて君を待つてゐる、とあります。巻十二の方は短歌であり、妹を待つことになつてゐますが、巻十三の方は長歌の終りに出てゐて、君を待つことになつてゐます。「君」とは女が男を待つ時に使ひます。もとは長歌の最後の五句を繰り返したのを独立させたのであつて、意味が通じなくても平気でうたつてゐたのです。

譬へば、別の意味で名高い話ですが、調《つき》ノ吉士《きし》伊企儺《いきな》が韓国の新羅の国王の前で誓ひをせよと言はれた時、伊企儺は新羅王をあざけつたゝめに遂に殺されてしまつた、といふ事があります。

昔は戦さの時は、日本の軍人は妻を連れて、戦さに行きました。男軍《ヲイクサ》、女軍《メイクサ》といつて、共同してやつたものです。女軍の出る訣は、戦さは一体、宗教的な戦争であつて、信仰の力の勝負が、実際の戦さの勝負を決めたものです。で、神に仕へる巫女をつれて行つて、祈つてゐたのです。神武天皇の大和の戦さの時もやつてゐます。女は宗教上の威力で、相手をやつゝけてゐるのです。

それで、伊企儺について行つた妻の大葉子《おおばこ》は、悲しんで、

韓国《カラクニ》の　城《キ》の辺《ヘ》に立ちて、大葉子は　領布《ヒレ》振らすも、倭《ヤマト》へ向きて

と、歌つてゐますが、これならば意味がわかります。日本紀には大葉子が作つた歌となつてゐますが、大葉子と一緒に行つた人の作つた歌であります。この歌の「領布振らす」は振つていらつしやるの意で、「城《キ》」とはとりでの事であります。当時の人はかういふ矛盾

を平気でやつてゐて、内容に関係しない部分的矛盾は何とも思つてゐません。そして何時の間にか、その人の歌になつてしまつて、偉い人の代りに作つた歌ばかりでなく、その人の歴史をよんだ歌がその人の作つた歌となつてゐるものが沢山あります。

かういふ風に一方に長歌があつて、旋頭歌が出来ます。更に長歌がをさめうたとして、反歌をもつてきて、しかもなるべく変化が多いのがよいから、同じ歌を並べず、変つた形の歌をもつてくるのです。譬へば、倭建《ノ》命が伊勢の能煩野《のぼの》で歌はれた歌を思国歌《クニシヌビウタ》といひ、日本紀では、思邦歌として、景行天皇の歌として出てゐます。倭建《ノ》命の歌は、三首あつて、

　倭《ヤマト》は　国のまほろば、たゝなづく青垣。山ごもれる　やまとし、美《ウル》はし

まほろばとは、はつきりしませぬが、ひろ〳〵した感じをあらはす語であらうが、万葉人になつて又復活して用ゐてゐます。「たゝなづく」は、重なつてゐる意で、「青垣山ごもれる」とよんではいけない。「青垣。山ごもれる」とよまねばいけない。また歌つて、

　命のまたけむ人は、畳薦《タヽミゴモ》　平群《ヘグリ》の山の　隠白檮《クマガシ》が葉を、髻華《ウズ》に挿せ。その子

たゝみごもはへぐりの枕詞で、畳はむかしは巻いてしまつて置いたから、たゝみごもへぐりと言ひます。「早く帰つて、へぐりの山のくまがしの葉を、うずに挿して山遊びをするがよい。俺は出来ぬから、お前たちよ、帰つてその遊びをせよ」と、お附きの人達に言つてゐます。またお歌ひになつて、

はしけやし　吾家《ワギヘ》の方よ、雲居起ち来も

この歌の意味は、俺の大事な家の方から、雲が立つて来るよといふ事で、これは思国歌の長歌であります。今言つたやうにこの三首の組歌で、思国歌が出来てゐます。

併し、日本紀では、景行天皇が国々を見て巡られた事があるが、九州の日向の国で、大和を望んでよまれた歌となつてゐて、思邦歌《クニシヌビウタ》といつてゐます。

はしきよし　わぎへのかたゆ、雲居起ち来も、やまとは　国のまほらば、たゝなづく　青垣。山こもれる　やまとし　うるはし。いのちのまそけむ人は、たゝみごも　へぐりのやまのしらがしが枝を　うずにさせ。この子

と、変つてゐます。つまり、景行天皇は日本武尊の征伐されたあとを、愉快な気持で見てまはられたのです。古事記のこれらの歌を、倭建命の御境遇を思つて読むと、おいとほしい。景行天皇の場合は違つて、自分達が、死ぬ事ではなさゝうです。吾々は先入主がある故か、この歌を倭建命の歌とした方がよいが、こんなのはどちらかわかりません。宮廷でも両方の歌として自由に伝へてゐます。も一つ古事記の倭建命が八尋の白智鳥になつてとんでゆかれた所ですが、その前に次の歌があります。

なづきの　田の稲幹《イナガラ》に、稲がらに、蔓《ハ》延《ヒ》廻《モトホ》ろふ　薢葛《トコロヅラ》

なづきのは田の名前になつてゐるが不明であります。稲がらには、囃詞で、「稲がら」は

稲の茎の事で、そこに山のところの蔓がはひまはつてゐるといふのです。この歌と次の二首は御大葬（おほみはふり）の歌として、明治天皇の時にも、大正天皇の時にも歌はれてゐます。次にまた、

　浅小竹原《アサジヌ》　腰煩《ナツ》む、虚空《ソラ》は行かず。足よ行くな

と、歌はれ、あさじぬはよく訣らぬが、篠が浅くはえて高くなつてゐるところでせう。千鳥を追つてゆくと、こゝまで入つてしまつて、自由がきかぬといふ意で、「足よ行くな」のなは感動でよはでの意味で、足でゆくので早くゆけない事よといふわけでせう。后や皇子達が千鳥を追ひかけてゆく時の歌でせう。ところが千鳥はまた海へとぶと、

　海処《ウミガ》行けば　腰なづむ、大河原の植草《ウエクサ》。海がはいさよふ

大河原はよくわからぬが、「海が」のがは場所の意で、海の場所をゆくといふと、潮の中へ入つて自由がきかず、まるで、植草が水のまに〳〵漂うてゐる如く、おれ達も、海川は自由にゆけず、ためらつてゐるとの意でせう。又千鳥が磯にゐると、

　浜つ千鳥　浜よは行かず。磯伝ふ

といひ、浜は砂洲で、磯は岩山のあるところ。千鳥は浜をば通らずに磯伝ひして、岩の上を歩いてゐる。俺たちは千鳥でないのに、浜を通らないで、歩きにくい磯を歩いてゐる事よ、といふ意であります。

これは長歌で、前のは六句、その前のは四句、その前のは囃しを入れて五句で、かくの如く組歌になつてゐます。組歌の形の変つたものは、古事記には、もつとたくさんあります。形の変つたのは面白いから、形の変つた組歌ほど持て囃されました。その中に天田振《あまだぶり》などゝいふ宮廷詩があります。明日はそこよりはじめて、何とかして終りまでやります。

二　宮廷詩・民間詩

昨日申しました歌の様式の分類で、その最後にあげた組歌といふものは、厳格に申せば、声楽の上では一つの分類だけれど、歌の様式の分類ではありません。歌の様式を含んでゐる昔の歌のうちで、古事記に出てくる歌の形は、片歌・旋頭歌・長歌・短歌のやうなものです。其他にまう一つ是非とも考へなければならぬものは、その歌の上にまう一つある、それは物語歌、換言すれば、叙事詩です。厳密に申しますと、叙事詩の中から、いろ〳〵の形の歌が出てきたのです。ある形が出て、それからだん〳〵変つて来、叙事詩の中から、小さな形がこぼれて来たのです。

叙事詩は、祝詞・寿詞といふやうなものが、一つ転化したもので、正確に申しますと、神様から命令のことばが下る、土地の精霊がそれに答をする、そのことばが寿詞となるのですが、次第々々に内容が変化して、歴史的なものを多くふくんで来る。叙事詩は、系統から言ふと、結局寿詞から出て来てゐる。祝詞と寿詞とは、対立してゐて、ひつくるめて言ふと、神様と精霊の言ふ詞であつて、学術的なことばで言ふと、呪詞である。呪詞は、「となへごと」、呪の詞であるが、変化して歴史的な内容をもつてくると、叙事詩となる。その叙事詩の落ちこぼれが、いろ／＼なものになつてくる。吾々は、その落ちこぼれを別に分けたが、昔の人は混乱して使つてゐます。

それから、物語が長いものであつても、その物語から出たものが、物語に近寄つてくる。譬へば、長歌は、はじめは長くなかつたものが、次第にもとの物語歌に近づいていつて長くなつた。その経路は囃詞が這入つて、繰り返しをしたり、新しく附け加へをしたりして長くなつた。それですから、古事記のうちに出てゐる凡ての歌をひつくるめて、名前をつけると大歌となります。

大歌は宮廷に行はれてゐた歌で、そのうち長い物語に這入つてゐたまゝで歌はれてゐたものもあらうが、大歌だけが離れて、宮廷の儀式に用ゐられてゐたもので、倭建命の御葬式の歌が、歴代の天皇陛下の御葬式の時に用ゐられました。そこで歌と物語とが、だん／＼離れてくるやうになつたのです。もとは、歌と物語と、くつゝいたものがいろ／＼あつたわけで、いろ／＼な名前でこの古事記のなかにをさめられてゐます。さういふ歌は、つまり、宮廷にあつた物語の一部分で、どんなに長くても叙事詩の中の一部分なのです。完全な物語が、古事記のうちにどれだけ残つてゐるかは訣りませんが、そのうち完全に残つてゐると言へるのは、物語のうちの宮廷詩だけであります。宮廷詩のうちには長短いろいろあります。古事記全体が純粋な叙事詩ではないが、かりに叙事詩と観まして、その間に大歌が這入つてゐると見ればいゝのです。

宮廷詩の大歌に対して、民間の歌を小歌《コウタ》と言ひます。民謡と言つてもいゝのですが、今それと混乱しますから、私は民間詩と名づけてゐます。

それは、どういふ事かと言ひますと、いづれ宮廷が西の涯から東方に来られて、だん〳〵勢力が拡がつていつて、大和に来るに随つて、周囲を感化なされて、大和の村の宮廷の勢力の拡がつた範囲が、大和といふことになる。更に拡がると、大和を越えて摂津・河内・和泉・山城あたりも、大和と言はれるやうになりました。古事記や万葉集を見ると、西の海から帰つてきて、明石の海峡あたりから見える畿内の山々を大和と呼んで、「明石の門より倭島見ゆ」などゝ言つてゐます。更に宮廷の勢力が広まつたゞけが大和であつて、ある時代でも、古い大和と、新しい大和といふ二つの意味があります。吾々が日本を考へる時、領土が広くなつてくると、樺太・朝鮮の這入つた新日本が考へられると同じ様に、時代が進むに従つて、大和の邑が広まつたのです。だから、時代が古い程、大和といふ範囲が狭く考へられた。同じ時代だから、同じ範囲だけ使はれてゐたといふ訣ではなく、伸縮自在であつた。その大和の国の中に、大和の村が考へられる。ひろい大和にして、この大和の宮廷以外にも、たくさんの国々邑々があつたでせう。これがだん／＼宮廷に従つていつた経路は、宮廷の神様を信ずる、宮廷の信仰を信仰とする、之は大切な事で、そこに主従関係が生ずるので、これが根本です。武力で勝つたといふ事は第二の問題で、浅薄な考へです。武力より先に、信仰といふものがあります。B村の人が、A村の宗教を信ずると、B村は、A村の所属となるのであつて、それまでの間は、半分属国で、半分自由といふ状態がありました。之を貴族に見ることが出来る。貴族は、宮廷に対して、臣下の礼をとると同時に、自分の邑、自分の民といふものを持つてゐた。之が次第々々に、宮廷との関係が緻密になり、離れなくなつてくる。いつでもかういふ貴族は自分で自分の邑を持ち、上は宮廷に従ひ、下は自分の邑を治めた。この状態が、明らかに訣るのは、海の外にある朝鮮半島の国々で、その国々は、日本に従つてゐるけれども、それ／″＼自分の民を持つてゐたので、たゞ、宮廷との関係が、あまり緻密でなかつたものが、時を経て緻密になつてゐます。

宮廷と、民間の豪族の国々との間が、だん／＼緻密になつて行く歩みはどこにあるか。それは、勿論信仰ですが、もつと明らかな道筋がある、それは歌であります。この事に就いては、既にあちこちで申してゐますから、簡単に言はせていたゞきます。宮廷に従ふといふことは、自分の邑々国々に伝はつてゐる自分の国の叙事詩なり、叙事詩の中から出て来た歌を宮廷に捧げることであつて、之によつて宮廷に従つてゐるといふ自分の誠意を示したのです。誠意を示すといつても、政略的のものではなく、神と神との関係であつたのです。天皇陛下は、宮廷の神の代理者といふ事を乗り越えて、神様と思つてゐるから、その神と、こちらの神との事と思つて、こちらの国に、信仰の威力のある歌や諺を奉るのです。そんな歌や諺を奉つても仕方がないといふかも知れませんが、その中に、その国の威力がこもつてゐますから、それを奉るといふ事は、心から服従して叛きませんといふ誓ひになるので、寿詞を奉るといふことは、服従の誓ひになるのであります。つまり、叙事詩や、諺を捧げるのは、本道の忠勤を尽すといふ誓ひの形になり、その国にあるところの威力が、皆宮廷に移つてしまふ事であります。かうして、おのづから宮廷は邑々国々の威力の集中するところとなります。邑々国々から宮廷に奉られた歌や諺をもつてゐられる宮廷は、その邑々国々の人々を治める威力を持つてくるわけで、言ひ換へれば、それだけの歌や諺を奉られてゐる範囲内だけが、大和の国といふ事になります。邑々国々の歌といふものは、その邑々国々の古い持主の歌——古い時代のその邑々国々の君主（言葉が適切でないかも知れないが）のもつてゐた歌、——つまり、その邑々国々の宮廷の歌の様なものです。それが国家関係を離れた時代の事を言ひますと、大きな宮廷に集中してきます。だから、大和の宮廷にはあらゆる国々の歌が集つてゐます。小さい同じ種類の歌が、幾つも宮廷に集つたので、之を民謡と言つては工合が悪い。強ひて古いことばで言ひますと、宮廷の歌を大歌と言ひ、民間の歌を小歌と言ひます。歌の長短から言ふのではなく、宮廷を尊敬して大歌と言ひ、民間の方を謙遜して小歌と言ふのです。それだから、どこまでも、宮廷の大歌は非常な威力を持ち伝へてゐました。その歌が宮廷に入るまでの歴史を背景に持つてゐますから、歴史によつて証明せられて、その歌が力強く生きてゐるので、その歌の威力や、範囲や、意味合ひは、だん〳〵時代によつて、変つていくが、どこまでも呪力——まじなひと言つては可笑しいが——、一種の信仰的な神秘力を現す威力は持つてゐたものです。

大歌は平安朝までつゞくと、殆ど病気などの平癒其他を祈禱する歌となつてゐます。宮中で行はれる琴歌の事を大歌と言ふ程変つてゐます。古事記の時代は、そこまでは変つてゐません。どれも宮廷と関係深い歴史と結びついてゐます。何故歴史と結びついてゐるかと申しますと、叙事詩から出て来た歌といふものは、一つ〳〵歴史的な意味を持つてゐます。どれを見ても、民間の歴史を伝へてゐると、信ぜられてゐます。宮廷では勿論、宮廷の歴史を物語るものを持つてゐます。宮廷には、宮廷の歴史の物語や、遊離した歌や、民間からの歌が沢山あつて、宮廷は日本国中の歴史を綜合して立つてゐる場所なのです。かうしておのづから、日本の歴史は、宮廷に集つてゐるのでせう。同じ宮廷に入つて居つて、似た歌でも、また形の違つた歌でも、その事情に似たところも、変つたところもあるわけで、形が変つてゐても、同じ事情を示すものもあります。

譬へば息長帯比売命《オキナガタラシヒメノミコト》が、私の国に来られた時に、かういふ歌を御残しになりましたといふ国々からの歌が、皆異つてゐて宮廷にも同じ事情で、形の異つた歌があります。形が異つても、同じ伝承を持つてゐるものがあります。それを次第に整理して行く必要があります。宮廷の歴史といふものは、宮廷で作られたものではありません。民間の歌が入つてゐるのであるから、終には、どうしても整理しなければなりません。歌そのものが、国々邑々の歴史の集つたものであるから、整理する必要があります。之は政治的な方面よりは、大事な事であります。後に出て来ると思ひますが、系図の混乱を起し易いから、一番大事な事であります。

日本の歴史と、支那の歴史の出来る経路は、自然と違つてゐます。その歴史が、どれが本道とも、どれが異つてゐるとも分らぬやうな状態で、集つてゐます。だから、簡単な唯物史観で、歴史を逆に見るのは、根本から間違つてゐます。吾々の歴史が集つて出来たのが、宮廷の歴史だから、宮廷の与へたものではありません。かくして、宮廷の歴史は整理しなければならない機運が向つてきますが、それは後の話にゆづります。それらの一々の叙事詩の中に小さな歌が沢山あります。中には非常に長くなつて、叙事詩に近づいたものがあります。上巻に、大国主ノ神と大国主ノ神の愛人との間に、取りかはされた歌があります。(愛人といふ言葉はまづいが、遣はして貰ひます。)

八千矛の　神の命は、八洲国　妻まぎかねて、遠々し　高志《コシ》の国に、賢女《サカシメ》を　ありと聞かして、麗女《クハシメ》を　ありと聞こして、さ婚《ヨバ》ひに、在り立たし、婚《ヨバ》ひに、在り通はせ、大刀が緒も、未だ解かずて、おすひをも　未だ解かねば、処女《ヲトメ》の鳴《ナ》すや板戸を、押《オ》そぶらひ　我が立たせれば、引《ヒコ》づらひ　我が立たせれば、青山に　鵼《ヌエ》は鳴き、真野《サヌ》ッ鳥　雉《キヾシ》は響《トヨ》む。庭ッ鳥　鶏《カケ》は鳴く。慨《ウレ》たくも　鳴くなる鳥か。この鳥も打ち病《ヤ》めこせね。いしたふや　天馳使《アマハセヅカヒ》。事の　語り言も、是《コ》をば

この歌などは、叙事詩の形に近づいてゐます。或はまた、中巻なんぞになりましても、応神天皇の妻まぎに行かれる歌なども、相当長いものであります。下巻の雄略天皇のところにも、長い歌があり、その外、日本紀などを見ましても、非常に長い歌があります。さういふ歌がどういふ風に覚えられたかといふに、律文で形が整つてゐるから覚え易いのです。併し、引出し――索引――がなければ困ります。譬へば雄略天皇のどの歌と言つても困りますから、歌ひ方の名前、歌及び振といふ名前をつけてゐます。出来た特別の事情

もあるが歌及び振の名前がつきます。歌と言へば、宮廷にかなり古くからあつたといふ意味であるが、実際は民間から入つたものでも歌と言つてゐる。正式に言へば、振といひ、曲といふ名前がついてゐる。(古事記ではその区別が忘れられてゐた。)その外は声楽上の術語を名前にしたものと出来た時の特別の事情を名前にしたものとあります。

譬へば、古事記に天語歌《アマガタリウタ》(あまごとうたとも言つてゐる)、或は本宜歌《ホギ》といふ一群があり、又夷振《ヒナブリ》といふ一群があり、天田振といふ一群があつて、振といふ名前がついてゐます。その外片歌といふものもあつて、声楽上のてくにつくであります。又志良宜歌《シラゲ》といふものもあります。之は何の事かよくは訣りませんが、土田杏村氏などは、新羅国から来た歌としてゐます。普通には、尻上げの意で、あくせんとが後の方にあると説明してゐます。新羅歌とすれば、出来た事情によつてつけたものであります。厳密に言へば、古事記あたりでは、歌と振との区別を知らない。それを今の人が知る事の出来たのは後の学問の有難さであります。

歌の名前のつけ方に二通りあります。文句からつけるつけ方と、この歌はかういふ時に出来たといふ事情からつけるつけ方と、二通りあります。倭建命の国思歌或は仁徳天皇の御寿命を寿ぎ奉つた寿歌、即ち建内ノ宿禰の寿歌等といふのは出来た事情から、歌の内容からついたもので、つまり、御寿命を祝福するには自分の寿命を自由にする事が出来る人でなければならぬから、自分の寿命の長い建内ノ宿禰の様な人が寿ぎ奉つたのであります。（建内ノ宿禰はその弟がうましうちであるといふから、たけしうちと訓まなければいけない。）

日本では雁が卵を産んだことはないが、古事記では摂津の日女島《ひめしま》、日本紀では河内の茨田《マンダ》の堤で雁が子を産んだといふ事になつて、多くさういふ風に場所も違ひ、歌もちよつとは違つてゐます。仁徳天皇といふ方は歴代の天皇の中で特殊の方だから下巻の最初にもつてきてありますが、古事記では、仁徳天皇がまだ御位に御着きにならない前の話になつてゐます。仁徳天皇が大嘗祭の宴会をなされようとして、摂津の日女島においでになつた時、雁の卵を発見なされた。そこで珍しい事と思はれて長生きをした建内ノ宿禰を召して歌でもつて雁が卵を産んだ理由を御問ひになつた。

たまきはる　内の朝臣《アソ》、汝こそは　世の長人。空見つ　倭の国に、雁子産《カリコム》と　聞くや

たまきはるは「うち」にかゝる枕詞で、建内ノ宿禰は大和の宇知といふ処に居つたからであります。子産《コム》は子を産むといふ動詞で、「内の朝臣よ、お前は長生きをした人だからよく知つてゐるであらう。わたしの持つてゐるこの大和の国で雁がお産をするといふ事を聞いてゐるか。」

そこで歌で問ひかけられたから、歌で申し上げた。之は一の儀式であります。

高光る　日の御子、うべしこそ　問ひ給へ。真《マ》こそに　問ひ給へ。吾《アレ》こそは　世の長人、空見つ　倭の国に　雁子産《カリコム》と　未だ聞かず

高光るは日の枕詞、日の御子とは天子様の事で皇太子の意ではない。皇太子といふ風に使つたのは間違ひです。併し、威力があつて、天子か皇太子か訣らない程の方には、皇太子の事をも日の御子と申し上げました。「よくお問ひになつた。あなたの御問ひになつたのは御尤もです。本道によく御問ひになつた。私は長生きをした人間です。この大和の国に、雁が子を産むといふ事は聞いてをりません。こんな珍しい事は知りません。」かういふやうな意味であります。この寿歌（岩波本には祝寿歌とある）、それだけでは足りないと思つたのか、天子の事を引いて歌ひ奉つた。「高光る日の御子よ真実よく御問ひになりました。この大和の国では雁が御産をすることはまだ聞きません。」之だけでは、まだすつぽかされた気持であります。そこでまた歌ふには、

汝《ナ》が御子や　遂に知らむと、雁は子産《コム》らし

この様式は片歌だが、後の反歌と同じであります。汝が御子やは我が御子ともいふやうな意で、西洋ではゆあ　まぢえすてえとも言ふところである。遂に知らむとは完全にこの世の中を御治めになるといふ意、「何時までも生きられて、この世の中を完全にお治めなされやうと、雁が卵を産んだんでせう。」寿歌は始めから「未だ聞かず」迄で、これが歌の

本体であり、後の三句が片歌であります。

ところが、天語歌といふものは、これは出来た事情といふよりは、恐らくは、古事記の世界では訣らなかつたでせうけれど、古事記の世界では神から伝はつた歌として解釈してゐたのでありませう。が、歌から見ると見当がつきます。天語歌は二ヶ所出て来ます。長い歌で凡そ意味も御存じでせうから意味は申しませんが、大切な歌であります。岩波本は之をば神語といふ風に伝へてゐますけれど、実は天語歌なのです。大国主と愛人との問答の歌も、古事記では、神語といふ風に言つてゐますが、之は天語歌の一種であります。此等の歌の中から天語といふ語が出て来てゐます。大国主が沼河《ぬなかわ》比売《ひめ》の家にいらつしやつてお歌ひになつたなかに「いしたふや　天馳使事の語りごとも　こをば」とある歌で、この歌は天馳使の伝へた歌といふ証明がついてゐます。形は片歌に似てゐますが、かういふ風に証明がついてゐる。この証明がつかないと歌の効力がつかないとでも思つたのであらうか、天馳使の伝へてゐる特殊な語で御座いますよとつけ加へてゐる。この四首は実は天語歌で、それは同時に雄略天皇の巻を見ても出て来ます。雄略天皇は怒りの強い、純真な心のまゝに振舞はれた、昔の日本人の典型的な方として表されてゐます。三首の長歌のうち、一番最初の歌は三重ノ采女《ウネメ》といふ女の歌である。采女は諸国の領主の家から宮廷へ召され、宮廷の神に仕へて、その儀礼を覚え、自分の国へ帰つて宮廷の儀礼を宣布する女。その采女が大嘗祭の時、天皇に盃を奉つた。その時、盃の中に槻の落葉が落ちて浮んだ。それを采女は知らずに捧げた。天皇は怒つて殺さうとなされた。その時采女が歌を作つてさし上げたら御許しになつた。その時、皇后も御側に居られて歌を歌ひ、天皇もよろこんで歌を歌はれてゐます。まことに昔の日本人の気持がよく出てゐると思ひます。この三首を天語歌と言ふ。囃詞とも片歌とも言はれるものが終りについてゐます。

高光る　日の御子、事の語り言も　此《コ》をば。
高光る　日の御子に　豊御酒《ミキ》奉らせ。事の語り言も　此をば。
高光る　日の宮人、事の語り言も　此《コ》をば

高光るは三重ノ采女が「我が日ノ御子様よ」と呼びかけた言葉で、三首とも「いしたふや、天馳使。事の語り言も此をば」の「いしたふや　天馳使」の句が略されてゐます。随つて此等の歌は歌の形がくづれてゐます。「いしたふや、天馳使。事の語り言も此をば」とあつて、天馳使が伝へた歌といふ証明があつたものが、此等の歌になつて形がくづれてゐます。天皇の御歌も「今日もかも　酒水漬くらし、高光る　日の宮人、事の語り言も此をば」と天皇が臣下の事をいはれ、「事の語り言も此をば」と言はれてゐる。同様に皇后の御歌も、次の天子の御歌も「事の語り言も此をば」と言つてあつて、歌の文句も違ひ、長さも違ふけれど、一種の替歌である。もとの歌は古くなつたから、神語歌と言ひ、之を天語歌と言つてゐます。

「天馳使」は海部の一部にあま走せ使がある。あま走せ使は物語をもつて諸国を巡つて歩いた者で、そのあま走せ使は宮廷に仕へてゐた。そのあま走せ使が歌ふ時に、その最後へ、之は自分の歌だと証明したのであります。

本歌は神語歌として神聖なものになつて、替歌は本歌になつてしまつた。だから同じ様な例をまう一つ申しますと、之も名高い歌で、有名な話であるが、天若日子《あめのわかひこ》が天孫降臨に先立つて、天からこの地へ下りてきて、それが長い間高天《たかま》が原《はら》へ何とも返事をせずにゐた。そこでまた雉名鳴女《ななきめ》をつかはされたが、天若日子の為に射殺された。そこで、その矢が、雉の胸から通つてさかしまに射上げられ、天《あま》ノ安河原《やすかわら》においでになつた天照大神や高木《たかぎ》ノ神《かみ》の御許に落ちた。そこで高木ノ神がその矢をとつて投げかへすと、天若日子はその矢に射られて死んだ。そこへ大国主ノ神の御子の阿遅志貴高日子根《あじしきたかひこね》ノ神《かみ》が見舞ひに来た。昔の人はさういふ場合に鎮魂術をやつてゐる。之は魂を呼びかへす術で、さうしてをれば死者が生き返ると思つてゐた。阿遅志貴高日子根ノ神が天若日子の喪屋のところから出てきた時、天若日子が生き返つたのだと思つて、妻子が手足に取りすがつた。それを阿遅志貴高日子根ノ神が怒つて、刀を抜いて喪屋を切り壊してしまつた。その阿遅志貴高日子根ノ神の妹の高比売《たかひめ》ノ命《みこと》がつくられた歌、

あめなるや　弟棚機の　嬰《ウナガ》せる、玉の御統《ミスマル》　御統に、穴玉はや。真《ミ》谷　二亘らす、阿遅志貴　高日子根の　神ぞ

この歌を古事記では夷振《ヒナブリ》、日本紀では夷曲と書いてゐる。岩波本に「この歌は夷振なり。」とある。古事記では何が夷振か訣らぬが、日本紀では二つの歌がならんでゐる。

天なるや　おとたなばたの　嬰《ウナガ》せる、玉のみすまるの　あなたまはや、み谷二亘らす、味すき高彦根

天離《サカ》る　鄙《ヒナ》つ女《メ》の、い渡らす瀬と　石川片淵。

片淵に　網張り亘し、見《メ》ろよしに、縁《ヨシ》寄り来《コ》ね。石川片淵

少しわからぬところのある歌である。「天なるやおとたなばた云々」が本歌《モトウタ》である。本歌だけでは効力がなくなる。効力が薄いと歌の文句を変へる。あんまり古くさくなると、威力がなくなると考へ、調子を変へると効力が強くなると考へて替《カヘ》文句にしてくる。「天さかるひなつめ」のひなつめは地方の未開地の女といふ意味で、そのひなつめのひなをとつて夷曲と言つたものである。このやうに文句のうちで記憶に便利な、人に訣る文句をとつて名を付けたのです。大分馴れて来たからいゝが、陸軍の軍人のつける術語の様なのは、人に訣らぬのが多い。無茶苦茶に人に訣らぬやうな言葉を造つてゐる。あの螺旋になつてゐるものを何とか言ひますね。譬へば遊動円木など完全に造りすぎてゐる。言葉は

内容的に完全にしても駄目で、ちよつと見て訣るやうな言葉をこしらへる。そこが大事です。「天さかるひな」の天さかるは沢山にあるのは避けてひなぶりの歌と言へば、あゝあのひなつめの歌かとすぐ訣る。

「天なるやおとたなばた」はかへうたから出た名前が伝はつてゐる。古事記では正式の歌を記してゐるが、この時「天さかるひなつめ」の歌も行はれてゐた。その歌は替文句だと思つて書かなかつたので、そこで、自ら選択が行はれたわけで、随つて替文句の出てくるわけも訣ります。

それから、天田振といふのがあるが、允恭天皇の御子さんの話がある。異母兄妹は結婚してもよいが、同母兄妹は結婚を禁ぜられた。これはこまかく話さなければ誤解があるかも知れぬが、今は簡単にそれだけ申して置く。允恭天皇の御子さまの軽ノ太子――と言つても他に沢山あるから、この方を木梨《きなし》ノ軽《かる》ノ太子《みこ》と言はれた。文武天皇も初めは軽ノ皇子といはれた――が、同母妹の軽《かる》ノ大郎女《おおいらつめ》と結婚された。

昔は女の同族と男の同族とはお互ひに顔を見せない様に別々に暮してゐた。うつかり顔を見せると間違ひが起る。継母との間でも間違ひが起つた。古い時代には男兄弟をせうと、女兄弟をいもうとと遣つてゐたが、今ではせうとは兄、いもうとは妹の意味になつてゐます。

軽ノ大郎女は綺麗な方で、肌が着物をとほして透き通つて見えてゐたので衣通《ソトホシ》ノ王《ミコ》ともいつてゐます。どういふ事情か日本紀の方で見ますと、父の允恭天皇の愛人に衣通ノ姫といふ方もありますが、それは何の関係もない臣下です。俗に小野ノ小町か、衣通ノ姫かといはれてゐる位であります。昔の伝へは割合に正確であるが、混乱もあります。

この軽ノ太子と軽ノ大郎女と結婚した事が露顕される。それは允恭天皇の御吸物が夏凍つた。何故凍つたのかと、つもりの連に占はせました。（この連は海人の取締りをしてゐた。古代に於ける日本の占ひは、海人が有力に司つてゐた。）占ひをすると、それは兄弟か、近い親族同士が相たはけてゐるといふ事が出た。調べてみると軽ノ太子と軽ノ大郎女が結婚してゐたことが訣りました。そこで古事記では、軽ノ太子が伊予の道後の温泉へ流される。それを悲しがつて大郎女が慕つていく事になつてゐます。日本紀の方では、軽ノ大娘皇女の方が流されて、男の方が都に残ることになつてゐて、話が逆になつてゐます。その時男の方と女の方が作つた歌や、また仁徳天皇と後の妻との歌はくみうたとして名高いものです。かういふ系統の歌が日本人の心を刺戟しました。性慾ばかりの生活をしてをつたものが、物語で恋のあはれさを知る様になりました。恋してゐる二人が宗教上からも、政治上からもおさへられて、かうした歌が生れた。さういふ歌を海人が日本中もつて歩いて分布したらしいから、文学以前に文学がしたと同じ様な仕事をして、日本人の心を教育してゐたものはかういふ歌であります。かうして、次第に日本人のなかに文学がはぐゝまれました。

万葉集を見ますと、之と同じ様な境遇から生れた歌があります。奈良朝になつて、石上《いそのかみ》ノ乙麻呂《おとまろ》――石上氏は物部の氏の上で大貴族であつた――といふ人が重婚して土佐の国に流された。その時、石上ノ乙麻呂の歌といふのが万葉集にのつてゐる。この人が作つた歌ではなからうが、この人の歌としてのつてゐる。その方が一層あはれである。万葉集の巻十五を見ると、殆ど巻の半分は中臣《なかとみ》ノ宅守《やかもり》と狭野《さの》ノ茅上《ちがみ》ノ娘子《おとめ》といふ人の歌で埋められてゐる。狭野ノ茅上ノ娘子は宮廷で神に仕へてもてはやされてゐた神聖な仕事をしてゐる人で、之に宅守が交渉したといふので罰せられて、越前に流されて両方で歌をやりとりしてゐます。さうした事が平安朝になつても出て来ます。皆この天田振の影響であります。この二人のくみうたをば、天田振といふのは、最初の歌が「あまだむかるのをとめ」といふことばになつてゐる。あまだむとは天を飛ぶといふ意味と言はれてゐるが、天をまはるの意の方がよいと思ふ。普通三首だけが天田振だと言はれてゐるが、私は皆さうだと思ふ。

天だむ　軽のをとめ、いた泣かば　人知りぬべし。羽挟の山の鳩の　した泣きに泣く

天だむ軽のをとめは、つまり、雁にひつかけて、かりは、かるのをとめだからである。

天だむ軽をとめ　したゝにも、倚り寝て通れ。軽をとめども

天飛ぶ　鳥も使ぞ。田鶴が音の　聞えむ時は、我が名問はさね

この三首は天田振なりと書いてありますが、こゝらにあるのは皆天田振であります。天田振に歌ふてくにつくでよみうたとも言ひます。「あまたむぶり」が次第に変つて「天田振」となつてしまつた。まあいろんなお話もありますけれど、この章は之で終ります。

第三　古事記の成立

古事記は何時出来たかといふ事は、古事記自身しか証拠がありません。幸、古事記の序文によつて、年月までも訣ります。その他の証拠はありません。日本紀ははつきり出来た事が訣つてゐます。古事記は日本紀より八年前、即、奈良朝の初め、和銅四年古事記をつくる計画がたてられ、同五年に出来てゐます。序文でみると和銅五年正月廿八日に奉られてゐます。この本の計画されたのは和銅四年の九月十八日です。九月十八日に天皇の詔があつて、それから仕事を始められたものと思ひます。九月十八日から翌年の正月廿八日までだから非常に日数が短い。やつと四ヶ月間です。その間にこれだけのものが出来てゐる訣です。古事記がどんなに簡単でもたゞでは出来ません。それまでに整頓されてゐたから、出来たのであります。それだけでは成立は疑へません。今年、古事記は偽書かといふ論文が史学雑誌に載り、それがまた単行本にもなりました。その主張には大切なものもあるが、要するに、平安の都が出来て後に、古事記は出来たに違ひない、といふ風に言はれ、其他いろ〳〵に言はれてゐますが、この証明法は動かす事が出来ます。若しそれが成り立つとしましても、効果がなくなるのは古事記の序文だけで、之が偽物だらうといふ事になり、その他は成り立ちます。

序文はあまり成立年月をはつきり言ひすぎてゐる。それに多少の疑ひをはさめる。この本を書いたのは正五位上《シャウ》（古くは従を却つてシャウと言つた。）勲五等太《おお》ノ安万侶《やすまろ》謹上と書いてゐます。太ノ安万侶が古事記をこしらへた事は事実でせう。其他に日本紀を撰つたと大体信ぜられてゐる伝説もありますが、その方は疑ひがあります。序文は本文より疑はしいが今からは疑ふ証拠がないので、いましばらく、そのまゝにして置きます。序文から見ると、天武天皇の計画されて残された事業であります。天武天皇は日本主義的な方であつて、それ以前に支那の思想が這入つて来て、この儘では、日本はどういふ風になるかと危ぶまれた時代に、それを憂へた昔風の豪族にもり立てられた方で、天武天皇の飛鳥の宮廷と、新しい進歩主義の近江の朝廷との間に争ひが行はれたが、飛鳥の宮廷の方が栄えて来ました。天武天皇の為された仕事は国家の長い生命について行はれたことで、日本紀も亦天武天皇が計画なされたものらしい。その証明も出来ます。その仕事を持統天皇が継ぎ、続いて奈良朝になつてから完成したもので、その仕事に関係した人は次々に亡くなつていつたが、遂に出来上つた、とかういふ風に考へてよいと思ひます。古事記にははつきりそれが書いてあります。日本紀は古事記の八年後に出来たものであるといふが、殆ど同時代に出来た歴史といふ点で、同じ種類の書物を何故お出しになつたか、日本紀を出す準備として古事記をお出しになつたと考へてもあまりに大きさが違つてゐる。古事記は三巻であるけれども、日本紀は三十巻もあり、そのうちの一巻は系図がついてゐる。古事記と日本紀とは、おのづから、違ふ目的がなければならぬ。

日本紀は支那の正史にならつてこしらへたもの、譬へば史記・漢書・後漢書等の正史類と同じ成立のもので、日本紀の成立に就いては面白い話や疑問もありますが、それを申すと、古事記の成立の暗示になつて面白いが、長くなりますからこゝでは申しません。

古事記の三巻といふ事は、日本の古い書物の普通の型であつて、之が後になると巻数が増えてくる。普通の種類は三巻である。ところがこの古事記はどうして出来たか。この書のはしがきを読むと、次のやうにあります。

是に於て天皇詔りし給はく、朕聞く諸家の賷《モ》たる所の帝紀及本辞、既に正実に違ひ、多く虚偽を加ふと。今の時に当つて其の失を改めずば、未だ幾年も経ずして、其旨滅びむとす。斯《コレ》乃ち邦家の経緯、王化の鴻基《コウキ》なり。故惟《カレコレ》帝紀を撰録し、旧辞を討覈《タウカク》して、偽を削り実を定め、後葉に流《ツタ》へむと欲すと詔給ふ。時に舎人《トネリ》あり、姓は稗田《ヒエダ》、名は阿《ア》礼《レ》、年是れ廿八。人と為り聡明にして、目に度れば口に誦み、耳に払るれば心に勒《シル》す。
即、阿礼に勅語して、帝皇の日継及先代の旧辞を誦み習はしむ。(誦み習はしむは誦《ショウ》
習《シフ》せしむと音でよんだ方がよい。)

こゝが大切である。この天皇といふのは、飛鳥ノ浄見原にましました天武天皇で、この天武天皇のおつしやることには、おれが聞いてゐるところでは、諸家がもちつたへてきた書物、(それは帝紀や本辞でせう、古事記以外にもちつたへられた昔の物語を既に書物にこしらへてあつた。)それが自分の時には昔の本道のことを失つてしまつて、嘘がまじつてゐると聞いてゐる。この際間違ひを直しておかないと何年もたゝないうちに歴史の本来の意味が亡びやうとしてゐる。それを正しくして置くことは国家の大事業だ。それで、帝紀を撰録し旧辞をしらべ研究して嘘を取つてしまひ、本道の事を動かさないやうにして後の時代に伝へようと思ふとおほせられた。その時都合よく天子のおそばに仕へる舎人が居つた。——舎人は普通は男だから、稗田《ひえだ》ノ阿礼《あれ》は男だと言はれてゐるが、舎人には二種類あつて女の舎人もあつた。之をひめとねりといひ、又命婦《みょうぶ》とも言ひます。平安朝に盛んに言はれてゐる命婦です。舎人は後になつて、だん〳〵役目が違つてくると、牛飼とねりといふ様なものもあつた。舎人とは昔は随身で、今では侍従武官の事であります。お宮にいくと、矢大臣右大臣があります。平安朝では、之を随身といふが、実は舎人であります。

平田篤胤先生は阿礼をひめとねりで命婦の事だと言つてゐます。どうもそれが事実らしい。平安朝なら命婦、奈良朝の舎人は采女となる。阿礼は字から見ると男の様であるが、あなた方は先入主で、稗田ノ阿礼は男の様に思つてゐられるが、証拠がないからさうばかりだとは言へない。とにかく、ひめとねりだと篤胤が言つてゐる。普通男だと言はれてゐる。歴史の本などにも、おぢいさんが書いてあつたりするが、篤胤の説が本道らしい。

一　語部の存在

宮廷には沢山語部が居つた。その語部はどうも女らしかつた。語部は日本国中にもたくさん居つた。それは歴史に出てくる。奈良朝の戸籍の断片にも語部といふもの丶家族が書いてある。たくさん書いたものがあるから、語部が存在したことは事実であります。凡そ日本の古い国々にはゆきわたつてをつたんでせうけれど、貴族王族の家々によつて語部の種類が違つて、男の語部の居ることや女の語部の居る事もありました。職業を行つてゐる人が戸主であつて、女がその家の伝来の仕事をしてゐれば女が戸主です。神事は女でなければ出来ない事がある。之などは女が戸主であります。古い時代の語部はすべて女ばかりだとは言へないが、男がしてをつた国もあるが、宮廷では、必ず女であつたと思ふ。宮廷では稗田一軒だけでなしに幾軒かあつたらしいが、このうち少くとも稗田といふ家だけは女であつた。宮廷の語部は女だと思ふが、かりにさうでないにしても稗田は女の家であつた。それは平安朝になると証拠があります。

仕事といふものは、その血筋が絶えると血筋でない人が継ぐが、神さまは同じである。譬へば、大久米命《おおくめのみこと》は久米氏の祖先であるが、万葉集では、大伴家持の歌を見ると、自分の祖先を大久米主と言つてゐる。家持ともあるものが、大伴氏の子孫であるといふ事を忘れるといふ事はない。宮廷に仕へて武官としての仕事を久米氏がしてゐた。その久米氏が衰へてその職業を大伴氏が代つても、その大伴氏の祭る神はやはりその職業の神――久米氏の祭つた神――でありました。職業の祖先が血統の祖先であるといふこともありますが、中には、混乱してやゝこしくなつてゐるものもあります。大伴氏が自分の祖先を、大久米主だと言つてゐるのは、武官としての仕事を、久米氏が衰へて大伴氏に代つたからであります。

稗田といふ氏は、本道は筋が別らしいのだけれど、この別の祖先を猨女《サルメ》ノ君と言つてゐます。昔からかばね（骨、姓とも書く）といふ社会の階級をあらはすものがあり、古いもの程低くなつていく。そのまゝで居ると衰へていく。古くなると新しいかばねに昇進してもらはないと、その家が衰へますから、譬へば、君《キミ》、直《アタヘ》などゝいふやうなものは、神武天皇の時にあつたが、国造などゝいふものに相当するので、つまり、邑の君主とか、邑の主人とかいふものであります。君《キミ》といふ家は女の家、女が主人であつた家で、宗教上の権力を持つてゐる家であります。直《アタヘ》といふのは男の主人の家で、君・直などゝいふ家が低くなつて、衰へてきて、国造などゝいふものが出来てきます。

猨女ノ君のめといふのは、女でなくては出来ないからめと言つてゐます。猨女ノ君の祖先は天《あめ》ノ宇受売《うずめ》ノ命《みこと》であります。天孫降臨の時、五部《イツトモノヲ》（五伴緒）と申しまして、日本の職業上の根本である五つの職業の祖先が天孫について来られた。この五つの職業はかみごとといつて神聖なものであります。日本の職業といふものは、もとを尋ねればすべて信仰上の仕事であつて宗教的の意義をもつてゐます。その五神のうち、二人か三人は女であります。伊斯許理度売《いしこりどめ》ノ命《みこと》・玉《たま》ノ祖《おや》ノ命《みこと》・天ノ宇受売ノ命の三人はどうも女らしい。中臣氏の祖先、天《あめ》ノ児屋《こやね》ノ命《みこと》、布刀玉《ふとだま》ノ命《みこと》は男であるらしい。随つて女の職業が少くとも二つ或は三つありました。玉ノ祖ノ命は問題でありますが、伊斯許理度売ノ命と天ノ宇受売ノ命は女に違ひありません。

猨女ノ君の仕事は奈良朝の宮廷に勢力があつて、仕事が拡がつて、どれが本職で、どれが後の仕事かわからなくなつたが、普通には鎮魂術が仕事であつた、と信ぜられてゐるが、それ以外にもありました。天ノ宇受売ノ命の子孫猨女ノ君は宮廷の語部なのであります。

宮廷に伝はつてゐる物語、宮廷の叙事詩の外に、家々から奉つた叙事詩が集つて非常に大きいものとなります。吾々が考へられない程、錯雑してゐたものと思ひます。元来あつたところへいろ〳〵這入りこんで、非常にふりまはしのきかぬ大きな錯雑したものがあつたと思ひます。さうしたものを語り伝へてゐました。語るといふことは、節まはしをつけて歌ふことで叙事詩を歌ふことであります。後には話をすることになつたが、昔はさうではありませんでした。宮廷の語部の一人に猨女といふものがあつて、その祖先は本道か嘘かわからぬけれど、天ノ宇受売ノ命であると言つてゐます。天孫降臨の時、天《あま》ノ八衢《やちまた》に居て、光り輝いてゐる神がありました。天ノ宇受売ノ命は面勝《おもかつ》ノ神であるといふので遣はされた。そこで問答したところ天ノ宇受売ノ命が勝つて、それが国つ神の猨田毘古《さるたひこ》といふ事が訣つてこゝに共同して御案内申しあげました。

かれ、茲に、天ノ宇受売ノ命に詔り給はく、この御前に立ちて、仕へ奉れりし猨田毘古ノ大神をば、もはらあらはし申せる汝《イマシ》、送り奉《マツ》れ、亦その神の御名は、汝負ひて仕へ奉れ、と詔り給ひき。是を以て、猨女ノ君等、その猨田毘古の男神の御名を負ひて、女を猨女ノ君と呼ぶ事是なり。

とあります。天ノ宇受売ノ命は猨田毘古の大神が名前を言はなかつたのをはつきりさしたのであります。つまり、猨田毘古は伊勢にゐた神様、伊勢の国つ神であつたので、猨田毘古の猨を家の名前として、その神様にお仕へするやうにせよとおつしやつた。それから後、猨女ノ君たちは猨田毘古ノ神の名前をとつて、その家の女を猨女ノ君と呼ぶやうになつた。之は明らかに、この家は女主人といふ事がわかります。男の事は問題にしてゐません。後にはさるなどゝ言つてゐます。天武天皇の時、猨淡海《サルアフミ》などゝいふのが出てきます。猨女の仕事が鎮魂術に力を尽すことになつてから、外の仕事が目立たなくなりましたが、語部の仕事をしてをつたのであります。その家が何故猨女といふやうになつたのかさへよくは訣りません。猨田毘古について行つたから猨女と言つたと証明してゐます。

稗田は猨女ノ君の別れではないけれども、仕事が語部でありましたから、猨女の職業の為に宮廷から、猨女養田を与へられてゐました。猨女養田とは当時芸人などを養ふ扶持として与へられてゐた田地であります。それが平安朝になつて、その猨女養田を他人にとられました。近江、山城の両方の国にまたがつて勢力のあつた小野氏が主張して猨女養田をとつてしまひました。その時、稗田ノ福貞子《フクテイシ》といふ女の人が宮廷に訴訟しました。つまり、語部の仕事を継いでゐたゝめに語部の職業の田地があつた。その田地を小野氏といふ神に仕へてゐる家のためにとられて訴訟を起したわけであります。その福貞子が稗田の何々とでゝくる最後の人であります。後を見ましても、前を見ましても、猨女、稗田は通じて女であることがわかります。近代なら男がなければ女があとを継ぐこともありますが、当時の歴史を通じて、ある時は女が戸主となり、ある時は男が戸主であつたといふことはなくて、どうしても女がなければ何とかして女を立てるやうにしてゐました。宮廷にいく筋か語部の家があり、その語部の家のうちに、猨女の家がありました。その猨女の職を継いだものに、稗田といふものがありました。そこで、阿礼は女であると思ひます。しかし女であるかどうかはあまりたいした問題ではないけれども、序文で見ると、阿礼は天武天皇に仕へてゐた時、二十八歳の若い盛りで、阿礼とは巫女《ミコ》の名前であります。

為《リ》レ人《ト》聡明《ニシテ》　度《ワタレバ》レ目《ニ》誦《ヨミ》レ口《ニ》　払《フルレバ》レ耳《ニ》勒《シルス》レ心《ニ》

この文は飾つてゐます。文飾であつて、このまゝには信じられない。宮廷に仕へてゐる女であります。今だつたら宮廷に仕へてゐる女、何々掌典侍であつて、世間の事は何にも知らない頑固一点張りの人達であります。阿礼もよく物を知つてゐたといふだけで、学者であつたといふわけでない。

即、勅二語《シテ》阿礼一《ニ》令《ム》レ誦二習《セ》帝皇《ノ》日継及《ビ》先代《ノ》旧辞《ヲ》一。

と書いてありますから、天武天皇が阿礼に誦み習はしたととるのが普通であります。帝紀(記)、帝皇(王)日継、この二つは一つのものであらう。先代ノ旧辞、これは又本辞であります。これ等は文章を気取つたから重苦しく書いたのであります。たゞ本を読むだけなら、記憶力が強くなくてもよい。書物を集めて、てきすとになるやうなもの、定本になる様なものを作つて、始終くちずさみました。誦はくちずさむ、誦習とは繰返し〳〵暗誦するの意です。物語ははじめは書き記さなかつたのを、後には書き記してゐる。これを集めて定本に作つた。改めて覚えさしたのであります。それらの物語は氏々で持つてゐた。それを集めて矛盾しない様にして、新しい物語を作らせそれを覚えさせたのです。何故そんな事をしたのかといふと、書いたものは威力がないからであります。尊いものなど口から口へと伝授してゐたので、書いても隠してゐました。書いたとて口に出して語らなければ威力がないとされてゐました。これを証明する事実に天武天皇がなくなられてから後にその御遺志を継がれた持統天皇の御代に、十八氏の纂記(之はつぎぶみと訓み系図の事であります。)を宮廷に奉らしめたといふ事が載つてゐます。之は古事記編纂の為か、日本紀編纂の為かははつきり訣りませんが、さういふ事を宮廷でなさつてゐるのは、てきすとをこしらへてゐる事がうかゞはれます。それはつまり一つのてきすとを造らねばならなかつた。作つてまう一遍覚えなほさして、矛盾のないものをつくらねばならぬ。家々で成立の由来を作つた上、記憶させて、物語させねば威力が出て来ません。新文化には書きものは威力があるが、当時の人には語りものでなければ威力がありませんでした。そのてきすとは読むためではなく、暗記の土台としておこしらへになつたもので、それをば稗田ノ阿礼が覚えてゐました。その中に天武天皇がおかくれになりました。

然れども運移り、世異りて、未だ其事行はれず。伏して惟ふに皇帝陛下、一を得て光宅し、三に通じて亭育し給ふ。紫宸に御して徳馬蹄の極むる所に被り、玄扈に坐して化船頭の逮ぶ所を照し給ふ。日浮で暉を重ね、雲散て烟に非ず。柯を連ね、穂を幷《アハ》すの瑞、史書すことを絶たず。烽を列ね訳を重ぬるの貢、府空しき月無し、名は文命より高く徳は天乙にも冠《マサ》れりと謂ひつべし。

と、言つて今の天皇は偉い御方であると讃美してゐます。

焉《コヽ》に旧辞の誤り忤《タガ》へるを惜み、先紀の謬り錯《マジ》れるを正さむとして、和銅四年九月十八日を以て、臣安万侶に詔して、稗田ノ阿礼が誦む所の勅語の旧辞を撰録して、以て献上せしむてへり。

こんな偉い天子であるから、この時になつて、はじめて、昔の帝紀旧辞の誤りを正さうとして、太安万侶に詔して、稗田ノ阿礼が誦するところの、暗誦して覚えてゐるところの、天子の御命令によつて出来たところの旧辞を撰録して献上せしめたと言ふのであります。

「以献上者」の「者」を「てへり」と訓みますが、これは「言ふ」の意味で意味のない置辞です。

「てへり」とは平安朝の訓み方であります。後には之を「者也」と訓んでしまつたのであります。

つまり、宮廷に非常に大事な新しい物語を、阿礼が語り伝へてゐました。阿礼も年取ってよぼ〳〵になつて来て死んでしまふといけないから、あわてゝ書く事になりました。それを語部の物語通りに記録したといふのではなく、大事な処は落さぬ様にして、その様に書き、さう大事でないところは漢文で書きました。又漢文で書けないところも出て来ます。それは仮名交り文で書きました。

古事記は語部の台本ではありませんが、阿礼の覚えた大事なところを正直に書いて、出来るだけもとのおもかげを残すやうにしてゐます。八年後に出来た日本紀はそれとは別の目的を持つてゐて、国際関係から、外国の人が来た時に、この国はかういふ時に出来た国だといふ事を誇らんが為に出来たものであります。

今でも外務省や宮内省あたりでは、沢山の費用をかけて、皆の人に読ませる為ではなく、残して備へて置くために、本を編纂することがある。後れてゐるから、先進国に誇るために作るのである。

日本紀も恐らく天武天皇の時分から計画して元正天皇の御代に完結したらしい。古事記は元明天皇の和銅五年に成立しました。そこで古事記と日本紀とでは成立の意義が違ひます。だから二つの書物が並んでゐる事は不思議ではないのであります。

二　物語の発生

物語の発生については、余り詳しくは申しません。

「となへごと」と「呪詞」、その中に「祝詞《ノリト》」と「寿詞《ヨゴト》」とが出てきます。寿詞が歴史的内容を持つて来て寿詞其ものが叙事詩となり、物語に変化して行きます。何故さうかといふと私はから思つてゐます。人の意見と違ふかも知れませんが大目に見て下さい。寿詞は、自分の考へをこまかに述べて「どうぞ私の心持ちを理解して下さい」といふ様に抒情的になります。

「のりと」は命令するのですからさうではない。「よごと」は衷情を披瀝するのですから言ふ事が細かになつてきます。まう一つは、「よごと」は私の家は宮廷に対してかういふ仕事をしてをりましたから、その仕事をして相変らずお仕へします、と言つて宮廷と自分の家との関係が何時でも入つてゐます。それだから、必ず歴史が書かれ歴史的であり抒情的となる。そこで物語ができてきます。

三　系図の威力

物語が発達してくると急所が出てきます。全体を言つてゐる中に、対話とか又は独白の部分が出てくる。それが歌であり、諺であります。序に申します。古事記及び日本紀で世間で言ふ所の神話時代といふものを（私はさきに神話は日本には無いと言つた。）非常に鄭重に扱つてゐます。古事記では三巻の中、上巻が神代であり、日本紀では三十巻の中、初めの二巻が神代紀であつて、非常に重大なものとしてゐます。何故重大のものとしてゐるかといふと、人間はどうしても神様から出てゐると思つてゐたから、宮廷とゞういふ関係のあつた神から出てゐるかを明らかにしなければならないからであります。古い家は必ず神から出てをり、新しい家は宮廷の岐れであると考へ、新しい時代になると天子のわかれだと考へた。平安朝時代のことばで言ふと、総て宮に仕へてゐた群族を「神別」と「皇別」の二つに別けてゐますが、又この区別に入らないものがあります。入らぬものは大抵、ずつと昔へもつて行つて高御産霊神の子孫だとしてしまふ。この神は天地創造の神であるから誰でもそれなら子孫になることができます。これは平安朝時代の考へ方であります。とにかく系図の不確かな部分は神から別れ、確かな部分は皇族からといふ事になり、神別の中に種々雑多なものがあつて、かなり自由に種々な種類の人々を入れてゐます。神及び精霊から別れたものもさうであります。「皇別」といふのは神武天皇以後の天皇の御子孫とはつきり称へてゐて、宮廷でこれを認めてゐた家であります。さういふ事を何に拠つて説明したかといふと、これは物語によつて証明するより外仕方がなかつたのです。室町時代に武家が系図をやかましく言ふ様になつたと言ひますが、書かれない以前は却つてやかましかつたのです。つまり、向うの村と此方の村とどういふ関係があるか、此の国と彼の国とどういふ関係があるかといふ事は大事な事であります。初めは同じであつて少し遠のいたが、何処かに愛情が潜んでゐる。時によると血統が絶えたりすると、思ひがけない所から神の神託によつて血統を見つけて来なければならなかつたのです。譬へば継体天皇は非常に思ひがけない所から出て来られます。宮廷の御血統が絶えるか知れぬと危ぶまれる時、神の示顕によつて、北陸地方から出て来られ、或は又継体天皇より前に仁賢天皇は播磨の国からひよつこり自分から名乗り出られる。雄略天皇が崩ぜられて女の天子が立たれてゐます。（女の天皇は昔は支那や西洋の場合の女帝とは違つて、真の天子が御立ちになるその間の中継ぎに御立ちになつて、宮廷の神に仕へてゐる御方であります。）天武天皇の崩御になつた後、二人迄も皇太子になつて居られる間に、二人とも死なれても持統天皇は天皇になつて居られ、つまり、完全な皇統を継ぐべき方が出て来られる迄待つて居られ、本道の御血統で神の威力を持つた御方の出る迄待つて居られた。深い血縁であると共に神の威力を持つて居られる方でなければ皇統を継ぐ事は出来ぬ。雄略天皇の後の方に血縁の方はあつても相応しい方がなくて清寧天皇が御位に即いて居られる間に、雄略天皇から追はれた方が播磨の国の山奥から二人出てこられた。さきに継体天皇も北陸地方から忽然として出て来られました。

宮廷でもさうだが、もつとかゝはりの少い神でもさうでありました。

譬へば三輪の神社、大和の大神《オホミワ》の神は非常に荒れられる神であつたが、その大神の神の処へ宮廷の威力が入つて来たから一層暴れた。そこで崇神天皇の時大神の神を祀る人を捜さねばならなくなつた。この時に曽て大神の神が人間の乙女に通つて産ませた意富多々泥古《オホタヽネコ》といふ者が河内の国から出て来られた。この人が何故大神の神の子孫かといふ事は語り伝へて訣つてゐます。忽然と出て来た様に思へますが忽然では無くて訣る理由があつたのであります。崇神天皇の御時かういふ話が書かれてありますが、三輪の大物主ノ神《おおものぬしかみ》があらはれて、疫病が流行るので、神に伺ふと、帝の夢に大物主ノ神が現れて仰せらるゝ事には「それは私がしてゐるのだ。私の子孫意富多々泥古をして祀らせればよい」と言はれた。そこで諸国へ駅使《ハユマ》を遣つて捜した所が、河内の美努《ミヌノ》村から出て来た、と、から書いてあります。吾々から考へるとむちやくちやに当てなしに捜してゐる様に思はれますけれど、さうではなく大神氏《オホミワ》の系図を調べると先々の系図が判る、それはその家の語部の伝へてゐる物語で、その物語といふものを一番簡単に伝へたものが系図なんです。大三輪の社に仕へてゐる大三輪ノ宿禰《すくね》の家の物語を調べると、大神《オホミワ》の神の子孫が何処へ行つてゐるかゞわかるのです。単に捜したのでは無く訣つてゐるのだけれど誰が一番神聖な事が出来るかと捜して来るのです。ところがその相応しい人が現れて来て、

爾《コヽ》に天皇汝《ミマシ》は誰が子ぞと問ひ賜ひき。答白、僕は大物主ノ大神、陶津耳ノ命の女、活玉依毘売《イクタマヨリヒメ》に娶ひて生みませる御子、名は櫛御方ノ命の子、飯肩巣見《イヒカタスミ》ノ命の子、建甕槌ノ命の子、僕《オノレ》意富多々泥古と申しき。

これはむつかしい言ひ方であつて、系図であります。天子の前に出て言ふには、大和の国の精霊である所の大物主ノ大神が（大和で一番大切であるから大といふ字が付く、物といふのは魂の意）陶津耳《すゑつみみ》といふ命の女の活玉依毘売に娶ひて産んだ子がある、その子が櫛御《くしみ》方《かた》ノ命《みこと》と言つた。その神様の子供に飯肩巣見ノ命の子、建甕槌《たてみかづち》ノ命《みこと》、（建甕槌はいくつもある、鹿島の神とは違ふ。恐しい力を持つた蛇と雷と剣と三つの精霊を一つに見た。）つまり、その建甕槌ノ神の子、即ち私意富多々泥古でございます。大物主ノ命の孫の子ですからやしやご（玄孫）になります。系図の表し方がへんてこなのが面白い。

こゝに天皇大《イタ》く歓びたまひて、天ノ下平ぎ人民《オホミタカラ》栄えなむと詔りたまひて、

お前が出て神様に仕へてくれるなら神様は歓ぶであらう。大和の天皇の同じ血統の中に、神聖の資格が無い時には全国に求めて北陸から出たりするから系図は大事にしてある。この系図は偽れないのです。信仰で厳密な神聖観のもとに乱れぬ様にしてあります。あいぬ人も口でいふ系図を厳重にしてありまして、同じ種族だといふ血統は同じ系図を持つて居ります。さうでないと神を祭る事が出来ない。神を祀れないと政治も出来ない。宮廷で言へば宮廷の神を祀る資格のある人が出なければ大和の国は治まらぬのです。

　即ちこの意富多々泥古ノ命を、神主と為て、御諸山に意富美和之大神の御前を斎き祭りたまひき。

その後三行か四行いつた所、

　この意富多々泥古と謂ふ人を、神の子と知れる故は、上に云へる、活玉依毘売、其《ソレ》容《カ》姿《ホヨ》端正かりき。是に神壮夫《ヲトコ》ありて、其の形姿《カホスガタ》威儀、世に比ひ無きが、夜半《サヨナカ》に、倏忽《タチマチ》来つ。故相感《メ》で、、共婚供住《スメルマ》間に、幾時《ダ》もあらねば、其の美人《ヲトメ》妊身みぬ。

この意富多々泥古といふ人を、神の御子と知つた訣は、先に言つた活玉依毘売が非常な美人であつた。神様があつて非常な美男であつたのが夜中に思ひ掛けなく忽ちやつて来た。二人共歓んで男が女に通ふ様になつた。（すむとは二人の間に交情が成り立ち男が始終通つて来たこと。）幾だもあらぬ中にをとめはお腹が大きくなつて来た。

爾《コヽ》に、父母、其の妊身る事を怪しみて、其の女に、汝は自ら妊めり、夫なきに、何由《イカニ》してかも妊身めると問へば、答曰へけらく、麗美しき壮夫の、其の姓名も知らぬが、夕毎《ヨゴト》に来て、供住《スメ》る間に、自然懐妊みぬといふ。

昔は男は顔をかくして通つて来た。真暗がりに来て、真暗がりに帰つて顔を見せない。神がをとめの所へ通はれたその形式は、昔の結婚に遺つてゐます。平安朝の源氏物語夕顔の巻に源氏が零落した娘の所へ通ふ話があります。こんな卑しい処に大事な女を置く事は出来ないと言つて、通ひよい処へ連れて行つて源氏が被り物を始めて取つて顔を見せる、と書いてあります。吾々の考へられない空想ではありません。後には真暗がりに通つて真暗がりに帰つても、同じ村に住んでゐれば声や手触りで誰かを知つてゐました。これは神様の子供で相手無しに妊んだ事を言つてゐます。耶蘇教も同じ事であります。

是を以て、其の父母、其の人を知らまく欲りて、女に誨《ヲシ》へつらくは、赤土《ハニ》を床の辺に散らし、巻子《ヘソ》紡麻《ヲ》を針に貫《ヌ》きて、其の衣の襴《スソ》に刺せと誨ふ。

へそをとは麻を巻いた管の事でそのへそへ糸を巻いたまゝ男の着物へさせと教へた。男が戻つて行くに従つて糸が解けて行くからと教へた。

故教へし如《ゴト》くして、旦時に見れば、針著けたりし麻は、戸の鉤穴《カギアナ》より控き通り出て唯遺れる麻《ヲ》は、三勾《ミワ》のみなりき。爾《コヽ》に即鉤穴より出し状を知りて、糸のまに〳〵尋ね行きしかば、美和山に至りて、神ノ社に留りにき。故其神の御子なりとは知りぬ。故其の麻の三勾《ミワ》遺れるに因りて、其地を美和とは謂ひける。（此意富多々泥古ノ命は神君《ミワノ》、鴨ノ君の祖なり。）

つまり意富多々泥古の出て来たのもはつきりします。美和の神社に仕へる人は系図に依るより外はないのです。この系図が口で語られてゐました。

古事記下巻の推古天皇の御代は次の如く、

豊御食炊屋比売の命、小治田《ヲハリダノ》宮に坐し〳〵て、参拾漆歳天ノ下治《シロ》しめしき。御陵は大野ノ岡ノ上に在りしを、後に科長《シナガノ》大陵に遷しまつりき。

日本紀では大変多く書いてありますが、古事記は少しばかり書いてあります。何故なら系図だけ伝へればそれでよいのであります。又崇峻天皇の所を見ましても、

長谷部ノ若雀ノ天皇、倉椅ノ柴垣ノ宮に坐し〳〵て、肆歳《ヨトセ》天ノ下治しめしき。御陵は倉椅ノ岡ノ上に在り。

非常に簡単です。かういふ風に年も伝へないで単純化されて来て下巻はかういふ調子でいつてゐます。これはもとこんな形では無かつたのでなく逆に見て行くと、系図の間にその天皇様のなさつた事を入れて来る。それが単純化されて来るといふと系図が一番大事な事

になるので、物語の複雑のものが整理されたのであります。もとは系図もあれば物語もありました。色々ありますが、その時に関係のあつた事をそこに書いて置くから非常に複雑になつたのです。こゝに言つて置かねばならぬとなると入れて置いたのです。段々整理されて簡単な系図になつて来ます。譬へば、天子様の歴代記述は、系図の中色々書き入れた書きつぎ系図（書きつぎ系図とはこの人にはこんな事があると書き込む系図である）といふものがありますが、さういふもの丶形をとつてしまひます。もと〳〵系図ばかりが主ではないけれど、系図が一番大事になつて来ます。皇室は日の神の御子孫であるから日嗣といひ、更に詳しく伝へて天つ日嗣といひます。臣下では世嗣といひます。嗣といふのは系図といふ意義があり、口で伝へてゐる系図は神聖であります。口で伝へてゐる系図は錯乱が起きますから仕方なく書いて置く様になりました。持統天皇の御時の十八氏の系図も書いて置かないとあぶなくなりますから書き記されました。でも、吾々の感じる程はあぶなくはなかつたのです。譬へば、出雲の系図を見ましても、山陰道は宮廷に対して大切の所でありました。宮廷は非常に何時も重く見て居られました。種族が二つありまして、それは出雲族と伊豆志人であります。山陰の入口の但馬の伊豆志を中心とした所に伊豆志人が居りました。つまり、南方の支那から渡つて来たものでせうが、わかりません。出雲族は朝鮮半島から来たものでせう。宮廷の大和人より古いかわかりませんが勢力がありました。宮廷でもそれを重んじて、神代の巻に出雲の系図がはつきり入つてゐます。中巻には伊豆志人の系図が出てゐます。譬へば、

故、其の櫛名田比売を以て、隠寝所《クミド》に起して、生みませる神の御名を、八島士奴美ノ神といふ。

これで素戔嗚ノ尊が正式の結婚をした事になる。妃が違ふと、

又大山津見ノ神の御女、名は神大市比売にみ娶ひまして、御子大年ノ神、次に宇迦之御魂ノ神を、生みましき。

妃の系統と愛人の系統で子供を、二通りに書いてあります。次に、

御《ミ》兄八島士奴美ノ神、大山津見ノ神の御女、名は木ノ花知流比売にみ娶ひて生みませる御子、布波能母遅久奴須奴ノ神。此神、淤迦美《ヲカミ》ノ神の女、名は日河比売にみ娶ひて生みませる御子、深淵之水夜礼花ノ神、此神、天之都度閇知泥ノ神にみ娶ひて、生みませる御子、淤美豆奴ノ神。此神、布怒豆怒ノ神の女、名は布帝耳ノ神にみ娶ひて、生みませる御子、天之冬衣ノ神、此神、刺国大ノ神の女、名は刺国若比売にみ娶ひて、生みませる御子大国主ノ神、亦の御名は大穴牟遅ノ神と謂《マヲ》し、亦の御名は葦原色許男ノ神と謂し、亦の御名は八千矛ノ神と謂し、亦の御名は宇都志国玉ノ神と謂す。并せ

て御名五つあり。

つまり素戔嗚ノ尊より大国主ノ神に至る系図をのせて、先は二人づゝ並べて、後になると一人づゝ書いてあります。古事記では大国主ノ命は素戔嗚ノ尊の数代の孫になつてゐますが、日本紀では素戔嗚ノ尊の子になつてゐます。しかも大国主ノ神は幾つも名がありました。神の徳により神霊の働きにより名前が違つてゐます。大国主ノ神には兄弟が沢山あります。

大国主ノ神は須勢理毘売《すせりびめ》をよみの国から連れてきました。よみの国はぎりしや神話でもへろといふ嫉妬深い神の居る処であつて、日本のよみの国から来た須勢理毘売も嫉妬深い方で、すせりとは嫉妬といふ意味です。

岩波本にある様に十七代の神を並べてあります。この外に未だも一つあつて大年ノ神の系図を又並べてゆくんです。昔の人は人間の天子の代になつても並べてゆきます。何処の君、何処の別《ワケ》になつてゐるかはつきり伝へてゐて、何地の豪族となつてゐるかも伝へてゐます。昔の学者は書いてあるから正しいと盲信してゐました。宣長先生などは古事記に書いてあるから正しいと信じてゐましたが、今の人はどうも信じられません。間違ひがあるに違ひないが、杞憂よりも確かなものです。間違ひがあつても存外もつと確かなものであります。神の伝へられた物語は、忘れてはいけないといふ意味は、間違つたら系図が乱れるから大変になりますから。間違つたとなへごとをすると、逆の結果が出るから系図を間違へては大変であります。間違はぬ様にしても間違ふ事があつたから系図の検査がありました。允恭天皇の時盟神探湯《クガタチ》をして氏《ウヂ》、姓《カバネ》の錯乱を正しました。それは探湯瓮《クガベ》といふ鍋の中へ湯をたぎらせて置いて、系図を唱へながら手を入れるのであります。それを探湯《クガタチ》と言ひます。建内宿禰《タケシウチスクネ》と味師内宿禰《ウマシウチスクネ》と盟神探湯をして味師内宿禰が負けました。系図が間違つてゐると手が火傷するのであります。

これは今の人達と違つて昔の信仰時代の事ですからあり得る事でせう。ともかく時々知らずに間違へてゐる事もありました。つまり探湯は後には裁判に使つたが、本来これは系図を正す事に使つたのであります。となへ言をする時寿詞をとなへながら探湯の両方から手を入れてみて間違つた方の人が罰せられるのです。

つまり、系図が尊重せられ、そこに威力があつたのです。威力のある系図をとなへたゞけで悪い神は退散してしまふものです。出雲族の神の名はあいぬ人であるやら、伊豆志人の名が朝鮮人の名であるやらわからぬが、この系図をとなへたゞけで悪い神は退散してしまふと信じてゐました。

で、ともかく内容如何といふよりも、昔から伝はつてゐることばだから威力があると信じられ、吟味もせずに使はれてゐましたから、所々にとんでもない記憶の間違ひが出て来ましたが重大なものは間違はない様にしてゐました。

以上で、古事記の成立は解けたものであるとして置きます。

第四　古代精神

一　邑落及び家庭

私はどういふ心算でお話するといふのではなく、私が此の話をするのは、昔に対する愛情を以て語つてゐるのでありますから、私の昔に対する愛情をとつていたゞき、あなた方が、この話を国民教化に役立たせようが役立たせまいが、それはあなた方の御勝手であります。私は功利的の話はしてゐない心算です。功利的の話といふものは歴代の政府のする施設と同じ事で、次の時代には何にもならないものであります。学問・教育は目的を前に置かないで、長い久しい民族の継続を考へて行かなければいけないと思ひます。私の話の目的を言へと言はれると困るけれど、昔の人がかう進んで来てゐるのだから、今更空想しても仕方がありません。西洋歴史でくれをぱとらの鼻がまう少し低かつたら世界はどうなつて居つたとか、仁徳天皇の八田《やた》ノ若郎女《わかいらつめ》の子が世嗣ぎをして居つたら世の中は如何なつたか、などゝ空想して居つても仕方がありません。あつたまゝが一番よいのであります。これから先はどうにもなるが、昔をどうする事も出来ません。昔に対して絶大の賛成の心を持つより仕方がありません。吾々はかやうに生れついて来てゐる。私達だつて父親があんな母親を貰はなければ、どんなに賢かつたらうと考へたら、それは空想であります。若しさうであつたなら吾々といふ者は無かつたわけであります。そんな事は考へても無駄なことです。吾々は、よくこの無駄を考へてゐるのであります。

日本の邑が発達して国になり、国家になつて行くといふ事と、家と国家の関係といふ事を詳しく申したかつたが申す事が出来ませんでした。つまり、邑は家の延長なのであります。邑の歴史は邑の大きな家の出来事のみを伝へてゐます。英語でいふえとせとらの其ほか大勢は物語に伝はらない。物語には立派な人の話ばかりで、田舎の百姓の事は伝はつてゐません。田舎の娘の所へ天子が御通ひになつたといふ事は、伝へてゐる様に思へる話はありますが、その娘は豪族の娘であります。

大きな家族が土地を持つてゐて、大きくなり、邑となり国家となつてゐる順序を話したかつたし、家族の関係の話をしたかつた。どういふ関係で進んで来たのか、それは存外今でも無くならないでゐます。私の話を聞いてあなた方の心に触れる点が少しでもありますならば、それは私が空想を言つてゐない証拠です。

私の考へは、民俗学とも、民間伝承学とも言つてゐますが、今の田舎に遺つてゐる古い生活現象と、昔の生活と比較して一番不都合の無い様に研究してゐるので、最も真実な土について研究を考へてゐます。それより外に研究の道がない。書物は勿論参考にすると共に、今まで引き続いてゐる田舎の生活、邑の家の生活を材料のもとゝして調べなければうそであつて、他に方法がありません。国家以前、邑落以前から、段々出来て来た時の事が古事記の内容であつて、それ等の事情を話さなければいけませんがそのお話をする時間がありません。

二　恋愛及び信仰

恋愛と戦争とは同じ形式であつたといふ話になります。吾々は、恋愛は一番合意的なもので一番心が融合して成り立つものと考へるのですが、昔の人は結婚しようと思ふと戦争が伴ひました。或家庭の神に仕へてゐる娘を自分の家へ連れて来るのだから、結婚によつて二つの勢力が入つて来る事となります。結婚は、Aの家へBの家の神様を連れて来るといふ事になつて、Bの家を支配してゐる力を、Aの家へ持つて来るといふ事になります。娘を奪つて来る事もあるし、合意的の事もありますが、結婚は容易でなかつたのです。何故容易でなかつたかといふと、二つの家庭が合する事であるからであります。今ならば稼いでゐた娘が他家へ嫁入るといふ事は、経済力をとられる事で経済的に損だ位にしか考へぬが、大昔は娘を連れられて行く事は、その家の一番の力がなくなつてしまふ事であると考へました。

垂仁天皇の時の沙本毘古と沙本毘売の事で申した通り、沙本毘売は、兄に顔負けして「兄の方が可愛い」と言つた時、沙本毘古が「天皇を殺し奉れ」と命令した。沙本毘古、沙本毘売の治めてゐる国の沙本の村の実権を持つてゐるのは沙本毘古である。その実権の源は沙本毘売が神に傅いてゐる事より出てゐる。故にその沙本毘売が大和へ嫁入つて天皇の下へ参れば、大和へ神がついて行つてしまふから、沙本毘古は沙本毘売を奪ひ返さなくてはならぬのです。

も一つの、合意的の結婚は神祭りの晩に遠くから神がやつて来て、娘が接待すると、神と娘と逢はれた。近代でも山の中にその形式が行はれてゐる所があります。暗い中に娘の所へ通つて行く、昔から「よばひ」などゝいやなことばを使つてゐますが、よばひといふ事は、大声で自分の名を呼ばゝつて通ると、娘が自分がそれに許さうとすると、娘は自分の名を言つてそれに許すのです。まう一つ、神祭りの晩に娘の所へ神様に仮装した男が行つて歓待されて帰つて来るのです。その結婚はおとなしくて邑の秩序を乱さないから、ずつと遺つて続いて来ました。今でも結婚法をこまかに分析するとさうです。

戦争の結婚は村の秩序を乱すから無くなつてゐます。後には、経済的に結婚の費用がかゝらない為に、相談して若衆を頼んで「嫁ぬすみ」をする。この「嫁ぬすみ」或は「嫁うばひ」の習慣は信州辺には、どこかに遺つてゐるでせう。そんな事も昔と今と突き合せて見なくてはわかりません。外国の社会学、民俗学、土俗学等の書物だけを見たゞけではいけません。今日本に活きてゐるものをもとにしなくてはいけません。

三　倫理観

この題目は自分でも恥しい様な気がするから略します。

神様々々と言つてゐるが、人と神との間の約束のみが何時迄も遺つて行きます。昔の生活を維持するには、信仰より外にありません。律文以外の事は消えて行きます。人間の風習慣が残るのは、神に対する勤労か、神に対するつゝしみの二つであります。主に注意される事は、神に対してしてはいけない事で、それを犯した時に、罪悪感が起ります。それをしない様にする所から倫理観念が起ります。

「つみ」といふ事は、前には「つゝみ」と言つて、万葉集に「つゝみなく云々」と言つてあります。つゝみとは、申し訣の無い事をしたから謹慎の状態にあるといふ事であります。

又つゝみなくといふ事は謹慎せなければならない事がない、といふ事で、故障がないといふ事になります。知らずして神の領分にさはるとか、知つて神の領分を冒すとか、心のさはる事を慎んだそれに触れまいとした時にこれを「物忌み」と言ひ、ふれまいとした状態でふれた時はつゝみを冒したので「罪」といふことばで表されてゐました。ところが、禁止ばかりでなく、努力して行く事があります。譬へば、罪穢れがあるとは、天つ罪国つ罪などを冒した事である。天つ罪とは、田地を荒したりなどすることで、国つ罪は動物と結婚するとか血族結婚をするとか、死んだ体をきつて血を出すなどがそれであります。罪を冒さないでも、人間はさういふ事はするものだ、人間にありさうなものだと定めてかゝつて、祭りの時に国つ罪天つ罪の代表者を出して置いて、自分等は涼しい顔をしてゐました。自分等の罪の代表者を神の前に出して、自分達は新しい生活に入つて行くのであります。大祓の祝詞の行はれた時代は、今まで知らぬ中に冒した罪の祓ひをするのでなくて、天つ罪、国つ罪を冒した代表者を選定して、ひどい目にあはして神の赦しを受けるのでありま す。

古典の研究と関聯して申しますが、国つ罪の中に、高つ鳥のわざはひ、高つ神のわざはひと、対句になつてゐるが、古い書物に書いてある事は皆意味があると思ふのは間違ひであります。高つ鳥のわざはひ、高つ神のわざはひは一つであつて、対句の為に二つおいてあるので、一々実在してゐるといふのは間違ひであります。高つ鳥、高つ神とは天狗の事で、鳥が家に落ちたといつて穢れとするが、昔でもそんな事はないと思ひます。前と同じ様に対句です。吾々が知らぬ中に罪にふれてゐるのは、罪をおかしてゐる事ではなくて、神が或家を選定して乗り込んで来られる。これは迷惑の様であるが昔の人には迷惑ではなかつた。その家の人は神様が来られると、自分達は体が穢れて神に逢はれないとして、禊ぎをしました。この祓ひは悪い事をしたから祓ひするのでなく、新しく生れんとする、よい事の為に、体が穢れてゐるから祓ひをするのであります。

罪悪観と結び付けて考へられてゐますが、穢れを祓ひ、神の赦しを受けると同時に、自分が何か新しいものをしようとする時、体が穢れてゐるかも知れないからと言つて禊ぎをし、祓ひをするのであるといふ様に、禊ぎ・祓ひは二つの意味があります。

道徳観の出発点は、穢れの出発点から二つに分れてゐます。神道の方では、吉事祓ひ、凶事祓ひ、と二つありますが、何の為に二つ行はれてゐるか知らなかつたらしい。善い事を待つために祓ひをするとかいふ事があるか、私の考へでは、祓ひとか禊ぎとかは罪悪といふ観念無しに後の方にありはしないか。日本では本道の悪い事は知らなかつた。善しとか、悪しとか、対照して使つてゐるが、どの位の内容を持つてゐたかわかりません。悪い事を改める事がよい事になると考へてゐました。悪い事の本は禍津日《まがつひ》の神《かみ》だと思つてゐます。

この神といふのは人間のとなへる事が間違つてゐる時に、ことばの間違ひを正す為にひどい罪を与へる為の神で、その神が無ければ何時迄も其儘伝はつて行くのであります。禍津日ノ神の力を押へるには、直日《なおひ》の神《かみ》の力によつて押へる。これが日本人の考へる善といふ事の本なんです。直しといふことばがありますが、曲つてゐた事をなほす事が直しといふ事です。

話が唯、ひんとばかりの様になりますが、吾々の常識だけでは、古の事は訣りません。何の為に古事記にはかう書いてあるのかといふ問題に対しては、今日の知識で、合理的に昔を見るだけではいけません。今までの考へ方よりも、もつとよい考へ方が出て来るであらう、と思ふのが本道であります。今までの知識や論理で判断するのは危険であります。間違ひから出発して間違ひを築くことになります。

この章では、家庭の話をしようとしたから家庭の話で止めませう。

大きな家庭の主人（邑とか、国の主人）の事ばかり伝へてゐた時代の事であるから、かういふ書物を見るには、その点で見なくてはなりません。どこに精神があるか、そこをおろそかにする事は出来ません。平安朝まで下つて考へなくてはなりません。畏れ多い事でありますが、歴代の天皇は色好みでない方はなかつた。大国主ノ命はその標本の様な方でありました。色好みといふ事は、日本で邑や国を治めて行く人の一番の美徳でありました。

平安朝時代はこれを讃美して、色好みの出来る様な人だから貴族だとしました。後世の好色とは違ひます。どんな女にあつても、沢山の女をさばいて、問題が無い様にして、大きな家庭をつくつて行くのが理想でありました。源氏物語は色好みの極地なのであります。さういふ状態へ、後に儒教精神が入つて来ると、非常に悪い事になつて遠慮しだしました。在来の日本の考へでは、色好みは、一番よい事でありましたが、学者や智識に恥しい事になりました。この時代よりずつと前には大切の事でありました。変つた考へから推して考へるのは誤りであります。昔の人の家長、族長、貴族の生活では、色好みが一番大切で讃美すべきものとなつてゐたのでありました。平安朝ばかりでなく、もつと昔へ遡つて見る必要があります。つまり、非常に世の中が寛容の徳をもつてゐて、家が段々栄えて行く、男と女との関係が順調に、状態が円滑に行くといふ事が、非常にいゝものだと思はれてゐました。結局は幾つもの家庭を併せて行くといふ事が一番よい事でありました。古事記の世界から、吾々の今の世界に来る迄には、大きな仏教や、儒教の時代を通つて、妥協の出来ないものが入り込んでゐるから、ちよつと見たゞけで判断の出来ない道徳戒律が、入つて来てゐるから、その儘の状態を引き継いでゐませんから、吾々の目で古代を律することは出来ません。吾々の祖先の生活がその儘引き継がれても、今から見て、古代が間違つてゐる様に思ふのは、ひよつとすると吾々が間違ひであつたかも知れません。

色好みが何故よいのかといふ疑問を残しただけですが、それ等は源氏物語や、大貴族や、名高い天子や、神々の事跡をよく読んで下されば自ら納得されると思ひます。

四　古典研究法

古典とは古い書物で、古い書物を読んで行くのにどれだけの用意がいるか。一番大事な事は、今の心で昔の書物を読むか、昔の心になつて古い書物を読むかであります。文学の盛んの時は、今の心で昔の書物を解釈すべきだと言はれますが、之は一応尤もではありますが、今の心で読むならば、何にも昔のものを読まなくてもよいのです。意味のないことです。だから、昔のものを読むには、昔の心構へになつて読まなくてはなりません。従つて、一種の文学研究的の心持ちは、古典研究には第一に捨てなくてはなりません。

然らば、書物を読むには如何に読むべきかと申すに、書物を読む事と、書物以外の力を借りなくてはならぬ事とあります。古典を通して昔の生活が訣るとしたが、今ではもつと外に便利の方法が出来てゐます。それと共に書物をどう読むかゞ大切であつて、大ざつぱな文学的の鑑賞では駄目です。

何時も〳〵、文学書を読んでも、その価値も訣らずに読むのはいけないが、意味だけ訣ればよいといふのは、読み違ひがあります。古事記自身でも、昔からのことばを誤つて使つてゐます。万葉集では、これが猶甚しいのです。吾々はいくらでも間違つて解釈してゐます。間違ひは排除出来ないが、間違ひのないといふ自信のつく迄読まなくてはなりません。書物を沢山読んで色々の事を心に蓄へて置くと同時に、一つ深い所を押へてゐなければ駄目であります。どんな所を出されても、知つてゐるといふ迄行かねばなりません。昔の人が太平記、源平盛衰記を読んだのは、今の人が大衆小説を読むが如くに読んだのです。併し今の人が太平記や、源平盛衰記を読むのは苦痛であります。それは研究的に読むからであります。明治時代の人は、田山花袋・泉鏡花あたりの小説を読んだものであるが、だんだん時が経るに従つて、吾々の研究の領分が拡がつて来ます。だから読むべき書物が沢山あるのだから、少い書物をしつかり読んで動かない解釈をこしらへて置かねばならぬ。さうするとその力が外の書物を読む時に働いて行きます。岩波文庫版の古事記などは、早く読む人は、日に何回か読む事が出来るであらうが、大ざつぱに大衆小説を読む様な態度で読んではなりません。宣長先生の古事記伝なんか読むと、中々わからない事が沢山あります。古典研究者は昔の人の拾ひ残しを拾ふ楽しみがあります。時代が経れば昔の人が問題にしなかつた事が問題になり、わからぬものがわかつてくる楽しみがあります。明治の三十年か四十年前に中学をすんだ人は、今の中学生に比べると、物理化学の知識などの無いのは恥しい、絵など書いて見たつて、今の若い者は上手なので、さういふ風に変つてゐるのですから、宣長先生の訣らなかつた事が、吾々には訣ります。学問としての研究法も進んでゐます。宣長先生の時代には、どんなに進んでゐても、たか〴〵平安朝時代がわかる能力位しかなかつたのです。宣長先生は優れた人だから古事記まで入る事が出来たが、どうしても平安朝式の見方であります。

幸に吾々は古代に対する考へが、ぴつたり、直観的に出来ます。時代が新しくなるに従つて考へ方が進み、明治以後になると、直観的になつて来てゐます。それは外国との比較が出来るからであります。外国に現にやつてゐる事や、田舎では平気でやつてゐる事も、書物には千年も前でなければ書いてありません。で、書物を読むのに出来るだけ詳しく読んで行く事が必要であります。田舎にゐる事は学問する事に都合のよい事もあれば悪い事もあります。田舎にゐて物識りにならうとするのは無理で、出来るだけ一つのものに集中するより外はありません。大衆物を読む様に沢山古典を読むがよい。これと同時に、自分の周囲には奈良朝・平安朝・鎌倉・室町と時代を解釈するによい活きた証拠が遺つてゐると信じて研究して欲しい。書物だけが過去の生活の全部ではない。書物といふものは一千年前、千五百年前に固定したものであつて、生活はそれから、ずつと続いて来てゐるものでありまず。もし、そんな事はないと言ふならば、自分の持つてゐる、把持してゐるものを、離さないといふ自信がないといふ事になるのです。人間の把持力をもつと信じて貰ひたいものです。

古典の研究法は未だ外にも色々ありますが、本道に納得させるには、事実を挙げねばならぬが、時間が迫つて来たからこの程度で止めておきます。ともかく田舎の生活に始終気を付けて頂きますと、それが書物を読む時に実感的に浮んで来る事がありませう。古事記をお読みになつて思ひ当る事があるだらうと思ひます。

最後に歌の解釈をしませう。一首もしないのは残念ですから、一首だけしておきます。

　天なるや　弟棚機の　項がせる、玉の御統　御統に、穴玉はや。み谷　二亘らす、阿治志貴　高比古根の　神ぞや

日本紀には簡単になつてゐます。この歌は色々に解釈されてゐますが、私の解釈には田舎の生活が助けになつてゐます。古い書物の助けもあるが、田舎の生活から暗示を受けてゐます。

天なるやの「や」は普通、所の、辺にあるの意に解釈されてゐるが、意味は殆どない。弟棚機は、たなばた様といふのは民間にあるが、それを、この弟たなばたと少しも関係付けないで、支那から出てきた七夕の習慣から来てゐると思つて、古代にはさういふ事が無かつたんだと、思つてゐた。この儘にしておくと、古事記時代には学者は支那の七夕の星の

話が入つて来て、こんな歌が出来たと説明する人も出て来る事になります。弟《オト》たなばたは、えは年長で、おとは弟で、えたなばた、弟たなばたがあつた事が考へられる。天孫降臨の時、日向に天降られた時、波打ち際に八《や》尋殿《ひろどの》を建て、手の玉足の玉をゆら〳〵させながら、機を織つてゐた姉妹の娘があつた。姉は石長姫《いわながひめ》、妹を木花開耶姫《このはなのさくやびめ》といつた。この話にある様に、年長者と、この代理者みたいな、候補者みたいなものがある。それが、おとであります。正式な組長に対しておとは副組長の様なもので、幾人もあります。日本武尊の妃弟橘姫が海に投ぜられたとあるが、このおとたちばな姫にも兄橘姫があつたに違ひない。昔の結婚は、姉妹一群になつて御輿入れをした。常陸風土記を見れば、橘姫が陸地を来て常陸で日本武尊に逢はれてゐるが、学者はそんな事は、をかしいと言ふが、そんな矛盾はかまはぬ。それは橘姫は正妻で弟橘姫は副妻であるらしい。その控への方が海に入られたのであります。おとは姉妹の順序を示し、職能の順序を示すことばであります。

「おとたなばた」は波打ち際に機を織つて居られた。たなとは桟橋の様なもので水の中へ造り出してある、其処にこしらへてある所の機屋が、たなばたで、そのたなばたの上にゐる娘がたなばたつめで、その娘の中の妹がおとたなばたつめであつて、年の若い美しい娘であります。

日本の昔の村の生活では、神事の行はれる前に娘を家の外に出して置きます。神に知られるためであります。男が神に仮装して出て来るのですが、女達は村を離れて山の中や海の中で生活してゐるのです。何故海の中に出してある所で機を織るかといふと、神様が来られると着物を着せるのです。神はこの衣に巻かれると、生れ更る様なもので、誕生の真似をする事で、赤ちゃんの生れた時にくるまる様なものです。瓊々杵尊《ににぎのみこと》が天から降られた時、布団の様な衣にくるまつて降りて来られた。その時吾田の笠狭《かささ》の碕に行かれて禊ぎをされた。その時木花開耶姫が迎へられて、姉の石長姫は嫌はれた。その時御仕へしたのがおとたなばた姫だつた。離れて暮すといふ事は神聖化してくるといふ事で、これが段々進んで来て、人身御供になつて来ます。これを支那の七夕の星祭りの牽牛星と織女星が、天の川を隔てゝ一年に一度逢ふ話と、日本の信仰と同じになつて来て、織女星を、たなばたと訳した万葉集になつては、即ちたなばたつめになつたのであります。

「うながせる玉の御統」は、うなぐとは襟首から前に掛けることで、みすまるとは、一つの紐に沢山の玉を通したもので神聖さを保つ為に、をとめは身体中玉を巻きつけてゐた。習慣で昔の人は玉の音を非常にほめてゐます。頸にかけていらつしやるところの玉のみすまる、と言つたから、それを、まう一度繰り返して、みすまるに、とはやして此処で一転するのです。

みすまるにの「に」は、の如くの意であります。「あな玉はや」のあなは、玉にひつゝけて、みすまるの玉（この玉は清んで読む）には穴があいてゐるからといふのと、あゝといふ意味とあつて、一つのことばの効果が二つのことばにかゝつてゐます。

玉はやはおそろしい霊魂を表すことばです。「天なるや」から「みすまるに」迄は万葉風のあな玉をおこす為の序歌であります。万葉集の、

ますらをが　猟矢《サツヤ》たばさみ　立ち向ひ、射る的形は、見るにさやけし（巻一、六一）

では、「ますらを」から「射る」迄は「的形」の序歌であるやうなものです。みすまるの如くその玉を、といふやうに言はなくても、他に言ひ方があるではないか、と言ふのは間違つてゐます。昔の人は別に計画もなく、初めから出鱈目に作つて行き、段々作つて行つて目的に入つて行くのが、本来の技巧であります。「おとたなばた」などゝいふのは、この場合の事実に関係はないので、さう解釈したら大間違ひであります。

あな玉はやは、あゝおそろしい、すさまじい、あゝ大変だとの意であります。

み谷二わたらすは岩波本のは、あて字があつて意味が違ひます。みは接頭語であつて意味はない。又三つといふ意味に使ふこともあるが、こゝではどちらでもよいと思ふ。本文では「美多邇」と書いてあるのであるが、どう解釈しなければならぬといふ事はない。みを三つとつてもよいし、意味が無いとしてもよい。

二わたらすは、「二わた」る事をなすの意で、二わたる事を、敬語で二わたらすといふの

です。図の様に、此処に谷があるとします。一つの谷を二度わたるといふ事か。二つの谷をわたるといふ事かも知れません。或は三谷《ミタニ》を、三つの谷といふ事になると意味が違つて来ます。みたにふたわたらすは三つの谷を往き復り二度わたるとしてもよい。私は三つの谷を二度わたつていらつしやると解釈したい。

そこで歌の意味は次の様になります。

「三つの谷を二度わたつていらつしやる、あぢすきたかひこねの神さまであるよ」と讃美したものであります。普通には非常に勢のいゝ方で、谷を二つ一緒にとび越える神といふ様に解釈してゐます。この神は出雲のかもの神で、生れた時から母親に難儀をかけて、成人した神で、もと蛇神であります。非常に大きな蛇神であつたといふ事がわかります。

今の人は蛇と言へば、合理的な解釈だと、思ふかも知れませんが、昔の人は蛇と雷は一つのおそろしいすぴりつとだと思つてゐました。

阿治志貴高比古根《あじすきたかひこね》の神は、大きな谷を二つ一遍にとび越えるおそろしい神だ、と阿治志貴高比古根の神の妹高比売《たかひめ》ノ命《みこと》が讃美する為に此処に持つて来たのであります。こゝで誤解され易いのは「天なるや、弟棚機の項がせる、玉の御統御統に」で、これは穴玉を言ふ為のもので、印象してゐた事が、ひよつと出て来たゞけであります。

出雲風土記に拠ると、阿治志貴高比古根の神は、川のほとりに棚を造つて母親に育てられた神でありますから、聯想する理由もあります。

序歌はこんな風に発達したので何も修辞的効果を考へて序歌を作つたのではなく、いゝかげんに言つてゐる中にものになつてくる。後から考へて見ると何もこんな修辞を使はなくてもいゝと思はれるのであります。この歌はこんな場合に出来たのか、出来て居らなかつたのか訣りません。

昔の人は神様の素性を知らなければならなかつたから、神様が素性を明かす事は大事な事であつた。神の素性が訣らないと扱ひにくいのです。神が出て来ても中々名前を言はぬ神があつて困りました。神功皇后の三韓征伐の時仲哀天皇が御崩れになつた。それが何神の祟りであるか、わからなかつたので、七日七夜禱り続けると、神が現れて始めて自分の名を名乗つてくる。「幡荻《ハタス丶キ》穂に出し吾れや、尾田吾田節の淡郡に居る神なり」と名乗つた神が出て来ました。

相手の神の素性がわかれば何でもないのであるが、わからぬ間はおそろしいので、わかればすぐ相手を屈服する事が出来ます。

こんな風に話すと、話を複雑にするやうでありますが、昔の人の文学以前の文学をこしらへて行く心持ちは、かういふ風に複雑なものであります。何にもかもいつしよくたにして出てくるまゝに出してくるからであります。私の解釈も十が十まで妥当であるとは言ひ切る事は出来ないけれども、昔の歌を、こんな風に解釈するのがよいと思ひます。その時合理的に自分の僅かな知識にあはせて解釈するのは間違ひであります。自分の能力以上の事は出来ぬが、出来るだけ常識を働かせたい。常識がなくなるといふ事は学者にとつてはこはい事です。あなた方が私の話を聞いて、あの男の話は常識がないと言はれても困ります。私の知つてゐる人々に、固定して自分の考へ以上に出る事の出来ない様な学者があります。私も心懸けてはゐる事であるけれども、かうしたあやまちを犯す事が時々あります。かゝる常識を失つた合理化をしない事が古典の研究に大切であります。殊に地方にゐると批評をしてくれる人がなく、つまらぬ事を言つてもぢきに感心して賛成してくれる人があります。信州などでは理論的な事を言ふと直に採り入れてくれる人が多いが、それだけ間違ひ易い。合理的、即ち理窟にあはせるといふ事は出来るだけ排除する事が肝心でありま す。理窟にあふのは仕方がありません。この事は古典研究に一番大切な事であります。要領を得ぬ話で大変話が長くなりまして皆さんに御迷惑であつたと思ひます。済みません。

古事記の研究　二

昭和十年七月十二・十三日、下伊那郡教育会第七支会講演筆記

第一　古代倫理観

今年まう一度古事記の研究をつゞけます。

先年は本文を読むことが出来なかつたから、今度はなるべく本文を読みながらやつてゆきたいと思ひます。どうも講義が先にあるから、或は本文が少くなるかも知れません。私は倫理学の専攻ではありませんから、修身めいたお話は出来ませんが、私等の立場からみた倫理観も何かの参考になると思ひますから、その問題を扱ひます。その他にまう一つ古事記の上に、昔の民俗、世間の民俗にどういふ風に影を落してゐるか、古事記に表れてゐる民俗が今日の民俗にどういふ風に見られるか、逆に申しますと、今日の民俗と昔の歴史と照らしあはせてどういふ風に関係があるかといふ事を申し上げます。出来ますれば、吾々の生活に関係がないと思はれてゐる古典の事が吾々の只今の生活にも親しいものだといふ事を考へていたゞければ結構です。

一　かむながらの道

日本の昔の倫理観に就いて申しますならば、「かむながらの道」といふ事に就いて申し上げねばなりません。「かむながらの道」といふ事は誰も申しますことで、非常に常識化してゐて子供でない限りその言葉だけで訣ります。それで、世間では無反省に使つてゐます。学者でもさうであります。「かむながらの道」といふ事をもつとうとして使つてゐる人達がどうかと思はれる様な使ひ方をしてゐるやうです。それで今、「かむながらの道」といふ言葉の持つ観念を正して置きたいと思ひます。「かむながらの道」といふ事は実は古事記には出て居りません。出て居りますのは日本紀です。万葉集にも出てゐます。今度のお話は古事記だけのお話では完全に研究出来ません。昨年のお話よりも今年の方が一歩進んだお話になります。古事記を研究して戴くにはどうしても土台に日本紀・万葉集、奈良朝に出来た諸国の風土記（古風土記）、この三つと、それから古事記それ自身を加へてこの四つが、どうしても、根本にならねばなりません。記紀万葉集風土記の為にもこの四つが相互に関係しあひます。だから、古事記にこの「かむながらの道」といふ言葉が出て来ないからと言つて、古事記に全く無関係のものではありません。これは偶然だつたのです。

古事記がもつと大きければかむながらといふ言葉が出て来る筈です。まう一つ理由があると思ひます。日本紀の孝徳天皇の巻――この天皇は天智天皇の少し前、皇極天皇と斉明天皇の間にゐられた方でありますが――に出てゐる事ですが、孝徳天皇の時代は日本の国に風俗の上にも思想の上にも大変に変化のあつた時代であります。支那の文化を採り入れるに急であつて、この時代の歴史の記述に注意して見ますと面白い時代であります。この時代は欧化主義の時代とか、この時代は唐化時代とか、外国の影響をうける時代がありますが、その時代の事を考へてみますと、日本の在来の姿がはつきりと出てくる時なんです。だからさういふ時は何時でも注意してみると古い時代の事がはつきりと出てゐます。日本の文化と外国の文化とが行き逢ふ時は、衝突するか調和するかの何れかで、この時に日本の姿がはつきり出てくるのです。孝徳天皇は或点から見ますと、日本の在来の生活に対してごく、批評的に見られ、また或点からは大事にしてゐられたかと見えます。「仏法を尊び神道を軽んず」と日本紀にあります。これは神道家の嫌ふ文字で厭な文句ですが、そんな事は何でもありません。在来の低い信仰をば問題にせられなかつたのです。その時分の「神道」といふのは仏法に対して考へてゐられるので、つまり、絶対の信仰が「法」なのですから、仏法を絶対のものとして考へられ、神道は相対的なもので、仏法の中に這入つていくものであります。つまり、在来の俗間の信仰――従来の野山の神、木や岩石の中に潜む精霊に対する尊敬——をば「神道」と書いたのです。だから、吾々から言ふと之までの迷信を問題とせず、ひたすら大きな宗教的組織をもつてゐる仏法——絶対の真理——に進んで行くといふ事であつたんです。それを徳川とか明治とか大正の時代の仏法とか神道といふ言葉に当て嵌めて解釈するから訣が訣らぬものになるのです。だから言葉といふものは時代々々で変るのですから、千年二千年にも近い昔の言葉を今日の儘で解釈するのは無理です。さういふ解釈をして来ればよく訣るのです。

同じ孝徳天皇の時に只今の神道に関した言葉があります。それはこの「惟神」といふ字があらはれてゐます。もつともこの「惟神」といふ字は、日本紀の神代の巻にもあります。天の神様が日本の国へ天孫を降される時におつしやつた言葉があります。日本紀の本文ではかういふ事があります。「惟神我子応治故寄」かういふ八字に書いてあります。之は古い日本紀の読み方では——伝説では、日本紀の出来た翌年頃から博士達が講義し、宮廷で日本紀講筵といふものを開いて、天皇大臣以下の人々に御聞かせした、とかう申してゐます。それは恐らく本道でせう。平安朝にも奈良朝にも行はれてゐます。代々の博士達が読んで講義した。まあ読むだけ位の講義であつたでせう。かなり昔から訓読をせられこの読み方が何時頃から行はれたか知れないが——「惟神我子応治故寄」と書いた字を「カムナガラモワガコシロスベシトコトヨサシキ」とかう読んでゐます。かなり古い読み方だと思ひます。日本紀といふ書物は非常によく書けてゐるところもあり、ある部分は、訣も意味も通らぬやうな書き方をしてゐる所もあります。この文なんかはどうも訣の訣らぬ書き方で変な文と思ひます。故寄を何故コトヨサシキと読むのか、惟神をカムナガラと読むのか、本道に言へばよく訣りません。古くから惟神といふ語がカムナガラと読まれる傾向があつたんでせう。カムナガラと読んでいゝ様な気持がしてゐたのでせう。それでカムナガラと読んだのでせう。漢字の惟神といふ字が果してカムナガラと読んだのかどうかそれは問題です。故寄を何故コトヨサシキと読むのか理由は訣りません。我子とありますが、瓊々杵尊は天照大神から言へば、御孫様ですが、深い親しみをもつて、我子と申されたのです。しろすべしは御治めになるがよい、御治めになる筈だとしてくだされた。ことよさすとは、くれるといふ事の敬語ですから御くれなされたといふ事で、そこへかむながらといふ言葉がついてゐるのです。この意味もかむながらもしろすべしといふ意で、文法の説明の様になるがこゝは大事な所ですから聞いて戴きたいのです。かむながらもしろすべしといふので、つまり、世の中を治めるといふ事を荘厳厳粛に言つた言葉です。そこで、わが子よ、お前は神ながらもしろすべきであるとおつしやつて、日本の土地をばおくれなされたといふ意味なのです。かむながらといふ語はしろすべしを形容する言葉です。惟神をかむながらとよむ読み方の例は外にはないのです。恐らくこの読み方は割合信用の出来ない読み方です。一体この惟といふ字は、思ふ、あゝ、たゞ、といふ意味をもちます。この場合はあゝといふ感動を表す意味で、あゝ神なるかもで、神聖さを讃める言葉です。あゝ神聖な事よといふ様な意味である訣です。日本流にかう書くと読み方がないから、かむながらと読んだのです。こゝに少し疑ひがあります。ところがこの惟神といふ言葉の日本紀の古い註にもつと問題があります。――日本紀が出来た時からついてゐる註だと思ふが、所々にあります。――その古註にかういふ事が書いてあります。惟神といふのは神道家がやかましくいふ言葉ですが、惟神者《ハ》謂《イフ》㆓随《フ》㆑神道《ニヲ》㆒とあります。それと同時にも一つ続いて居りまして、亦謂㆔自有㆓神道㆒也――亦おのづから神の道あるを謂ふなり。――と、かう書いてあります。吾々が神ながらといふと、神のとほりに、神のまに〱、神様の意志通りに行ふ道をいふ、それだけでは意味が足りぬので、まう一つ註を加へて、「またおのづから神の道あるをいふなり」と、またまう一歩自然と神の道がそなはつてゐることをいふのだと言つてゐます。即ち神の意志通りに随つてゐると同時に、それ自身が神であると言ひ換へて言へば、かう解釈してもよいのです。之を「また、おのづから神とある道をいふなり。」と読んでもよい。それ自身が神である道を言ふのだ。神の意志通りにやつてゐて、その者のする事が神自身でする事のあらはれをかむながらの道と言ふと。その人自身が思ふ存分にして居つて、しかも神と違はないといふ様な道が、かむながらと書いてあります。まう一度申しますと、「神ながら」といふ事は、神の意志通り、神様の思し召し通りであつて、しかもまたその人のやつてゐることは、さうしようとしてゐなくても、それ自身が神様の様に見える。さういふ道なんだ、といふのです。

だから、こゝで日本の古い学問の上で惟神と随神とどつちかといふ事を言はれてゐます。どちらかといへば惟神は自有神道に近いので神そのものといふ事です。神の意志通りに動いてゐるといふ事です。随神といふのは、神に似てゐるといふ事で、行ふ事が神自身の振舞ひだといふ事とは違ひます。こゝまでの註ではつまり一種の違つた意味の言葉を対照してゐる説明で、之と殆ど似てゐるといふので、あとの方が「かむながらの道」に近いのです。で話が少し混み入りますが、日本の神ながらの道といふのは、多くこの言葉から引いて説かれてゐるんですから、少しやゝつこしいですが申し上げます。「神ながらの道」といふ言葉は沢山出て来ますが、「神ながら」の道のついたのは、古い所には出て来ません。

まづそんな事は無くて、後々には間違つてそんな風に出て来たのです。

「神ながら」といふ事は何かと申すと、之は間違ひなく例外なく言ふ事の出来るのは、天子様のなされることに附ける語であつたのです。神ながら御覧なさる、神ながら御思ひなさる、といふ様な天子様の御行動につける言葉であります。ところが、言葉といふものは、永く使つてゐると、意味が変つてゆきませう。先へ〳〵とひろがつて、意味が違つてきて発達する。何時までも意味が変らず固定してゐるのでは、言葉といふものゝ発達はないのです。文法家は破格といふけれども、実はさういふ風に約束を踏み越えて行くから発達するのです。ですから言葉を生かして使つてゐるのを見ると言葉の使ひ方は自由です。その点で、法律や命令に書いた文はきちんとしてゐますが、詩とか創作は言葉が自由に動いて発達してきます。万葉集を見ますと、神ながらといふ言葉の意味が訣らなくなつた為に、常識で考へてきます。神ながらは知つてゐますが使ひ方に常識的な解釈が加はつてくるのであります。古くから天皇陛下につけるのにきまつてゐたのに、神ながらとあるから、神様につける言葉と思ひ違ひをしてしまつてゐます。

譬へば、越中の立山を詠んだ歌に「かむながら高知ります……」といふ様な使ひ方をしてゐます。之は古い使ひ方から言ふと一歩進んだので、間違つたとも言へますが、万葉集には、古い天子様のなさつた事を讃美する時の使ひ方と、天子様の御事に関係のない神様の御事につけて行くのと二つの使ひ方があります。神様につけてある「かむながら」は、それは本道は正しくはない。この正しくないといふ事は、言葉の判断の上に大切だから申し上げます。言葉が生きてゐれば、それが正しいか、正しくないかの判断の余地はない訣ですが、死ぬと真実でなくなります。言葉は人間の道徳とは違ひますから、生きてゐる間が真実です。死ぬと同時に真実が無くなつて行くんです。言葉の使ひ方にも死んだ言葉を使ふことがあります。吾々は下手な歌を作るが万葉の言葉を使ふ場合があります。万葉のくらしつくの中に自分の感情を生かさうとします。近代人の感情をくらしつくな形式に混合する時何とも言へない味があるのです。しかし万葉の言葉で吾々に意味の訣らぬ言葉を使つてゐる事があります。さういふ場合には辞書を引いてその言葉を訣らせます。その場合は一遍死んだ言葉で古い歌になると吾々の間では千何百年或は二千年を越す位の長さの距りのある歌があります。さういふ風に間の空いた言葉、死に絶えてしまつた言葉を使ふ事があります。それは正しい使ひ方ではありませんが、文学上ではさうした使ひ方をする場合もあります。死んだ言葉を引きずり出して、まう一遍躍らしてみたら、それに生命が加はつて世間に行はれゝば、これは又新しい現実になつてきます。さうならない間は、真実でなくて文学上の一つの言葉の遊戯です。文学の上だけの約束的の言葉であつて、これは本道ではありません。吾々はさうしてゐますが、吾々でなくても昔でもさういふ事をないとは限りません。昨年も申し上げましたが、譬へば、祝詞とか宣命といふものを見ましても、まう当時は生きてゐない言葉を古く見せる為に使つてくる事があるんです。吾々の時代から見れば古典と見てゐる文章、譬へば祝詞宣命の中に於て、すでにずつと前の言葉を復活させてゐます。だからして古事記日本紀其他のものにもあるわけなんです。それでかむながらは、万葉の古いところでは生きてゐるが、後のは生きてゐないのです。それは古い歌に出てゐるかむながらといふ言葉を模倣して来てひよつと使つてゐるので、人麻呂のところに使つた使ひ方は先づ本道かも知れぬが、それから百年経つた後の使ひ方は正しくない、間違つてきてゐます。塚穴から死骸を引きずり出して踊らしてゐるから正しくないんです。ずつと生命が続いてゐれば、正しいですけれども、一遍死んでしまつたものを起して来て、自分勝手の解釈で使つてゐるのは本道ぢやないんです。「かむながら」といふ言葉もその意味に於て正しい使ひ方をしたものばかりといふ事は出来ません。だから正しくない使ひ方もせられてゐるんです。吾々の教へられた先輩の方々、或は今の人でも、其言葉が奈良朝以前に出てゐるから、すべて皆正しい使ひ方と考へてゐるが、今の理窟で言へばそんな事は考へられないといふ事が訣りますね。さうした例が沢山あつて、「かむながら」もその中の一つなんです。だからこの使ひ方も本道の使ひ方ではないのもあります。譬へば吾々が万葉集の中で、意味の訣らぬ言葉を半分気分で解釈して、同じ間違ひを犯してゐるのです。その間違つた使ひ方をもつて「かむながら」の正しい使ひ方と信じる事は出来ません。従つておのづから古い使ひ方と新しい使ひ方と岐れます。古い使ひ方を取つて考へてみるのが本道です。その古い用語例ではかむながらは、天子様が政事《まつりごと》を遊ばす時におつしやる言葉で、つまり、俺はかういふ事をしようと思ふといふ時御名乗りになるので「かむながら……」とおつしやると、天子様のなさる事が価値づけられて出て来るので、之は神の意志だといふ事になつて出て来るのです。神の意志と申すと、つまり、神に随ふ事で随神といふ事になつてきます。ところがそれは実は「かむながら」の意味です。俺はそれによつてやつてゐるんだと聞えますね。俺自身が神だと名乗つていらつしやる事になります。神其物といふ事で「かむながら」とおつしやる時は、「俺は神だ、神其ものとして俺はかういふ事をしようと思ふ。」と御名乗りになる時に昔はついてゐたので、天子様の仰せ言についてくる言葉であります。それが今度はだん〳〵意味が自然に変化して来て、下から天子様の為さる事や考へて御出でになる事を讃め称へる時に、「かむながら何々」「かむながらおもほす」「かむながらあそばす」といふ風に言ふんです。だから、つまり天子様に関係した言葉です。で何故天子様が「かむながら」といふ言葉をおつしやつたかといふ事の説明を申さなければなりません。つけ添へて申しますと「かむながら」は神から伝はつてゐる道といふ意味は一つもありません。まして、「かむながら」には神の道といふ意味は何もありません。神の思し召しに従つたといふ事もありません。日本の古い神道と解釈するのは間違ひです。天子様に限る事です。奈良朝辺りでは間違つた使ひ方をしてゐる。その間違ひであるといふ事は既に申し上げました。つまり、天子様が考へられた其儘が神の意志の現れで、天子様御自身が神様だといふ事です。

二　まつり・まつりごとの本義

ところが古事記其他の書物を見ますと、まつり・まつりごとゝいふ語が殆ど無制限に出て来ますがその使ひ方が非常に違ひます。こゝに例を挙げて解釈してみますと、古事記に倭建ノ命が東国へ蝦夷征伐に行かれた時に、妃の弟橘《おとたちばな》比売《ひめ》が相模の走水の海に御這入りになるところがあります。岩波文庫本は仮名で書いてありますので元の本文の面影は薄く、有朋堂文庫本には本文があります。有朋堂文庫の読み下しになつてゐるのは本居宣長先生の読まれた古訓古事記の読み方です。宣長先生は、苦労して巧妙に読んでゐられます。かうなると立派な創作ですね、不自然な程うまく読んであります。漢文を文の意味を失はぬやうにうまく飜訳してあります。巧妙すぎるといふ位のところもあつて其処に弱点もあります。とにかくとても苦心したものです。それでまあ此処で、私勝手の読み方もあるが、大体古訓古事記の訓によつて訓んで置きます。

其れより入り幸《ィ》でまして、走水の海を渡ります時に、其の渡の神、浪を興して、御船廻ひて、得進み渡りまさず。こゝに其の后、御名は弟橘比売ノ命まをしたまはく、「妾御子に易りて海に入りなむ。御子はまけの政遂げて、覆奏したまふべし。」とまをして、海に入りまさむとする時に、菅畳八重、皮畳八重、絁畳八重を波の上に敷きて、其の上に下りましき。こゝに其の暴浪自ら伏ぎて、御船得進みき。かれ其の后の歌はせる御歌、

さねさし　相模の小野に　燃ゆる火の　火中に立ちて　問ひし君はも

かれ七日ありて後に、其の后の御櫛海辺に依りたりき。乃ち其の御櫛を取りて、御陵を作りて治め置きゝ。

それより入り幸でまして、走水の海を渡ります時に、つまりこれ以前、相模の国で賊達にだまされて、沼の中に悪神が居るから、その神を御取り下さいと言はれて、野の中に御入りになりますと、賊達は、その野に火を付けたのでありました。その時命は剣で草を刈り払つて、難を御免れになりました。之が草薙剣の由来になつてゐます。この話はその事があつて後の事です。それから更に奥の方に入つて行きなされて、走水へ出られました。此処は今の浦賀水道辺だといふ事は大体想像がつきますが、正確にどの地点をさすのか本道には訣りません。ちやうど其処から安房の方へ御渡りになつた時に、その渡り場に居る渡りの神――渡しの神と訓むかも知れません。両方言ふ様です。――が波を興して、其為に廻船して、船もとほして、「もとほす」とは、船がうろ〳〵させられた事、船から言へば、「こゝに」、其古訓では、たゆたふで、渡りの神から言へば、船をたゆたす事になります。

処で、さてといふ事です。

「其后御名は弟橘比売ノ命」、「命」は尊敬の接尾語です。弟橘比売といふのは、橘比売が幾人も居られたのです。歴史の本には出て来ませんが、常陸風土記といふ本を見ますと、倭建ノ命が常陸へ来られた時、橘比売が尋ねて来られたといふ事が出てゐますが、之は昔の事を知らなければ、不思議に思はれます。それはつまり昔の貴族や、皇族の結婚は、一群の姉妹が御輿入れをするのであつて、それで一人の夫に仕へて居られるんです。段々上の方が年をとつて来られると下の御若い方に譲られる。之はしかし小学校の児童達にはおつしやらない方がよい。一番初めに結婚なされる方を兄《エ》といつて弟《オト》は幾人あつても弟《オト》です。兄《エ》があつてその次の方が弟《オト》です。この場合は橘比売があつてその次の方が弟橘比売です。その弟橘比売が走水の海で亡くなられて兄橘比売が行かれて倭建ノ命と御逢ひになつて居られるのであります。その御逢ひになつた地点を「あひづ」といふ。それで弟橘比売といふ事が訣ります。

その弟橘比売が仰言つたことには、

白《マヲ》したまはく、「妾御子に易りて海に入りなむ。御子は遣《マケ》の政遂げて覆奏したまふべし。」とまをして、

「まをしたまはく」は申し給ふことには、「妾御子に易りて」は私が御子様に代つて、あ

なた様に代つて、「海に入りなむ」など、うまく訓んでをります。あなた様は「遣けの政遂げて、覆奏したまふべしと云々」、「遣《マ》け」「覆《カヘリゴト》」と訓んでゐます。昔は上が申さくとあると下は申すと言はなければなりません。上に曰くがあれば、下は言ふで受けてゐます。から言はなければをさまらないのです。「遣けの政」といふのは、天子様の御命令によつて、他所へ遣られることが「まけ」といふんです。天子様の御命令は、同時に地方の為事をして来る事で、「まく」は命令によつてよそへ遣る事で、「まかる」は命令によつて、よそへ出掛けて行く事から、段々変つて来たのです。京都を下つて何処かへ出ることを「まかる」といひます。「遣けの政遂げて」とは、天子の御命令の政を為し遂げて、この政の御返事をなされたがよろしいと申されて、海に入りにならうとされた時に、「菅畳」、「菅《スゲ》」は熟語になる時「菅《スガ》」となる、菅でこしらへた畳、くる／＼巻いて置くからた丶みですね、今の畳は床がついて巻けなくなつたが。「皮畳《カハダヽミ》」は皮の畳で、皮をくる／＼まいて置いたのです。「絁畳《キヌダヽミ》八重を」、絁はあしぎぬです。菅畳、皮畳を幾重にも敷き、その上に絁畳を敷いたのでちやうど絹のしいつみたいですね。鄭重に御乗りになるものをこしらへ、それを海の上に浮べて、「波の上に敷きて、その上に下り坐しき。」その上に御下《オ》りなされた。「こ丶に其の暴浪自ら伏ぎて、御船得進みき。」是によつて、暴れてゐた浪が自然と治まつて、それで船が進む事が出来ました。「得進みき」といふ訓み方は宣長先生にしては直訳的で、ぎこちないですね。どうしたつて直訳はやりにくいのです。「爾其の后の歌曰」、お歌ひになつた歌はつまり、かういつて沈んで行きなされた。畳の上に乗つたまゝ、ずつとあつちへ沈んでゆかれた。昔の人は「うなさか」へ行かれたと思つてゐた。水平線を下られることを、坂を下られたと思つてゐたのです。昔の人は、偶像破壊なんて事は考へないんです。

さねさし　相模の小野に　燃ゆる火の　火中に立ちて　問ひし君はも

「君はも」とわざ〳〵訓んだので、一部分だけさういふ古風に訓んでも為方がないから、吾々が訓む時は実感が出る様に「君わも」でもよろしい。直訳すれば「わよ」が「わい」になるんですから、「わも」でもよいんです。正確に言つては「はも」です。そんなことを言へば、他の音だつて昔の人は何と訓んだか訣りません。「さねさし」は枕詞で、この言葉の意味は訣りません。みなが無理に解いてゐるけれども、いづれがよいとも訣りません。「相模《サガム》の小野《ヲヌ》」、昔はい列の音と、う列の音は近いから、さがみをさがむと読んでゐます。をは接頭語です。「燃ゆる火の」相模の野原に燃えてゐる火の、この歌の力で、倭建ノ命の焼津の事は、相模ノ国の事になつてゐるので、駿河ではなく、相模だとやかましくいふ必要はありません。つまり、昔の事はみんなそんなものですね。「燃ゆる火の火中に立ちて問ひし君はも」問ひ尋ねし君わよで、倭建ノ命が何処へ行つたかわからなかつた時、どこにおいでになりますかと捜し求めた君わよ、問ひ尋ねるといふのですから、或は声を立て〻呼んだかも知れません。あなたわよ、その君は今どうなされたか、その御方と別れて行くのは名残惜しいといふ意味ではない、別れを惜しむといふ感情とは違ひます。名残惜しいといふのは、もつと違つた言ひ方をします。この歌とこゝに書いてある古事記の本文とぴつたりしません。あなたわよと言つて、そのあなたが恋しいと言つてゐることで、之から別れて行くといふ事はなさゝうです。この事実から離れて申しますと、この歌はひよつとすると、かういふ意味です。「問ひし」は「つまどひ」の事で、結婚のことをつまどひと言ひませうね、お互ひに熱烈な結婚をして来た君は今どこへ行つたかといふ様な意味かも知れません。昔の歌は色々に考へなくてはなりません。

まう一つ考へますと、そんなでなしに之と同じ様な歌がありませう。大国主《おおくにぬし》ノ命《みこと》の陰《ヨミ》の国に行つた話がありますが、それは御祖《ミオヤ》ノ命の命令で、下つ国の素戔嗚《すさのお》ノ尊《みこと》のもとへ行かれたのであります。素戔嗚ノ尊の所へ行くと、色々試されていぢめられました。終に鏑矢を野の中へ射込んで、その矢を拾つて来いと言はれ、正直にその中へ入つて行かれた時に火を付けて、その野をまはりから焼かれた。大国主ノ命は鼠に教へられて、穴へ入つて行かれた。そこで愛人須勢理毘売《すせりびめ》が既に焼死なされたものと思つて葬式の道具を用意して泣きながら、野に来られると、穴から大国主ノ命が無事に出て来られた。その話と同じですね。

この焼津とこの話とよく似てゐますから或はそんな昔の何かの生活の印象が残つてゐるかも知れません。この「問ふ」といふのは「つまどひ」ではないかも知れません。訣りません。余り大国主ノ命と素戔嗚ノ尊との関係の話によく似てゐるから、さういふ風にさぐりを入れて行くと、古い話が解釈付いて行くと思ひます。御考へを願ひます。

「かれ」とは、その故に、それで、そこで、ところが、等いろ〳〵の使ひ方があります。接続詞の様に使はれてゐます。七日たつたあとの事で、其后の挿してゐられた櫛が海べたに流れつきました。そこでその御櫛を身代りとして御陵をこしらへ弟橘比売の身代りとして仕へまつゝた。

こゝで「まつりごと」といふ使ひ方が今のまつりごとゝいふ使ひ方と非常に違ふでせう。「まけのまつりごと」といふのを宣長は「つかはされたるまつりごと」と訓んでゐますが、巧妙に訓んでゐます。之によりまして「まつりごと」といふ事は、地方へ行く事であります。中央からまけられて地方へ行く事で、地方官にまつりごと人は多いので、地方の役人といふものは、昔から惰性がありまして、長官も次官も地方へ出て行かないで、第三等官が地方へ行つて、地方を治めてゐるといふ風がありました。之は平安朝時代に多いのですが、平安朝ばかりでなく、もつと前から、長官といふものは形式的で、地方へ出て行かず、専ら地方の実際の政治をとるのは、次官でなければ、判官でありました。一番良い例は昔の郡役所では、郡領《ぐんりょう》と言ひますね、郡に大領と少領があります。大領には長官、少領には次官、主政といふのは判官です。第四等官は、主帳（主典）と言ひます。第三等官は主政で、「まつりごと」を掌ります。従つて、主政とかいて、「まつりごとびと」とよんでゐます。地方の本道の為事をするのは、はつきり訣つてゐますのは郡ですが、郡ばかりでなく、国でも、今ならば府県にあたるものですが、その国の庁でも、本道に行くのは「まつりごとびと」で、第三等官であります。

守・介・掾・目――守は長官で、介は次官、掾は第三等官、目は第四等官です。掾――之がまつりごとびとであります。地方へ遣はされて、実務を執る人が、まつりごとびとであります。よく使はれる言葉ですが、食国《ヲスクニノ》政《マツリゴト》なんて言ひます。かういふまつりごとは、皆意味が違ふのですから、かういふことです。中央に於て、天子様が、神様になさる事がまつりで、天子様が地方へ地方官を任命されて遣はされる事がまつりごと。地方の行政の為に人を遣はされる事が、まつりごとです。「まつり」といふ事はいろ／＼説明がありますが、まづ一番正しいと思はれるのは、神様に物を奉る事で、たてまつることをまつると申します。たてまつるといふ事は、献上の為方を申します。支那風のまつりの為方におきまつりといふ事があります。おきまつりとは、机の上に物を並べる事を言ふのであつて、譬へば、地方で七夕の時に、机の上に物を並べて、手技《テワザ》が上手になることを御願ひするのがあるが、それを支那では、乞巧奠《キツカウテン》と言ひます。孔子のまつりを、釈奠と言ひます。此等を日本流に言へば、おきまつりと言ひます。たつまつりとは、物を立てゝ置いて献上する事で、まつるといふことは献上する事になります。だから神様に物を献上する事がまつりで、神様に物を献上する式がまつりといふ事の意味だと説くのが一番正しいのです。まう一つ正しい意味があります。古事記に適当な例が出てゐます。

此の御酒は　吾が御酒ならず　酒の神常世に坐す　石立たす　少名御神の　神寿　寿ぎ狂ほし　豊寿　寿ぎ廻し　献り来し　御酒ぞ　涸ず飲せさゝ

といふ歌があります。むづかしいから、この歌の説明を省いて置きますが、この「まつりこし」といふ字に献上の献を当てゝ、しまつてゐるから問題はないが、本道は之に献を当てゝはまづいのです。まつりといふ事は、神様の御命令によつて作つたものが出来ましたと言つて答へるのがさうです。かういふ風に出来ましたと御目にかけてゐて答へる事です。たゞの返事ではありません。この歌では新しい言葉の意味でまつりに献を当てゝゐますから、問題にならぬのであります。まつりといふ事は簡単に言へばさうですけれども、もと日本の国では、天子様の御祖先の瓊々杵《ににぎ》ノ命《みこと》が天から降つて来られたと言ひますが、之は瓊々杵ノ命ばかりではなく、歴代の天子様が皆天から降つて来られたと信仰してゐました。何の為に降つて来られるかといふと天にある田の稲穂の種を持つて来て、地上の田に移し植ゑる為に降つて来られるのだといふ信仰がありました。之は正確に信仰的に事実でありました。天子様の為事は天の下の田に米を作つて食物を天の神様に之だけ出来ましたと報告する事で、まつるとは田のなり物を神様に報告し献上する事で、まつるとは献上だが条件がついてゐて、ちやんと言ひつけられた事をば、この通り出来ましたと答へて、品物をたゞ御目にかけて献上するだけでなく、報告するといふ意味もあります。それがまつるです。まつるとは天から降られた天子の御祖先が起された同じ形で、地上に於て宮廷から地方官を地方に出して、種を持つていつて播かして植ゑつけさせてそれを之だけ出来ましたと献上する事がまつりごとです。

それから食国政といふ事があります。「食国」といふ事はよく使はれてゐまして意味は訣らぬけれど、ほゞ日本の国を意味するだらうと考へられてゐます。をすといふ事は食らふの敬語でありますが、近年の歌では自分で食ふ場合にも用ゐますが、之は間違つた使用法であります。をすとはおあがりになるといふ事で、おあがりになるもの、即ちをしものをつくる国を食国といつて訣つたと思ひます。天の神様の御あがりになる物を作るのがこの地上の国であります。この地上の国に天孫が御出でになつたのは、神様の御あがりものを作る為、食国の政を為すため、天の神様にまつりをする準備行為であつたのです。天の神から言へば、天孫が来られたのは、まつりごとをさせに御越しになつたのです。ところが、地上の宮廷でもさういふ事が出来ます。宮廷から地方へ地方官を御遣りなさる事は、やはり食国の政をさせに御出しになる事で、世が進むに従つて、天と地の関係より地上の宮廷と地方との関係を主として考へてきます。そのまつりごとは地方官のする事になつたのです。之が同じ京都のうちでも、天子様がなされないで、天子様の代りに働く人のする事がまつりごとゝなつたのです。しかしながら、結局地上のまつりごとは天上にまつる準備行為だといふ事は、どこまでも昔は忘れてゐなかつたのです。ところがまつりとまつりごととは意味も言葉も似てゐるが、何か解決のつかぬものがあるわけなのです。それで本道は説明が出来なかつたのです。祭政一致といつてまつりとまつりごととは一つであらうと考へてゐるやうで、実際はよく訣らぬのであります。まつりとまつりごととの関係はかういふ風になるのです。

神──→天子──→地方官

かういふ風にまつりごとが下つていくのですね。神と天子との関係が考へられなくなつても、天子──→地方官の関係が考へられます。

天上の生物《ナリモノ》を地上に作らせにいくのであるといふ考へが失はれて来ても、天子が地方官を遣はして、生物を作らせるといふ事は地方官でも、中央の役人でも、まつりごとをする事になるのです。この関係を逆にした、

神──→天子←──地方官

かういふ風にいく関係がまつりであります。

三　みこともち思想の逓下

このまつりの解釈をまう少し意味を代へて説明できます。今日は先の説明が過ぎたので古事記での説明は略しますが、祝詞をちよつとあけてみても到る処にあります。

高天原に神留ります皇親神魯企神魯美命以ちて云々

祝詞にはざらにあるのであります。かむろぎとは男の神の御祖先で、かむろみは女の神の御祖先であります。みこともちといふのは、神の御命令を持ちてといふので、神の命令もちてといふのは、命令をば伝達することで、上から下へ命令を下すにはすぐさま下へはいかないで、間にたつ人がもつていきます。その伝令をするものが、みこともちといふ人です。

で、祝詞をとなへる時には、この祝詞は神様の命令を伝達する祝詞だといふ事を表す為に「……みこともちて」と書きます。何故さういふ詞をそも〳〵使ひ出したかと申しますと、日本の国に古くは祝詞といふものは、さう沢山はなかつたのです。昨年申しましたが、天子の御祖先が天から降られた時に持つて来られたと信ぜられてゐる祝詞が幾つかありました。信ぜられてゐたについて、一つの信仰を裏書きする祝詞があつた。それは天から持つて降られた祝詞といふものがあつて、それを天つ祝詞といつてゐて、天からの神秘な祝詞といふ事です。昔の人はそんな神聖なものがあるから、祝詞は神聖なものであると信じてゐました。つまり、天子様は地上の神で、地上に居るものは神と言はないで、いゝ意味に言へばたま、悪い意味に言へばものと言ひました。このたまとかものといふものをば使役して、土地をよくさせる為に地上に来られたものと考へてゐた。つまりさういふものが支配してゐるところの人間をば、自分の側のものとして、つまり宮廷の民として、この土地の田を作らせにお出でになつたのです。その時に天子様が御自身の言葉を出さないで、天の神様の言葉をもつてくだされると、地上のたま、もの、ひとは、皆その言ふ事をきいたのです。つまり神の威厳であります。それで天子様は天の命令を伝達して来られたと考へて、非常に尊い御方として居られました。ところが、だん／＼世の中が変りますと、それがあんまり考へられなくなつて、地上の人に命令を授ける事のみ考へてくる様になりました。

神→天子の関係が考へられなくなつて、天子→地方官の関係ばかり考へるやうになりました。さうすると今度は地方の人に対して天子様のみことを伝達する人として、みこともちといふ地方官が出来て来るのです。

まつりごとを持つて行くといふ事は、天子様の御命令をば持つて行くといふ事で、つまりみことを持つて行くわけです。だからしてみこともちといふものが非常に増して行きます。沢山みこともちがある中で、一番古くて神聖な尊い御方を言ひ別けねばならぬから、日本の国の言葉の中で非常に尊いといふ事を言ひ表すのにすめらといふ言葉を用ゐます。（天子様ではありません。）その意味を表すのに、すめらといふ形容詞の様なものを用ゐます。みこともちの中で一番尊い方であるからすめらみこともちといつたんですね、それを略してすめらみことといつたんです。天子様は実はすめらみこともちでしたが、其が略されてすめらみこととなつたのです。みこともちといふ事は当然略されて、みことといはれる傾向があります。例を引いて申し上げますれば、四道将軍――大彦命、武渟川別命、吉備津彦命、丹波道主命――みなみこととついてゐませう。あれは尊い人だからみこととついてゐると思つてゐるが、――古事記をみてもよく訣りますが――天子様のみことをもつ其場合になりますと、俄にみこととつくのです。武内宿禰などもみことがつきます。古事記にも沢山例があります。敬称の意味のみことは、もとは地方へ遣はされたみこともちをあらはす為につけたもので、四道将軍の場合にみこととつくのは適切なのです。

それが次第に使はれる様になつて、身分の高いのに皆使はれるやうになりました。身分の重い方には尊を用ゐ、少しさうでない場合には命を使ひます。さういふ風になると、だんだん意味が変つてきて、日本紀では尊と命といふ字で使ひわけをしてゐます。万葉集の新しいところになりますと、自分の妻に対していもの命、弟におとのみこと、母にはゝの命——之はまあ当然の事ですが——とつかつてゐます。かういふ様に言葉の意味が変つていきます。もとの意味が忘れられて、言葉の意味が変ります。

で、つまり、みことといふ言葉が歴史では、大体見当がつきます。天子様は神のみこともちであり、地方官は天子様のみこともちなのです。みこともちといふのは何故尊いのかといふと、尊くない方もあります。天子様は尊いのでありますが、地方官になると、天子様の言葉を持つていつて、その言葉を発言する時だけ、尊くなるのです。只今学校などでも、勅語を読まれる時——われ〳〵は読まないからその気持はわからないが——さうなるでせう。

昔の芝居ならよく訣ると思ひます。上役が来て、将軍の下知状をよみ上げると、将軍と同格になるのです。読む時だけが、将軍と同じ資格になるのでせう。今でも天子の気持になつたと言へば、勿体ないと言つて、わからない人は怒るかも知れないが、しかしさうでなければ、勅語とか詔勅とかをよむ意味がありません。感激はありますけれど、あんまり、馴れ切つてしまつて居りますから、なんですけれど、「朕惟フニ」から発言した瞬間から、神様になり、聞いてゐる人も、神様の言葉を聞いてゐると感じるのが本道であります。日本の信仰としてはさうなければなりません。

昔はさう感じる事が甚しかつたのです。その言葉を発言してゐる間は、正しくその人になつてゐるのです。地方官が天子様の御言葉をとなへてゐる間は、その間だけ、天子様となるので、聞いてゐる人も、さう思つて聞いてゐるのです。だから、天子様が神様の仰せを伝へられた時も、きつとさうだつたに違ひないのです。今みたいに、生活が急変しませんから、昔の人は何時でも神聖な生活をしてゐますので、その気分を持続してゐますから、常に天子様の御命令をよみ上げる人は、何時も多少その気持で見られてゐるのです。天子様の仰せ言を読み上げる、その前後は、長い禁慾生活をしてゐます。だから人々は、そのつもりで眺めてゐますから、かなり長い間、同じ尊敬の心でみてゐるわけです。現今勅語をよむからといつて、別に斎戒沐浴する校長をきゝませんが、それは為方がありません。世の中が変つたんですから、まあ神主の中には、少しはありますけれど。つまり、天子様のみことをもつたへる人は、しない時でも、割合尊く見られていくわけで、頻繁に繰り返されゝば繰り返される程、さういふ期間が長くなつて来るわけです。ある期間づゝ続くから、平均《ナラ》して尊く見られます。天子様は神様の命令をもちこられる人ですから、何時でも神になれる生活をしてゐますから、神ではないが、神と同じ事と考へられてくるのです。

随つて、神ながらの意味がはつきりして来、惟神、随神の説明がつくのであります。天子様から以下の人になりますと、天子様の御命令が伝はつてゆくと、さう永続的ではないが、天子様の尊さをば、人に感じさせることが、相当に長いから、下のものに権力が次第々々に移つてゆくわけです。地方官が配下に命令を下して、人民に命令を伝へると、下に権力が移つてゆきます。国の役所のものが、郡の役所にと段々権力が下に移つてゆきます。武家時代の者が下剋上といひますのは、之は易の言葉ですが、下のものが上のものに勝つといふことで、つまり足利時代で言へば、将軍よりその下の執権、執権より三好、松永と段々下の者に及んでゐます。其方面から見ると悪い事ですが、実際は大昔から、さういふ事があつたのです。天子様と同じ格があるとは思はぬが、或期間、それに似たゞけの光を持つてゐると考へてくるやうになつてゐました。かういふ理窟で下剋上の思想が生れて来たと説明出来ます。良くなるか、悪くなるかは問題ではありません。何でも、良くなつたり、悪くなつたりするのは、その社会状態が動かしてゆきます。元からある思想と、その時ある思想との組合せ工合で動いてゆくのです。天子様がまつりごとをおとりになるとやゝつこしいので、天子様と神様との間にも一つ尊い階級が出来てくることになります。それは天子様の御位を御すべりになつた御方、つまり上皇様（おりゐのみかど）が出来てきて、天子様の上にゆくやうな、逆行してゐる様な関係が出来てくるのであります。で、この日本の総ての社会制度の上に、みこともちの思想を考へてみねば解決のつかない事が、沢山あります。少し説明が足りませぬが、第二章へ移ります。

第二　民族性格の基礎

国民精神といふ言葉は近来不純な観念をもつてこられてゐるから、そのものが道徳的の感銘を伴ふから、その語を避けて民族性格と書きました。初めから道徳の感銘を表す様な言葉など出さぬ方がよいと思ひます。実際の所は、道徳的であるとか、不道徳的であるとか言つても、吾々の生活が重なつて出来てゐるのですから、のろへばそれまでゞあるが、その生活を肯定して生きてゐる以上今迄あつたことが一番順調と信ずるより外為方がありません。実は私も迷つたことがあります。私が十二三の時はじめて聞かされた話ですが、私の父親が養子に来ます前に、隣りの町の友達の家によく代々賢い人がありまして、そこの主人になつてゐる人が、実は私の家へ養子に来る筈になつてゐたのですが来ないでしまつて、今の父親が来たのでした。若し私の父親が来ないでその賢い人が来たなら私はどんなに賢かつたらうかと考へてみたことがあります。それは空想に過ぎません。Aが来ないで

Bが来たらCがない。私がないのです。生れてゐる筈がないので賢い筈がないのです。果して生れてゐるかどうか考へると変なものです。ばか〳〵しい道歌ですが「生れぬ先の父ぞこひしき……」とへんな疑ひに達するのです。

民族の生活でも、今ある生活を肯定するより外――他の生活はありませんから、いゝ悪いをはなれて――為方がないのです。その外の事を考へてみてもあるわけがないんですから、それにつけて一番考へてみねばならぬ事は、所謂国民精神といふものは大昔からこの儘に好い所があつたと考へるが、しかしいゝことばつかりであつた訣ではないんで、いゝものだけ語るといふのは役所に雇はれた人だけで、それ以外の人はそんな事を考へる必要はないのです。吾々は祖先の生活のいゝ事を崩して来たのです。自分に近い世の中が一番悪い世の中に見えますね。澆季《ぎょうき》思想では世の末だと言ひます。これは道徳心が澄んでゐる時が一番悪い様に見えるのです。自分の生活、自分の周囲が一番悪いと見るのは祖先に申し訣ありません。又万々譲歩してみて、この儘の生活が昔からあつたんだと考へるのも間違ひでせう。その間に変化したものもあり、外から割り込んで来たものもありませう。歴史を見ましても、日本の国は外国から非常に交渉があつたんだから、色々影響を受けてゐるのであるから、民族の性格が外国の影響を受けてゐないとは考へられません。日本民族の性格が外国の影響を受けてゐないのは、日本人の有難さだ、と迷信的に考へるのは初めから考へない方がいゝんです。ところがさて只今の人は大雑把にものを考へますからして、どれが日本の昔から持続してゐるもので、どれが外から来たものかとか、又続いてゐるものから分れたとか、外国から来て発達したものかとか、一つも見窮めがついてゐません。大体に細かいものが、本筋のものと後からくつゝいたものか、分れたものかと、見当だけはつけなければなりません。日本人は性格破綻者ではないから、昔から太い筋が通つてゐなければならぬのです。その筋を考へてみようと思ひます。

第一に考へるのは日本人の心が豊かで広かつたことです。かう申すと日本の民族を讃美する様ですが、どつちになつてもかまひませんが祖先に感謝せねばならぬと思つてゐます。

一　博大

心の博大なことに就いて少し考へてみたいと思ひます。道徳的でなくて、道徳とは何かと言へばつまり日本人がみなその時代々々の人が見てゐて、それが理想的だと見てゐる生活のたいぷであります。かうして理想的の生活のたいぷだと思つてゐるものを取り出してくればよいのです。

それには国語で書いてある、小さな古事記のことですが、それは宣長の言ふ様な立派な読みでは無いと思ひますが、宣長先生の読み方には、少くとも十分の二や三の読み誤りはあるでせう。これ程立派な国文学的に読むべきものでは無いと思ひます。けれども日本の文章として表現してありますから、細かい所まで訣ります。日本紀の方は、漢文で書いてありますから、言葉の足らぬ所は支那の成語や熟語でごまかしてあるから、日本人の生活にぴつたり嵌らぬ所が沢山ありますが、古事記にはさうした所がありません。

柳田国男先生が、「真澄遊覧記」といふ書物を編纂されました。「真澄遊覧記」とは菅江真澄の紀行文で、三河から伊那へ来、東筑摩を通り更に北の方へ行くんですが、そこで土地に関係があるので信州で出版せられた書物です。柳田国男先生がその序文を書いて居られるが、先生は、その書物は江戸末期の生活を擬古文で書いてあるので、まるで左手で物を探してゐるやうだと批評してゐます。

日本紀は記事が豊富で便利だが、誇張があつたり、文字がぴつたり来なかつたりして、左手で物を探す様な気がします。その点になりますと、古事記の方はひし〳〵と胸に来るんです。大体に日本の天子さまの生活、又はそれに似た生活をした神々といふ方は、理想的なたいぷをそなへてゐたものと考へなくてはなりません。昔の人の考へてゐる理想的なたいぷはきまつてゐます。数種しかないんです。この神様にちよつぴり、こつちの御子様にちよつぴりと出してありますので、綜合してくると矛盾撞着はあるが、大体昔の性格や生活が訣ります。

まあ神代で申しますと、大国主ノ命は理想的な方です。その外日本武ノ尊、雄略天皇は部分的に、典型的な生活をば表現されてゐます。記紀に出て来る真実と、歴史の上に出て来る真実とは違ひます。記紀の時代は歴史のない時代だから、長い間に人々の間にだん〳〵積み重なつて出来てきたもので、歴史と言へば歴史だし、信仰と言へば信仰と言へます。昔の人が寄つてたかつて考へ出したいゝ性格なんです。天皇様の事を申し上げると思はれると困りますが、昔の人の理想とする人格は、古事記では天皇より外にないのです。だからその意味でとるのですから、批評するわけではなく、又批評は出来ません。仁徳天皇の御性格を見ますと、今日の人の頭からみると、かなり欠陥がありますが、それは昔の人の生活と今日の人の理想としてゐる生活とは非常に違ふんです。昔の人と今の人と価値判断が違ひます。だから今日ではすべて昔のものを認めてゆくより外は話が出来ません。

先づ日本の昔のものを観る第一歩として、心の鍛錬のために平安朝時代のものを、その中でも平安朝と言へば源氏物語をみればよい。源氏の中には、善も悪もこめてあつて、光源氏の生活をみると吾々と大分違つた生活があります。吾々はその生活を理解すると、古代の生活がみやすくなります。光源氏の生活は極めて自由に豊かに行はれてゐて、それが当時の典型的の生活の為方だとみて、吾々はそれを認めねばなりません。光源氏をみるとこれは困る性格だとか思はれながら、ひきずられて読まされるのは、これは文学の力ですね。つまり昔をみる過程として、源氏を読む事は為になります。ものを大らかにみる段階になります。即ち心を鍛錬するばかりでなく、吾々程変つてゐなく古代の心を残してゐるから、源氏をみるのはためになります。

譬へば、仁徳天皇の御生活をみますと、御生活の半分以上は后の石之日売《イハノヒメ》との愛の葛藤の歴史です。どの女を愛せられた時、石之日売が邪魔をされたかとかいふやうな事がこまかしく書いてあります。ともかく仁徳天皇といふ方は日本紀、古事記をみましても、日本人として理想的の方であるといふ事に疑ひはないに拘らず、それ程家庭が紊乱してゐるのかと思はれる場合があります。それが何故今日からみると理想的であるかと考へられますが、これが古事記の時代になりますと、これが吾々の望んでゐる生活だといつて、得々として表してあるんです。吾々は天皇が大変苦労をされたらうと考へる前に、いかにも広々とした豊かな気持を感じます。

源氏物語をみても、色々の女性に関聯して手をやいたり酷い目にあひながら、だん／＼進んでゆくのとよく似てゐます。しかし源氏ほど作為が加はつてゐません。こしらへてゐません。吾々の家庭の主人と大分違ひます。たくさんの女の愛を受け入れられる様な方だから――一番最初の妻はこなみで、後から入る第二第三の妻をうはなりと申します。妻にはこなみ、うはなりといふ二種の使ひ方をします――一番最初の妻からうはなりねたみをされる事が強ければ強い程、人に好まれてゐた男として、立派な男性と解釈してゐるが、その考へは常識的であつて間違ひないが、も少し考へねばならぬでせう。

とにかく日本の男女関係では、色好みは重大な事で、色好みといふ事はたくさんの妻を持つてゐることで、昔の家庭では当り前であつて、その間をうまく処理してゆくのが色好みで一番大切でありました。この事は歴史的に説明出来ます。

宮廷でも国々を併せるためにその国々の主のむすめは必ずその国の神様に関する力を持つてゐるので、そのむすめと結婚すればその国の神様が夫の方へ来るのです。譬へば垂仁天皇の巻の、天皇が沙本毘売《サホヒメ》を后になさつた時に、兄の沙本毘古《サホヒコ》が毘売に向つて、兄が可愛いか夫が可愛いか、と聞かれた時面勝《オモカ》たずして、兄が可愛いと言つた。（一度口で言へば誓つたことになるから実現せねばなりません。）さういふと同時に小さな刀を渡して、天皇を弑し奉れと申された。

天皇はその様な謀計《ハカリゴト》があるとは御存じなく、皇后沙本毘売の膝を枕として御眠りになつた。こゝに皇后は天皇の御首を刺し奉らうとして三度までも刀を振り上げられたが、堪へ難く悲しい事にお思ひになつて御刺しすることが出来ず、お泣きになつた。その涙が落ちて天皇の御顔をぬらし奉つた。そこで天皇は御目をおさましになつて后にお問ひになられる。しかるに后はまう隠し果せないだらうと思し召して申し上げる事には、自分の兄が陛下をお殺し申せ、そして自分とお前とで天下を治めようとて短刀を作つてくれました。それで陛下をお刺し致さうとしましたが、俄に悲しくなつてお刺しすることが出来ませんで泣きました、と申し上げられた。天皇は、私は危く騙される所であつたと仰せられて直に軍兵を集められて、沙本毘古の王を討ちに遣はされた。沙本毘古は稲城《イナギ》を作つてその中へこもつて戦はれた。沙本毘売は兄の所へ走つてゆき、つひに兄のとりでの中で亡くなられた、といふ話があります。

これなどをみましても、沙本毘古は妹を宮廷へ差し上げたから、沙本の国の権力が宮廷へ移つてしまつたと、歴史的にさういふ様に説明が出来ます。とにかく沢山の女を集めるといふことは、沢山の国々、村々を一つのものに併せてゆくといふことですが、これは吾々が説明してみたゞけです。古事記をみた実感からいへば、ともかくどんなものでも認容してゆけます。

仁徳天皇の皇后が我儘であつたけれども、天皇はとても女に対して優しい方で、皇后が帰つて来られないと、わざ〳〵お迎へにゆかれます。后の居られる家には三度変る虫がゐます。それが或時は這ひ、或時は卵に、或時は飛ぶ鳥になります。つまり蚕ですね。それが珍しいとて大坂からわざ〳〵山城へゆかれてゐます。けれども后は戻つて来られないのです。日本紀を照し合せるとはつきりするが、天皇は迎へに行つてゐるが后は戻つて来られません。仁徳天皇はお気の毒な様な方ですね。

昔は異腹の兄妹の結婚は自由だつたのです。結婚するには仲人を立てるのです。仁徳天皇は速総別《ハヤブサワケ》の王《キミ》を仲人として女鳥《メトリ》の王《キミ》の所へやつた。速総別の王は復奏《カヘリゴト》なさらずに女鳥の王と結婚なされてしまつた。そこで天皇は女鳥の王の所へ出でましたところが、女鳥の王は機《ハタ》を織つてゐるので、天皇は誰の機かとお尋ねになつたら、速総別のためだと答へられた。

そこで天皇はだめだと思つて戻つて行かれた。あとで女鳥の王は速総別の王に向つて、天皇を弑してしまへといふ意味をにほはせて、

　雲雀は、天に翔《カケ》る、高行くや、速総別《ハヤブサワケ》、鷦鷯《サヾキ》取らさね

と歌はれた。天皇はこの歌をお聴きになつて軍を起さうとしたのであります。そして二人は、遂に大和の倉椅山の東の高原に追ひつめられて殺されてしまつたのです。この話は初めには怒られるが、非常に心持ちの善良な所が出てゐます。

これは色好みの話ですが、色好みといふのは今では不道徳の様に思はれますが、源氏あたりが境目です。源氏を見ますと、時々光源氏が自分の生活を反省して、恥しいと思つてゐる時があります。それはその時分の儒教の知識の反省であります。水をさすものが儒教の

知識です。色好みの生活が儒教に対する恥といふことを、光源氏はその両方に股かけて悩んでをり時々反省してゐるのです。だから昔の生活をみて色好みをいけないと考へてはわからなくなります。色好みといふことはえろてしずむ一点張りでは解けません。皆が理想と思つてゐるから、色好みは道徳的傾向を持つてゐるのですね。

大国主ノ命の心を見ましてもやつぱり同じ事ですね。后の須勢理毘売命《スセリヒメノ》が嫉妬なされたので、大国主ノ命は大和へ逃げてゆかれる。その時二人が歌をうたはれた。そのために二人の心がしづまり大和へゆかれずにおちつかれたといふ事がありますね。しかしそれと同時に、昔からひかれてゐるものに、色好み以外に心持ちの自由な豊かな気持があります。その気持が博大であります。

天照大神が機《ハク》を織つてゐられた時に、須佐之男ノ命が天の斑駒《ブチゴマ》の皮をさかさまにひきむき、血みどろの奴を、天井から機屋に落されたので、機屋の中の人がびつくりしてしまつたとなつてゐる。それから天の岩屋へ入られる事になるのです。その時の説明は記紀には、はつきりしてゐます。怒られたのか、びつくりされたのか、魂が遊離されて仮死の状態になつたのであります。ほんとに死なれたのではありません。そこへ鎮魂術を施して魂が天照大神へ入られたとしてゐます。悲しみ怒りのために魂が遊離されたので、その前までは大神が非常に豊かな心持ちで認容してゐられてゐたのであります。読むだけにしておきます

が、

爾に速須佐之男《ハヤスサノヲ》命、天照大御神に白したまはく、我が心清明《アカ》き故に、我が生めりし御子、手弱女を得つ。此に因りて言さば、自ら我勝ちぬと云ひて、勝さびに天照大御神の営田《ミツクダ》の畔離《ア》ち、溝埋め、亦其の大嘗《ニヘ》聞看す殿に、屎《クソ》放り散しき。故然すれども、天照大御神はとがめずて告りたまはく、屎《クソ》如すは、酔《ヱ》ひて吐散すとこそ、我那勢の命此く為つらめ。又田の畔離《ア》ち溝埋むるは、地《トコロ》を惜《アタラ》しとこそ、あが那勢の命此く為つらめと、詔直したまへども、猶其の悪き態《ワザ》止ずて転《ウタテ》あり。天照大御神、忌服屋《イミハタヤ》に坐し〳〵て、神御衣《カムミソ》織らしめたまふ時に、その服《ハタ》屋の頂《ムネ》を穿ちて、天斑馬《ノブチゴマ》を逆剝《サカハ》ぎに剝ぎて、堕入るゝ時に、天衣織女《アメノミソオリメ》、見驚きて、梭《ヒ》に陰上《ホト》を衝《ツ》きて死《ミウ》せき。

この所なのですが、須佐之男ノ命が天へ上つて来られて、天照大御神と誓ひを立てられて、子供を生み合つてみようとて、心が汚ければ女の子が生れるとて、剣と玉とを交換して産み合つた。すると天照大御神の剣からは三人の女の子、須佐之男ノ命は玉をかみくだいて五人の男の子が産まれた。誓（うけひ）では男の生れた方が勝で、天照大御神の負けになつたのです。須佐之男ノ命は勝つて調子にのつて、暴れ廻つて、私の心がきれいだつたから女の子を手に入れられたんだと、かういふ様に言はれた。そして遂に田の畔を切り溝を埋め、又新嘗の御殿に大便を一ぱいなされた。天照大御神はそれをみても咎められず言はれた、其処に大便がひつてあるのはそれは糞ではなくて、おれを祝つてくれて、おれの田に米が出来ると、田の神を祭り、自分たちも御飯をたべ、酒に酔つてものを吐き散らす、その前兆だらう。又田の畔を切り溝を埋めるのは、土地を惜しんで少しでも田を多くほしいとの考へでなされたのだ。豊年の前兆だ、おれを祝つてくれたのだ、と言はれて詔直《ノリ》された。

詔直しとはとなへごとをすることで、ひよつとして悪い結果が出て来る場合があると、となへごとを言ひかへます。悪いとなへごとをとなへると禍津日《マガツヒ》ノ神《カミ》が働き出して処罰を与へるから、大直日《オホナホヒ》ノ神《カミ》を祀りとなへかへると、となへごとの効果がよくなつてくるんです。そこの説明は長くなりますから止めます。

悪いことが出てきたから天照大御神がとなへ直されたとなるのです。ともかく詔直しの形が一つは昔の人が他人から受ける不道徳をば認容してゆく方法があつたといふ事を表してゐます。つまり大国主ノ命や、仁徳天皇が、自分より無力のものがあれだけ無茶をしたのを認容して居られたのです。あれは無力なんだから許してやらうとの認容を示してゐます。それで話が自然自由の方へ傾いてきたから、話し足りぬが次の自由の方へ移りたいと思ひます。

二　自由

雄略天皇の巻を読んでいたゞけばわかりますが、天皇に対して申し訣ないことですが、昔の人の考へる天子の御性格にはかういふ所があります。非常に自由に気随な御心ですね。腹が立てば無茶苦茶に怒る、機嫌が直ればまことによいお方です。美的な美しい感情の方ですね。雄略天皇の御一代はその記事ばかりですね。日本紀のは道徳的反省が加はつてゐて、かたくなつて昔の事をその儘出してゐません。古事記の方はそのまゝですから、かういふ御性格をみるにはよいんです。

雄略天皇記をみるには日本武ノ尊の巻を註釈するのがよいのです。昔の方には類型がありますから、同じ性格の人を並べてみるとはつきり訣ります。譬へば兄弟の方に対してえぐい所があります。日本武ノ尊は兄の大碓ノ命が父の愛人をぬすんでゐるのをとがめて、厠の中へ入つた所を摑んで摑みひしいで居られます。そこで天皇はこはがられて心配して熊襲征伐に遣られたと書いてあります。雄略天皇も身に近い方（御兄弟）を殺されてゐるが、自由にやつてゐるから道徳に入つて来ないですね。名高い話に、安康天皇が眉輪《マヨワ》の大王《オホキミ》に弑せられたそのあとに、爾に大長谷王《オホハツセノミコ》、当時童男《ソノカミヲグナ》にましける。此の事を聞かして、慷愾《ウレタ》み忿怒《イカリ》まして、乃ち其の兄《イロセ》、黒日子王《クロヒコノミコ》の御許《ミモト》に到して、人天皇を取りまつれり。如何に為ましと曰したまひき。然るに其の黒日子王、うちも驚かずて、怠緩《オホロカ》に心《オモホ》せり。是に大長谷王《オホハツセノミコ》、其の兄を詈《ノ》りて、一には天皇にまし、一には兄弟《ハラカラ》にますを、何ぞも恃心《タノモシゲ》なく、人の其の兄を殺《と》りまつれることを聞きつゝ、驚きもせずて、怠《オホロカ》におもほせると言ひて、即ち其の衿《クビ》を握りて控出でゝ、刀《タチ》を抜きて打殺したまひき。亦其の兄、白日子王《シロヒコノミコ》に到して、前《サキ》の如状《アリサマ》告げまをしたまふに、このみことも、黒日子王の如、緩《オホロカ》におもほせりしかば、即ち其の衿《コロモノクビ》を握りて、引率来て、小治田《ヲハリダ》に到りて、穴を掘りて、立ちながらに埋みしかば、腰を埋む時に至りて、両の目走抜けてぞ死《ミウ》せたまひぬる。

大長谷ノ王が、眉輪ノ王が天皇を弑し奉つた事を御聴きになつて、兄さんの黒日子ノ王の所へ行かれ、他人《ヒト》が天子様を弑し奉つたがどうしたらよからうと言つたところが、兄さんがどうでもいゝではないか、といゝ加減な挨拶をしたので、襟頸を摑んでひつぱり出して刀を抜いて殺してしまはれた。そこで、兄さんの白日子ノ王の処へ参つて様子を申し上げたところが、やつぱりいゝ加減な返事をしたので、穴を掘つて立つたまゝで埋められた。ところが二つの目がとび出して死んでしまはれた。之はまあ惨酷ですね。之を歴史的に批評すると駄目になるのです。非常に自由な性格を持つてゐます。怒つたらこんな無茶苦茶な行ひをして居りながら、心持ちが一遍に豹変すれば立派な方になられます。譬へば雄略天皇のところでは大きなことになつてゐますが舎人の猪の話。また采女がしくじつて杯に木の葉が入つたといふので、天皇が怒られて殺さうとしたら采女が歌を詠んだ。皇后も歌を詠まれた。そこで天皇も急に喜ばれて心持ちが静かになつた。心持ちが非常に豹変する、瞬間に美しく変る方だつたといふ事がこの巻によく出てゐます。そんなら恐しい方かと申しますと、譬へば、日本武ノ尊を見ますと、熊襲建のところへゆかれる時に、美しい乙女の姿になつてゆかれたので、とにかく都人であつたから美しかつたかも知れません。昔の人もやはり美といふ事は考へてゐます。かういふ行為を悪の中へ入れて考へてはゐません。非常に自由な性格として考へねばなりません。

今の言葉で言ふ朗かといふことでよくわかります。近頃は、朗かといふことを多少美徳の中に入れて来るやうになつたが、それはよいことです。その朗かな性格の方だつたんです。朗かな明るい気持、さういふことは昔ではあかしといふ言葉で説明してゐます。日本の古代の書物には徳目は出てきません。聖徳太子の時は冠位の名前を徳仁礼信義智といふ徳目らしいものできめられた。天武天皇の時は、明《アカシ》、浄《キヨシ》、正《タヾシ》、直《ナホシ》、勤《イソシ》、などが位の名前にせられました。とにかくその明《アカシ》といふ徳目は後世の日本になくなつてゐます。

三　誓詞

道徳といふ事を考へずに自由に動いてゐる所に良さも悪さも出て来るのですね。ところが考へねばならぬ事は、君臣の間、夫婦の間では道徳らしい責任が出てくるのです。つまり先に申した通り一遍言葉に出すと、言葉に対する負担や義務が出て来るとし、言葉を重大に考へてゐました。その言葉は単語ではありません。となへ言をするとその言葉の通り実現しなければならなかつた。沙本毘古、沙本毘売の話では沙本毘売は本道は夫が可愛かつたかも知れぬが、兄が可愛いと言つた為にそれを実現しなくてはならなかつた。譬へばずつと後もつと古い例をとつてみませう。古事記で言ひますと神功皇后の三韓征伐の所で、新羅の国王が降参するところに、かう書いてあります。

　故備に教へ覚したまへる如くして、軍《イクサ》を整へ、御船を双《ツラナ》めて、度り幸でます時に、海原の魚ども、大なる小き、悉に御船を負ひて渡りき。こゝに順風《オヒカゼ》盛りに起きて、御船浪のまに〳〵ゆきつ。かれその御船の波、新羅《シラギ》の国に押し騰《アガ》りて、既に国半《ナカラ》まで到りき。こゝに、その国主《コニキシ》、畏《オ》ぢ惶《カシコ》みて奏《マヲ》しけらく、今より以後《ユクサキ》、天皇《オホギミ》の命のまに〳〵、御馬甘《ミマカヒ》として、毎年《トシノハ》に船双《ナ》めて、船腹乾《ホ》さず、柂楫《サヲカヂ》乾さず。天地のむた、とことはに仕へまつらむとまをしき。かれ是を以て、新羅《シラギ》ノ国をば、御馬甘《ミマカヒ》と定めたまひ、百済《クダラ》ノ国をば、渡《ワタ》の屯家《ミヤケ》と定めたまひき。

かういふ風に祝詞と同じ様につゞけざまに貢を持つて来る事を、「天地《アメツチノ》共与《ムタトコトハニ》無退仕奉《ツカヘマツラム》」と書いてあります。古事記にはさう書いてあるのが、日本紀をみますと、河の石が星となるときがあつても、阿利那礼河が逆さに流れる時があつても叛かぬ、と誓つたとあるが、それが漢文に飜訳してあるために実感が出てきません。つまり降伏する時の誓ひの詞で、この誓ひの詞に背けば罰せられる。誰が罰するかといふと、日本の古代の信仰のうちで割合新しい部分では禍津日神《マガツビノ》が罰するのです。ところがもつと古くは別に言葉を管理してゐる神がゐたと考へてゐたらしいです。

とにかく言葉に背いたといふ罪を正されるのが恐しくて、だん〳〵言つた言葉を推敲せねばならぬ義務が生じてきた。必しも臣下として服従し、又は征服、被征服の関係ばかりではなく恋愛の中にもあります。女が男を思ふのはなかつたが、万葉集の中でも、女が言つてゐるのは口前だけで、死ぬほど思ひつめてゐるとは言はず、又真からそんなことを言ふ世の中ではない。そんな口前をいふわけは、つまり女がどうしても男に背かぬといふ誓ひを立てるので、女の意志で結婚するといふことは一つもなく、事実に於てあつたとしてもそれは世の中が認めなかつた。それで女は自分の意志で結婚するといふことはない形です。

女が男の結婚の申し込みを受け入れる時は、女が男に誓ふので嘘をつかぬ、私が嘘をついてゐないといふことは、いま神々が証明するであらう。又は私が嘘をついてゐるとしたら神々が罰するだらう、といふ様に、積極と消極とどちらかの誓ひをするのです。一遍さういふ風に誓ひをするから背けなくなりますので、一度さうすれば、夫婦関係はどうしても離れることは出来ないのです。一体夫婦関係を解除する時は儀式があつたので、その時は古事記にある話ですが、言離之婢《コトサカノメヤツコ》といふものがあつて、女の方から代りに女奴隷としてやるのです。自分が悪いことをしたから、神に対して贖ひをする、つまり一種の神に対する贖罪ですね。悪いことをしたから贖ひとして言離之婢を神さまに差し上げると、それを男がをさめるのです。何故そんなことをするかといふと、前に神様に誓ひをしたからです。古事記を見ますと、神代の始めの方に、伊邪那岐、伊邪那美ノ命が夫婦別れをなさつた話があるが、次のやうに書いてあります。

最後に其の妹《イモ》伊邪那美命、身自《ミミヅカ》ら追来ましき。爾ち、千引石を其の黄泉比良坂《ヨモツヒラサカ》に引塞《サ》へて、其の石を中に置きて、各対立《アヒムキ》して、事戸を度《ワタ》す時に、伊邪那美命言《マヲ》したまはく、……

「ことゞを度す」、といふところに日本紀では「絶妻の誓也」と註があります。夫婦関係を破る時の誓詞だつたのです。之が神代にあつたから、夫婦別れは出来るとなつてゐます。

神でさへしたのだから、吾々も誓ひを解除することが出来るわけです。

ところがこの誓ひといふことが主従といふ関係ではないが、主従の関係に似たやうなもので、夫婦関係は長くても一代であるが、主従関係は一代に限らず続くもので、代が変れば新しく誓ひをやり直します。譬へば宮廷と出雲人の元祖の出雲の国造の家は、代々国造の家の主が死ぬといふと、新しく国造となつた人が宮廷に出て来て誓ひを立てます。今も祝詞となつて残つてゐます。出雲の国造神賀詞《カムヨゴト》となつて残つてゐます。一年だけでは足りないから家を嗣いだ年と又翌年と二回宮廷に出て来て誓ひを立てるのです。

つまり日本の主従関係はさういふ様にして出て来たのです。主従関係は一代きりでなく、親から子へ或は兄弟へと約束をきりかへてもとへ戻し、だん〳〵関係が深くなつて来ます。まあ吾々の考へる様な道徳観念といふものゝ始まりは誓詞《ウケヒノコトバ》の中にあると思ひます。誓詞と書いてうけひと訓んでゐます。少し申し足らぬと思ひますがまたあとで申します。

第三　推移と合理化と

一　外来思想の認定

今日は「推移と合理化と」といふ題目でお話します。民族の性格といふ物はだん／＼推移して行くといふ事を中心として話を申し上げます。何が根本になつてゐるか本道は問題ですけれど、いくら押し詰めて行つても、これが根本のものに違ひないと決着は出来ませんが、先に大体之が根本であるといふ事位は判断が付く訣です。その程度で私はよいと思ひます。何処の民族でもどんな種族でも、皆類型的な生活をし、同様な精神生活をしてゐるのでありますから、さつぱり変つた事を見出し得ません。だから先づ本質的なものをば漠然と感じる程度でよいと思ひます。ところが、それが早くからだん／＼推移つて来てをり、しかもそれが変化已む事なく今日迄来てゐる、そして又本質的なものを失つてゐない、さういふ見当が付けば、それで結構だと思ひます。

一体、日本民族が外来思想を取り込んだのは何時頃からか問題です。けれども之は民族性格を捉へる事よりもつとむづかしいのです。何故ならば日本人を分解してみますと、外来思想と思つてゐる物が日本人の根本から雑つてゐるからです。支那民族の一族、つまり漢種族ですね、その支那の種族といふものは、歴史にも、支那から大きな村を幾つか引き連れて来て、日本へ帰化したといふやうな事が書いてありますが、その事の前に支那種族が這入つて来てゐないとは決して言へません。同様に、支那と日本との交渉が始まつてゐた以前に支那の文化が這入つてゐないとは言へません。その関係は、西洋との交通が開けたのは、種子ヶ島へ鉄砲が伝来してからだと申しますけれども、それより以前に日本へ西洋の文化が這入つてゐないとは限りません。それと同じことです。それよりももつと自然に、頻々《ヒンピン》と這入つて来てゐたのです。日本人といふものを組織してゐる要素に漢種族が這入つてゐて、さういふものが、やはり古代日本人の一部分を成してゐるといふ事から考へれば訣ります。言ひ換へれば、日本の国家が成立しない中に此処へ渡つて来てゐた人々は、日本民族といふものが纏る以前のものです。つまり、古代の日本人の中に色々なものを包含してゐるのは元より考へられます。その中へ漢種族だけが這入つてゐないとは考へられません。歴史で馴れてゐますやうに、後漢の霊帝の子孫が一群の民を連れて這入つて来てをり、又それよりずつと以前、秦の始皇帝の子孫が沢山の人々を連れて這入つて来た。それ以後の事をば頭に強く持ち過ぎてゐるから、それ以前には這入つて来なかつたと考へてゐる

ます。

しかし日本の国が組織されない以前から、この国に根を下ろしてゐた漢種族が沢山あつたといふことは、非常に考へられ易い事であります。さうしますれば、日本民族の性格といふ物の中に、既に前から漢種族的の物が這入つてゐた事も考へられます。だから、支那は日本へ大きな文化を寄与したんですが、支那だけが後に這入つて来たやうに憖《ナマジヒ》に思はれ易いんですけれど、決してそんなことはない訣です。だから吾々は常に支那文化の渡来以前、渡来以後といふやうに考へ易いが、それも程度問題です。考へ易いやうに考へてゐるだけで、実はそれ以前に取り入れて含んでゐると考へなければなりません。従つて始終問題になる事でありますが、記紀や奈良朝以前の書物を通して見られる古代の生活の中に、支那の元来の信仰の思想と見られる陰陽道の思想が豊かに這入つてをるといふやうな問題も、自然解決がついて来ます。

古事記にも伊邪那岐《いざなぎ》ノ命《みこと》が黄泉《ヨミ》の国へ伊邪那美《いざなみ》ノ命《みこと》を訪問に行かれた時の話が出てゐます。その時の事ですが、黄泉醜女《ヨモツシコメ》が伊邪那岐ノ命を追ひかけて来る。命はだん〳〵逃げて来ます。伊邪那美ノ命も追ひかけて来る。

是《コヽ》に伊邪那岐ノ命見畏みて、逃還ります時に、其の妹《イモ》伊邪那美ノ命、「吾《アレ》に辱見せたまひつ」と言《マヲ》したまひて、即ち予母都志許売《ヨモツシコメ》を遣はして追はしめき、爾《カレ》伊邪那岐ノ命、

> 黒御鬘《クロミカヅラ》を取て投げ棄《ウ》てたまひしかば、乃ち蒲子《エビカヅラノミ》生《ナ》りき。是《コ》を摭《ヒリ》ひ食《ハ》む間に逃げ行《イ》でますを、猶追ひしかば、亦其の右《ミギリ》の御美豆良《ミヽヅラ》に刺せる湯津津間櫛《ユツヽマグシ》を引き闕《カ》きて、投げ棄てたまひしかば、乃ち筍《タカムナ》生《ナ》りき。是《コ》を抜き食む間に、逃げ行《イ》でましき。且《マタ》後には其《カ》の八《ヤクサ》の雷神《イカヅチガミ》に、千五百《チイホ》の黄泉軍《ヨモツイクサ》を副《ソ》へて追はしめき。爾《スナハ》ち御佩《ミハ》かせる十拳剣《トツカノツルギ》を抜きて、後手《シリヘデ》に布伎都都《フキツヽ》逃げ来ませるを、猶追ひて黄泉比良坂《ヨモツヒラサカ》の坂本に到る時に其の坂本なる桃子《モヽノミ》を三箇《ミツ》取りて、待ち撃《ウ》ちたまひしかば、悉《コトゴト》に逃げ反《カヘ》りき。爾《コヽ》に伊邪那岐ノ命桃子《モヽノミ》に告《ノ》りたまはく、「汝吾《イマシア》を助けしが如《ゴト》、葦原中国《アシハラノナカツクニ》に所有《アラユル》宇都志伎青人草《ウツシキアヲヒトクサ》の苦瀬《ウキセ》に落ちて患惚《クル》しまむ時に助くべし」と告《ノ》りたまひて、意富加牟豆美命《オホカムヅミノミコト》といふ名を賜ひき。

とあります。此処で普通、この意富加牟豆美命《オホカムヅミノミコト》について陰陽道《オンミヤウダウ》の信仰があると申して居ります。だから当時、既に支那の思想の影響を受けてゐたとの一例によく申されます。そこで本文には、伊邪那美ノ命が殯殿の中に御入りになつて、長く時間が取れたので、伊邪那岐ノ命が御待ち兼ねになり、そつと中に入つて御覧になると、伊邪那美ノ命の体が腐つて、どろ〳〵になつて、蛆の代りに八つの蛇が生れてゐた。神様ですから、蛆の代りに蛇が取付《トツヽ》いてゐたのです。雷《イカヅチ》といふのは、日本では昔は蛇と考へてゐました。そこで、伊邪那岐ノ命が恐しくなつて逃げてお帰りになる時に、伊邪那美ノ命が私に恥をおかゝせになつたと言つて、黄泉醜女《ヨモツシコメ》（黄泉の国の獰猛な女）を遣はされて後を追はせられました。昔は、男軍《ヲイクサ》・女軍《メイクサ》と両方があつて、女の軍は戦争の代りにお祈りをするものであり、男の軍の方は実戦に従事するものでした。神武天皇の時も、大和の国へ入られる時に、男軍・女軍を使はれてをります。賊の方でも男軍・女軍を使つてゐます。で、伊邪那美ノ命が黄泉の国にゐる強い女軍を遣はされたのは、伊邪那岐ノ命を捕へようとなさつたのか、それとも追ひ出さうとしたのか分らないが、普通は捕へようとした様に考へられてゐます。其所で、黒御鬘《クロミカヅラ》を取つて投げ棄てられたところが、野葡萄が生えた。黒御鬘《クロミカヅラ》といふものは、頭の上に付けてゐるもので髪の毛を顕さない一種の礼式の為に用ゐるもので、これが進んで来ると、烏帽子・兜となつて来ます。蔓草で編んで頭に被るもので、黒御鬘《クロミカヅラ》といふから、黒い蔓の草で出来てゐたのでせう。それを投げた所が、蒲子《エビカヅラノミ》が生えました。

蒲《エビカヅラ》は今では海老茶と言ひますが、あれは葡萄の色に茶の交つたもので、海老を煠《ユ》でた色ではありません。かづらは蔓草ですから、蒲《エビカヅラ》といふのは葡萄蔓のことです。つまり頭のかづらを捨てれば、又蒲《エビカヅラ》となつて葡萄が生ずると昔は考へてゐたのでありませう。そこで、「是《コ》を摭《ヒリ》ひ食《ハ》む間に、」古語では、ひりふともひろふとも訓《ヨ》みますが、ひりふの方がひろふよりも古いやうに思はれます。宣長先生等はひりふを、は行四段に活用させてゐます。なほ追つかけて来ましたから、仕方なしに御角髪《ミヽヅラ》を与へました。みづらは、男の髪を上で両方に分けて、分けた髪を頭の両方のわきで結んでゐます。湯津々間櫛の湯津は、沢山な数を表す数詞で、昔の櫛は大きいからからういふ見立てが出来るんでせう。竹で作つてあつたのであらうから、その歯をむしつてどん／＼投げられたのです。（投げ棄《ウ》つの棄《ウ》つには、うた・うち・うつ・うつ・うて・うての活用が出て来てゐます。）その場所に竹の子が出来ました。たかむなは竹の子のことで、黄泉醜女がそれを食べてゐる間に命はどん／＼逃げて行かれました。黄泉醜女では駄目であるので、さつきの八つの雷《イカヅチ》を寄越された。（この所を宣長先生は丁寧に訓んでをります。）その八つの蛇神に「千五百《チイホ》の黄泉《ヨモツ》軍《イクサ》を副へて」、千五百といふからには、千五百人と見てよいでせうが、昔の人は大雑把ですから、沢山の意と見てよいでせう。沢山の黄泉軍をつけて命を追はせになりました。其所で命は、御佩きになつてゐた十拳剣《トツカノツルギ》（十拳剣とは剣の刃が十摑みある事です。）を、「後手《シリヘデ》に布伎都都《フキツヽ》」逃げられた。（ふきは振るに通じます。）さて、原文を見ると、「於後手布伎都都此四字以音逃来《イケ》」とあり、ふきつゝといふ古語が入つてゐます。ひよつとして、ふりつゝと訓んでは不可ないから、この四字音で読んでくれとの昔の註です。

後も見ずに後手に振り廻しながら、逃げて行かれた。それにも拘らず、伊邪那美ノ命が追つかけてお出でになつて、黄泉比良坂《ヨモツヒラサカ》の坂本までおいでになつた。黄泉比良坂の比良は、古語で坂の意味で、今でも沖縄では坂のことを「ひら」と言つてゐます。日本では比良が地名に付いて元の意味が忘れられて、黄泉比良では訣らぬので、まう一つ坂を付けて比良坂としたんです。黄泉比良坂とは黄泉と地上の国との間の坂のことで、その黄泉比良坂の坂本に到着なされた時、桃の木が生えてゐた。その桃の実を三つ取つて、後から来るものに眼を狙つて（邪神は眼が恐しいから）打ち付けられましたので、皆悉に、（古事記でも、日本紀でも、これをすでにと訓んでゐますが、これはどちらでもよいでせう。）皆逃げ返つてしまひました。

これから伊邪那岐ノ命と伊邪那美ノ命との問答になつて来ます。其所で伊邪那岐ノ命が桃の実に対して仰《オツ》しやつたことには、おまへが今俺を助けたやうに、葦原中国《アシハラノナカツクニ》にありつたけの現実な、生きた身体を持つてゐる青人草、即ち人民です。人間の頭を見ると青くなつてゐるからさう言ひます。その青人草が、「苦瀬《ウキセ》（宣長先生の訓み方が巧みに出てゐます。信頼は出来ませんが、いゝ思案がないから、さう訓んで置きます。）に落ちて患惚《クル》しまむ時」、くるしまむとありますけれども、この惚といふ字はおぼれるといふ字で、悩といふ字は朝鮮から来てゐます。日本でも奈良朝以前から惚と悩と一緒に使つてゐます。「一切《イッサイ》経音義《キヤウオンギ》」を見ますと、「惚は悩也」と註があります。これは、朝鮮を通つて来た漢文学の影響によるもので、朝鮮の字の使ひ方を調べなくてはなりません。非常に巧妙に訓んでゐますね。しかし之は、苦しむといふだけでなく、苦しみ悩む、憂ひ歎くといふ意味の字です。「助くべしと告《ノ》りたまひき。」大抵古事記では下に告《ノ》るといふ字が無くとも、告りたまひきと訓むのでありますが、此処は丁寧に書いてあります。次に意富加牟豆美命《オホカムヅミノミコト》といふ名をたまひきと宣長先生は訓んでゐます。意富加牟豆美《オホカムヅミ》といふ六字は音で読んでくれと書いてあります。この約束によつて、未だに桃の実は世間の人々の苦しみをば助けてくれるのだ、桃の実といふものは邪気を払ふ物だとしてゐます。支那では桃の木・桃の実に関する信仰が深くあります。あまり深いものですから、神代にもこんな事が這入つてゐるといふのは、それは支那の影響があるといふ、之はその筈です。支那から這入つて来た人々が日本人の中にあるのだから当然の事です。呪《マジナヒ》といふのは、書物の上の智識でなく、実生活上の智識であるからです。後世の人こそは、どんな時にどんな呪をすればよいかといふことを、書物の上で見ますが、昔の人は呪は実生活のうちに這入つてゐたからです。

此処で二箇所問題が出て来ます。人民を青人草といふのはどうもあまり支那臭い。どうも蒼生といふ事の訳語らしい。蒼生といふ事を直訳したのではなくて、蒼生といふ漢字が青人草と写されたのであります。或は青衿などゝ言ひますね。これはあまり支那臭い。しかし某所らのことは、仮令それが支那的であつても、原始日本人——原始日本人などゝいふ言葉を使ふのは悪いのです。原始と言ふと余り古過ぎる。——非科学的な言葉とは思ひますが、今仮にこれを用ゐるならば、その原始日本人の中に、支那種族が這入つてゐるのは当前《アタリマヘ》の事です。吾々が書物を通して支那の知識が這入つてゐると考へるのは大きな誤りです。

かういふ風にして見ますと、沢山支那臭いものが出て来ますが、それもごく自然に解釈が付きます。その一番有力な団体として考へられるのは、但馬の国を中心としてゐた種族で、山陰道の半ば以上、多分、因幡・但馬・丹後・丹波の国々に勢力を持つてゐた伊豆志人《イツシビト》ですね。その伊豆志人はどうも原始日本人に交つてゐた漢種族らしいのです。之等の人々の持つてゐたものが割合に進んでゐます。譬へば、考古学の上で問題になつてゐる銅鐸、――あちらこちらで土の中から出てゐますが、釣鐘の小さい様なもので、未だに何に使つたか訣りませんが、恐らく昔の祭りに使ふ宝物でせう。けれども、それが土中に埋めて匿してあつたのかどうかは知れないが、銅鐸の出て来る処は大抵きまつてゐます。塚穴からは出て来ません。――これは伊豆志人の持つてゐたものらしい。

その他色々のものから考へられますが、文学の方面から申しますが、文学的な匂ひの非常に高い伝説（もとは叙事詩かも知れぬが）が伊豆志人によつて伝へられたと思はれるものが非常に多い。だから恐らく支那の南方から渡つて来た支那人が、あゝいふ処へ根拠を占めてゐて、学問的知識は持つて来ないけれども、非常に優れた支那の中央の文化が地方まで潤してゐて、その豊かな感情を持つて渡つてゐたから、其所に、文学的なものが多く生れてをつたと言はれるのだと思ひます。ところが比較的書物から得た知識に近いものは、目に立つて違ひます。自然に岩の間から水が染《シ》み出るやうに滲出して来たものと違つて、書物から得た知識は固定してゐるから、民族の生活に染み入るには長い時間を要します。待ち切れないで歴史の上に新しい思想と古い思想の衝突が出来ます。

譬へば、よく例に引かれてゐる仁徳天皇と宇遅《うじ》ノ稚郎子《わきいらつこ》の御国譲りの物語なんかは、支那の思想の良い方面の現れだと思つてゐますが、恐らく稚郎子も、仁徳天皇も、百済から渡つて来た、博士王仁の教へを受けられたのであるから、儒教の影響を受けられたので、在来の日本人の生活と違ふ新しい方法によつて生活せられたのです。つまり、あの御国譲りでは、死んでまでも国を譲られるのだといふ美しい物語が起つて来たと解釈するが、さうかも知れませんが、それは日本の在来の宮廷の皇位継承の形式からも説明も出来るから、必しも支那思想の影響方面からばかし説明するには及ばないと思ひます。

古事記で一番適切な例は、仁徳天皇の次に履中天皇が位に即いてゐますが、古事記の下巻《カク》にある話です。はじめは仁徳天皇で、その次は履中天皇です。仁徳天皇がお崩れになりまして、伊邪本和気命《イザホワケノミコト》が位に即かれます。仁徳天皇には沢山の御子達がありまして、その中に一人だけ、墨江中王《スミノエノナカツミコ》と申す御方がございますが、この方だけは天子様になられませんが、履中・反正・允恭と他の兄弟達三人で位に即かれておいでになります。その位に即かれなかつた墨江《ノ》中王の謀叛の話が出てゐます。履中天皇が大嘗祭の饗宴の御酒にお酔ひになつて、ぶら〳〵になつて寝ておいでになつた時に、中王が天皇を弑し奉らうとして、天皇の御殿に火を付けた。その時分帰化人が大勢あつたが、勢力のあつた漢種族の倭漢直《ヤマトノアヤノアタヘ》の祖先、阿知直《アチノアタヘ》といふものが天皇を御助け申して、ぶら〳〵寝てゐるのを馬に乗せて、大和へお連れ申さうとした。途中河内の多遅比《タヂヒ》野《ヌ》——高津ノ宮から六七里も離れた処——で天皇は始めて御目覚めになつて、此処は何処だと御尋ねになられた。この辺は子供らしく書いてあります。その時天子様が次のやうな歌を御詠みになりました。

丹比野《タヂヒヌ》に　寝むと知りせば、　立薦《タツゴモ》も持ちて来《コ》ましもの、寝むと知りせば

それから大和へ越えて行かれる。

於是《コヽニ》其の伊呂弟《イロト》水歯別命《ミツハワケノミコト》、参赴《マヰキ》まして謁《マヲ》さしめたまふ。爾天皇《カレスメラミコト》詔《ノ》らしめたまはく、「吾汝命《アレナガミコト》を若し墨江ノ中王と同じ心ならむかと疑《オモ》ほせば、相言はじ」とのらしめたまへば、「僕《ア》は穢邪《キタナ》き心なし。亦墨江ノ中王と同じ心にもあらず」と答へ白《マヲ》したまひき。亦詔《ノ》らしめたまはく、「然らば今還り下りて墨江ノ中王を殺して上り来ませ。彼《ソ》の時にこそ吾《アレ》必ず相言はめ」とのらしめたまひき。故《カレ》即ち難波《ナニハ》に還り下りまして、墨江ノ中王に近く習《ツカ》へまつる隼人《ハヤビト》、名は曽婆訶里を欺きて、「若し汝吾《ア》が言ふことを従《キ》かば、

吾《アレ》天皇と為《ナ》り、汝を大臣《オホオミ》に作《ナ》して天ノ下治《シ》らさむとす、那何《イカ》に」と云《ノ》りたまひき。曽婆訶理「命《ミコト》の随《マニ〳〵》」と答白《マヲ》しき。爾其《カレ》の隼人《ハヤビト》に禄《モノサハ》多に給ひて、「然らば汝の王《キミ》を殺《ト》りまつれ」と曰《ノ》りたまひき。於是《コヽニ》曽婆訶理、己《オノ》が王の厠に入りませるを窃伺《ウカヾ》ひて、矛《ホコ》以《モ》ちて刺《サ》して殺《シ》せまつりき。

すると、後の反正天皇で水歯別命《ミツハワケノミコト》と仰《オツ》しやつた方が、天子に御目に掛りたいと、人をして申し上げさせられた。天子は直接には御目に掛らないから、取次の人に天子が仰言《オホセゴト》を下されて、仰しやられるには、わたしはお前が墨江《ノ》中王と同じ心であると思ふから、会つて話をすまいと伝へられた。「同じ心」を宣長先生は、「おやじこゝろ」と訓まれてゐるが、同じ心でもよいと思ひます。「おやじ」は万葉集にもありますから、さう古くはありますまい。「おもほす」は天子であるから、自分の事に敬語を使はれてゐます。すると、水歯別ノ命は、私はそんな悪い心は持つてゐません。墨江《ノ》中王と同じ心でもありません、とお答へ申されますと、（こゝは誓ひです。）天皇は、そんならすぐさま、墨江《ノ》中王を殺してのぼつていらつしやい。そこで会つて話をしようと仰せられた。其所で命は、難波に還り下つて、墨江《ノ》中王に仕へまつる隼人――薩摩の国の野蛮人が、後世の舎人と同じ様に皇族・貴族に仕へてゐた――の、名は曽婆訶理《ソバカリ》といふ者を騙して、――われ〳〵は人を騙すのは悪徳と思つてゐますが、それは智慧であつて、誰にも出来ることではなく、優れた選ばれた人、押し勝つた人だけが出来ることです。神の約束をも顚覆《ヒツクリカヘ》すことが出来るのです。――若しお前が俺の言ふことを聞いたなら、俺が天子になつたら、お前を大臣にしようと思ふがどうか、と仰《オツ》しやつた。曽婆訶理は「みことのまに〳〵」と言つてゐますが、うまく訓んでゐますねえ。あなたの仰しやる通りといふことです。そんならお前の仕へてゐる皇族を殺しまつれと仰しやつた。曽婆訶理はその皇族が厠に入つてゐる時に、外からか、下からかよくは訣らぬが、突き刺して御殺し申した。(厠では前からよく殺されてゐます。)「殺《シ》せまつりき。」「殺せ」といふのは日本語、「殺す」といふのも日本語で、之は支那の死といふ語と偶然同じであります。しぬといふのは、ぐにや〳〵になるといふ意味で、万葉集に、「こゝろもしぬにいにしへおもほゆ」など、ありますのは、心も勢がなくなる程いにしへが思《シノ》ばれる、意気が銷沈することです。そのしぬを動詞に使つて、しぬとしたんです。しは語根で、ぬは語尾です。しからしぬ、しすといふ語が出て来ます。しすが付くと意味が変り、しぬといふのは自分が死ぬことで、しすといふのは、人を死なせる、人を殺《シ》すことになります。これは日本語であります。だから支那の弑《シイ》すに当るものは、日本語の殺《シ》すであります。殺《シ》すでは混乱するから弑《シイ》すとなつたので、これは日本語です。弑すは多くかういふ風に、貴い人を殺す時に使ふから、殺すの敬語になつてしまつたのです。

故《カレ》曽婆訶理《ソバカリ》を率《ヰ》て倭に上り幸《イ》でます時に、大坂の山口《ヤマノクチ》に到りまして以為《オモホ》さくは、曽婆訶理、吾《ワ》が為に大功《オホキイサヲ》有れども、既に己が君を殺《シ》せまつれるは是不義《キタナキシワザ》なり。然れども其の功《イサヲ》を賽《ムク》いずば信《シルシ》なしと謂はまし。既に信《チギ》りしごと行はゞ、還《カヘ》りて其の心こそ惶《カシコ》けれ。故《カレ》其の功《イサヲ》は報《ムク》ゆとも、其の正身《ムザネ》をば滅ぼしてむとぞおもほしける。

其所で、曽婆訶理を連れて大和に上つてお出でになつた時に、大坂の山の口に、大坂越えといふ坂がありまして、――これは河内から大和へ越える本道であつたが、後には北の方に移つた。――その山の入口に到着して思ふには、俺の為には大きな手柄であるが、彼奴《アイツ》は自分の主人を殺したのであるから悪い奴だ。しかし約束がしてあるから、（「すでに」は完全に訓んであるが、よく訓み過ぎて良くない。平安朝の読み方です。）約束をしたんだからその手柄に報いねば、俺が偽つた事になるからとて、ちゃんと約束通り実行したら、此奴《コイツ》はどんな奴になるか分らん。此奴の心持ちが恐しい。手柄には報酬はするが、その正身《ムザネ》（本体）、体は滅さうと思はれた。

是《コヽ》を以《モ》て曽婆訶理に詔《ノ》りたまはく、「今日は此間《コヽ》に留《トヾ》まりて、先づ大臣《オホオミ》の位を給ひて、明日《アス》上り幸《マ》さむ」とのりたまひて、其の山口《ヤマノクチ》に留《トヾ》まりまして、即ち仮宮を造りて忽《ニハ》かに豊楽《トヨノアカリセ》為して、乃《スナハ》ち其の隼人に大臣《オホオミ》の位を賜ひて、百官《ツカサ〴〵》をして拝《ヲロガ》ましめたまふに、隼人喜びて志遂《ト》げぬとぞ以為《オモ》ひける。爾《コヽ》に其の隼人に、「今日大臣と同じ盞《ツキ》の酒を飲みてむとす」と詔《ノ》りたまひて、共に飲ます時に面《オモ》を隠す大鋺《オホマリ》に其の進むる酒を盛りたり。於是《コヽニ》王子《ミコ》先づ飲みたまひて、隼人後に飲む。故《カレ》其の隼人飲む時に、大鋺面《オホマリオモテ》を覆ひたりき。

其所で、曽婆訶里におつしやつたことには、今日この大坂の山口《ヤマノクチ》に逗留して先に大臣の位（大臣の位置、大臣の役・坐り場所。）を与へた上で、明日天子の居られる都に上りませうと仰しやつて、その山口にお留まりになつて、俄に仮宮を拵へて、豊楽《トヨノアカリ》（大嘗祭のこと、これは祭りの色々な催しに行はれる饗宴なんです。宴会も祭りの一部です。後には意味が拡がつて、厳粛な祭りの後の宴会を豊楽と言ひます。）をせして、「せして」はするの敬語で、つまりなさつて、隼人に大臣の役を授けて、沢山の役人達に隼人をば拝ませられました。（をがむは敬礼の様子で、腰を折つて敬礼する事で、任官の時に下の者が敬礼します。）大臣だから皆敬礼したのです。隼人は有頂天になつて、自分の願ひを遂げたと思つてゐた。大臣になると天子が盃を下されるが、水歯別ノ命はその隼人に、同じ盃の酒を飲まうと仰しやつて、（同じ盞とは、一つの盞の酒を二人で飲むのか、別々に飲むのか、どつちだか判りません。）一緒に御飲みになる時に、大きな、顔を隠すやうな大鋺に、（鋺《マリ》とは水を盛るものでせう。金《カネ》で拵へたものが、金鋺《カネマリ》なんでせう。）大臣に飲ます酒を注いだ。そこで王子が先に飲んで、次に隼人が飲んだ。飲む時に大鋺が隼人の顔を隠してしまつた。

爾席《カレムシロ》の下に置かせる剣《タチ》を取り出でゝ、其の隼人が頸を斬りたまひき。乃《カク》して明日《クルヒ》ぞ上り幸《イ》でましける。故其地《カレソコ》を近飛鳥と謂《ナツ》く。倭に上り到りまして詔《ノ》りたまはく、「今日は此間《コヽ》に留《トヾ》まりて、祓禊《ハラヒシ》為て明日参出《マヰ》て神宮《カミノミヤ》を拝《ヲロガ》まむとす」とのりたまひき。故《カレ》其地《ソコ》を遠飛鳥《トホツアスカ》と謂《ナツ》けき。故石上神宮《カレイソノカミノミヤ》に参出《マヰ》て天皇《スメラミコト》に、「政《マツリゴト》既に平け訖《コトム》へて、参《マヰ》上りて侍《サモラ》ふ」と奏《マヲ》さしめ給ひき。

其所で、席《ムシロ》の下に匿して置いた刀を取り出して、（刀は片身《カタミ》のもので、剣は両刃《モロハ》のものであり、太刀は広い意味に使はれます。刀と言つても、剣と言つても、狭い意味のものになるのです。）隼人の首を斬られた。そして翌日大和の国へ上つて行かれた。それでその地を近つ飛鳥と申します。この辺は古事記では簡単ですが、日本紀を参照すればよく訣ります。日本紀には、「飛鳥大和に至らむ」とありますが、明日《アシタ》大和に至らんと言はれたから、その土地を飛鳥と言ひます。だから日本紀のは飛躍して書いてあります。さて大和にお上りなされて天子に申された事は、今日はお目に掛らず、私の身は穢れてゐるから、此処に留つて十分に禊祓《ミソギハラヒ》をして、明日あなたの居る処に参上して、石上《イソノカミ》の神のお宮を拝まうと申された。飛鳥から石上まで五里程隔つてゐるから、近飛鳥《チカツアスカ》から大和の飛鳥へ行き、亦明日行くから此処《コヽ》も飛鳥であり、難波から上つて来た順序からいつて遠いから、遠飛鳥《トホツ》と言つたんです。（大和から見れば近いのですが。）

この話は著しく支那風で日本人風では無いんです。一種の正義観が這入つてゐます。日本人の動き方はもつと自由な、変じ易いものです。之なんぞは困つた行動になつてゐます。これは支那思想の影響なんでせう。かういふ部分が日本人の生活に殖えて来ます。昨日も申し上げたやうに、光源氏が苦しんだと同様に、世間一般に、何時も新しい生活と古い生活とが調和せずに苦しんでゐたのです。日本紀や万葉集を見ましても、持統天皇が都を出て、伊勢より三河国に行幸なされた記事がある。これは中々大事件で、万葉集には遠江まで行かれたとあります。ところが、大三輪ノ高市麻呂といふ人があつて、天子様をお諌め申して言ふことに、「今百姓が田植ゑの最中で、植ゑ付けが済まないから、今行幸なされると百姓が困ります。」と申し上げた所が、どうしても天子がお出でになります為に、高市麻呂は、「それでは私の役を罷めてからお出で下さい」と申し上げた。つまり骸骨を請うたんです。高市麻呂のは支那の影響であつて、儒教政治の名臣の手本になつてゐます。宮廷では自然保守的になりますから、奈良朝になつても、女の天子様は度々行幸なされてゐます。元正天皇も美濃国に行幸なさつて、養老の滝を御覧になつていらつしやる。持統天皇は御一代の中に殊に吉野行宮に始終行幸なされてゐます。今迄の人は天子様が御遊びにお出でになると考へてゐますが、女の天子の時に限つて多いのです。必ず行幸なされてゐます。女の天子は普通の男の天子と違つてをりますが、支那風に考へる女帝といふ位置は日本には無かつたのです。支那のとよく似てゐるから女帝と称してゐますが、日本の女の天子といふ方は、天子と天子との間に立つてお出でになる方で、新しい天子に、まだ天子の御資格が備はらない間の、中継ぎの方なんです。万葉集等になると、中皇命《ナカツスメラミコト》と書いてありますし、続日本紀の金石文には、中天皇と書いてあつて、天子が居られる間から皇后をから申してをります。つまり天子と神との間に立つ方で、新しい天子のお立ちにならない前、天子の資格を拵へてゐられる時、完全に天子になる資格が出て来ない前を、普通皇子尊《ミコノミコト》といふ言葉で表してゐます。今の言葉では摂政宮といふ位置に当るんでせう。未だ天子としての資格が不充分でおありになる方であります。天子の資格の調《トト》つてゐる古い天子の間にお立ちになる方が中皇命で、神様と天子の間をうまく取り次いでゐられる、それが女の天子であるのです。天子がおいでなされる時は、天子と神との間、天子の無い時も、天子になられる方と神との間、その間を受け継いでゐられるのです。先代の天子様と、今度の天子様になる方との橋渡しとなるやうな事をされるんです。それが奈良朝頃までは、まだ信仰として遺つてゐたが、平安朝になつて来ると、だん〳〵忘れられてしまひ、支那風の女帝として考へられて来ました。ところが宮廷には深い信仰があるから、儒教をやつた人は、支那風をどし〳〵主張するので、宮廷の古い信仰と衝突するやうになつたのです。

その間、女帝は何をしておいでなされるかと申すと、神ごとに使ふ清らかな水を探していらつしやるのです。持統天皇は始終吉野の仮宮へ行かれて、恐らく水ばつかり扱つてゐられたのでせう。其等は支那風に考へると、女帝が遊覧なされると見るので、高市麻呂がそれをお止め申したが、そんな訣で押し切つて行かれたのです。そんな支那風の思想で宮廷の古来の信仰を動かすことは出来ません。その為に高市麻呂は位を罷めたとなるのです。自然に入つて来るものは問題にならないが、書物を通して智識的に入つて来るものは衝突してゐるのです。

土地にくつゝいてゐるものとか、たまなどは人間の生活の邪魔をするものと考へ、それを遠くから週期的に神が来てやつゝけてくれる。後《ノチ》にはそれが天から来ると思つてゐた。その神をまれ人といつて非常に強力な神様であり、さういふ新しい神様を非常に歓迎しました。その神は強力で恐しいが、暫く居る間に、土地の精霊を抑へ付けてくれるのですから、邪魔したことはないのです。ところが、仏教の渡来した時には種々の大きな嵐が起つた。仏教には種々の条件があつて、それに附帯して色々弊害もあつたんでせう。けれども表面から見ると、日本の国では新しい神を排斥したことはありません。仏様に限つて何故あんな騒動が起きたのでせうか。それはきつと、あの時の仏教には組織があつて、知識的に宮廷の信仰生活を、儀式を、脅したらしいので、合致せず、追ひ出さなければならなかつたんです。それは今迄新しく遣つて来た神は、すぐぢきに帰つて行くのでありますが、この神様だけは此処に根を下ろさうとしたから、それでは困るといふので争ひがあつたのです。日本の祭りの時の神も直に去つて行つてしまひます。もつと判らぬ事情もありませうが、ともかく俄に宮廷生活を破壊しようとした知識を恐れてゐたんです。けれどもだん〳〵時を経るに従つて、浸潤することになつて参ります。

二　愛の問題

三　性　愛

此所で「愛の問題」「性愛」の問題がありますが、昨日相当申してゐるから、時間が残れば後に申し上げたいと思ひますが、大したことはないと思ひます。

第四　古事記に見えた民俗的要件

第四章へ移つてまゐりますが、古事記を見ますと、それが昨日も申した様に、国語で書いてありますから、それだけ実感が深く起つてきます。ところが日本紀は、漢文で書いてありますから感じが固定してゐます。その点から古事記を見てゐますと、色々に感じます。殊に民俗的な事柄といふものは、多く言語によつて生きた印象を与へられてゐます。古い言語によつて吾々にも、古い事柄の印象を伝へてゐるのは古事記の強味なのです。

一　祭儀よりする説明

古事記に現れてゐる物語は、さういふ事実があつたと考へられてゐますが、中には事実よりも他の事実の説明の為に書いてあるものもあります。Aの事実を書いてゐるが、之は実は別にあるBの事実の説明に書いてあるものだと思はせられます。Bの事実は多くの場合、お祭りの儀式即ち祭儀であつて例を申し上げますれば、神功皇后が三韓征伐に行かれた時の物語、之は有名で珍しくもありませんが、

故《カレ》其の 政《マツリゴト》未だ竟《ヲ》へたまはざる間《ホド》に、懐妊《ハラマ》せるみこ、産《ア》れまさむとしつ。即《カレ》御腹を鎮《イハ》ひたまはむ為めに、石を取らして、御裳《ミモ》の腰に纏《マカ》して、筑紫国に渡りましてぞ其御子は生《ア》れ坐《マ》しける。故《カレ》其の御子生みたまへる地《トコロ》を、宇美《ウミ》とぞ謂《ナツ》けゝる。亦其の御裳《ミモ》に纏《マカ》せりし石は、筑紫国の伊斗村《イトノムラ》になも在る。亦筑紫の末羅県《マツラガタ》の玉島里《タマシマノサト》に到坐《イタリマ》して、其の河辺《カハノベ》に御食《ヲシ》せす時、四月《ウヅキ》の上旬《ハジメノコロ》なりしかば、其の河中の磯に坐して、御裳の糸を抜取り、飯粒《イヒボ》を餌に為て、其の河の年魚《アユ》をなも釣しける。（其の河の名を、小河《ヲカハ》といふ。亦其の磯の名を、勝門比売《カチドヒメ》と謂《イ》ふ。）故四月《カレウヅキ》の上旬《ツキタチ》の時《コロ》、女人《ヲミナドモ》裳の糸を抜き、粒《イヒボ》を餌に為て、年魚《アユ》釣ること、今に絶えず。

からありますが、後の方から説明して参ります。皇后が御飯粒で年魚《アユ》を釣られて居られます。今でも筑紫の松浦県《マツラガタ》ではさうしてゐるといふ話です。

末羅県のかたは、あがたで、かたといふ事は広さから言ふと、国と郡の間です。昔は沢山あつた国を廃止して、郡と改めて、お上ではさう言つてゐたが、民がそれを潔しとしないでかたと言つてゐました。まつらがたの玉島へお出でになつて、川の辺りで、おあがりも

のをあがつていらつしやいました。時はちやうど夏のはじめで暑かつたのですから、その川の中の岩石、「磯の岩」に、磯とは岩石の多い浜の事です、坐つて、「裳」――下にはいてゐる今のあんどんばかまの様なもので、もには上裳と下裳とあります。上裳にはひだが多い。――その裳に附いてゐた糸を抜きとつて、御飯をおあがりになつてゐた御飯粒を餌にして、（本文の「なも」といふのは後のなむと同じ意味で、宣長先生が添へられたので別になもと言はなくてもよいのです。）その川のあゆをお釣りになつた。その川の名を小河と言つてゐる。その岩石の名前を勝門比売と言ひます。この時は手柄があつたわけではありません。一度桃が意富加牟豆美《おおかむずみ》といふ名を貰つたと同じ様に、神様の様な尊い方が御坐りになつた岩石だといふので、かういふ名前を貰つたのです。即ち岩の神様です。岩を神様と感じてゐるのです。そこで卯月の一日に、この近所の女の人達が裳の糸を抜いて飯粒を餌としてあゆを釣る事が今に行はれてゐます。これは上代にはあそびとして、あゆを釣つたのではなく、祭りの行事として釣つたのであります。昔は村の女は神に仕へるみこであつたから、神事の一つとして年魚を釣る行事があつたんです。裳の糸に御飯粒をつけて釣るといふのは変つたやり方で、一種の占ひか何かになるのでせう。その年の豊凶をトする占ひとなつたのでせう。それ以上の事は訣りません。さういふ事に就いて、おそらく此処へ昔来られた尊い方のさうなされた名残だ、といふ説明がついてゐますが大抵さういふ場合はさうでせう。

何故さういふ事をやつてゐたかといふと、何かしるしの強いものが無ければならない。それを尋ねていく事によつて、その土地に関係の深い方を結び付ける事が出来ます。それで神功皇后がかういふ事をなされたのだといふ事が訣り、年魚がかゝつたら戦さがうまくいくといふ占ひと、その土地に関する行事と関係づけて、説明の前後が逆になつたのであります。

この一例では、さうした事実があつたと、あなた方は御思ひになるかも知れませんが、他の例によつて後にだん／＼訣つてきます。

　故《カレ》其の政《マツリゴト》未《イマ》だ竟《ヲ》へたまはざる間《ホド》に、懐妊《ハラマ》せるみこ、

かれは、ところが、つまりそのまつりごとといふのは、天の神の仰せ言によつて三韓まで、天つつくり田を広めようといふ意味であるから、その神事をまだ完全になさらないうちに、前からおなかにもつてゐられたみこがお生れなさらうとしました。そこでそのおなかを、

　鎮《イハ》ひたまはむ為《タ》めに、

鎮をいはふと訓んだのは適切な訓み方で、いはふと（きれいにして置くと）たましひが出て行かれない、汚いとうかれて出て行かうとする。その意味を延長して神を祀る時をも、いはふといふ様になつたんです。そのおなかをおちつけ様とせられた時、魂がおなかへお

這入りになつて、早く出よう〳〵とするのを、抑へ付けさせる為に、みもの紐を腰に巻かれて、（この裳は下裳です。）女の下裳といふものは、えろちつくな話ですがまぢつくな力があると信じられてゐました。女の裳は昔からあんどんになつてゐて、男のはまちがついてゐます。

みもの紐を腰に御巻きつけになつて、こゝの説明はゝつきりしませんね。露骨でありますから厭うて避けて書いて無いのかも知れません。腰にお差し込みなされたといふのを、腰におまきになつたといふ風に書いたのでせうか。もつと露骨な言葉で言ひますと、貴い方ですから申し兼ねますが、出られない様にして置きなされたのかといふところもあります。筑紫の国にお渡りになつた時に、その御子の御生れになつた処を宇美《ウミ》といふ様になつたのです。地名から出たのではなく、この話がもとです。人間の聯想といふものは自由に微妙に敏活に働きますから、物語に近い所のものをみな採り入れますから、筑紫の松浦の郡に御子様をお生みになつたといふ物語があると、それに関係した様な事を、附近の地名にみんな採り込んでしまふので、お生みになつた処を宇美だと言つたのです。裳の紐も何処ぞの村にあるのだと言はれてゐます。

この事は万葉集にも出てゐます、名高い鎮懐石の事があります。之は何の為にか、万葉集に詳しく書いてあります。大小二つあつて、石といふ物は昔は成長するものだと考へて居りますから、非常に大きいものになつてゐます。その方が偉い方だからさういふ大きいものをお用ゐになつたと考へたのか、その点はよく訣りません。

次にこゝで物語といふものが出来て来る事情が訣る短い話が二つありますから、仮にあげてみようと思ひます。神代の巻の天《あめ》ノ宇《う》受《ず》売《め》ノ命《みこと》が天岩戸の前で舞をまふ処を例にとつて見ませう。古訓ですから長くなります。

故是《カレコヽ》に天照大御神、見畏《ミカシコ》みて、天石屋戸を閉てゝ刺籠《サシコモ》り坐《マ》し〳〵き。爾《スナハ》ち高天原皆暗く、葦原中国悉に闇し。此に因て常夜往く。是に万の神の声《オトナヒ》は、狭蠅《サバエ》なす皆《ミナ》満《ワ》き万の妖《ワザハヒ》に悉《コト〳〵》発《オコ》りき。是《コヽ》を以て八百万の神、天安河原に神集《カムツド》ひ〳〵て、高御産巣日神の御子思金神に思はしめて、常世の長鳴鳥を集《ツド》へて鳴しめて、天安河の河上の天《アメノ》堅石《カタシハ》を取り、天金山の鉄《カネ》を取りて、鍛人《カヌチ》天津麻羅《マウラ》を求《マ》ぎて伊斯許理度売命《イシコリドメノミコト》に科《オホ》せて鏡を作らしめ、玉祖命《タマノオヤノミコト》に科《オホ》せて、八尺勾珠《ヤサカノマガタマ》の五百津の御須麻流の珠を作らしめて、天児屋命、布刀玉命を召《ヨ》びて、天香山の真男鹿《マヲシカ》の肩《カタ》を内抜《ウツヌ》きに抜《ヌ》きて、天香山の天《アメノ》朱桜《ハヽカ》を取りて、占合《ウラヘ》まかなはしめて、天香山の五百津真賢木《イホツマサカキ》を、根こじにこじて上枝《ホツエ》に八尺勾珠の五百津の御須麻流の玉を取著け、中枝《ナカツエ》に八尺鏡を取繋け、下枝《シツエ》に、白《シラ》丹寸手《ニギテ》青丹寸手《アヲニギテ》を取垂《トリシ》でゝ、此の種々の物は、布刀玉命、布刀御幣《フトミテグラ》と取持して、天児屋命、太祝詞禱白《フトノリトゴトネキマヲ》して、天手力男神、御戸《ミト》の掖《ワキ》に隠《カク》り立《タヽ》して、天宇受売命、天香山の天の蘿《ヒカゲ》を手次《タスキ》に繫《カ》けて、天の真拆《マサキ》を鬘《カヅラ》と為て、天香山の小竹葉《サヽバ》を手草《タグサ》に結ひて、天之石屋戸に空槽《ウケ》伏せて、蹈轟《フミトヾロ》こし、神懸《カムガヽリ》して胸乳《ムナチ》を掛出《カキイ》で、裳緒《モヒモ》を番登《ホト》に忍垂れき。爾高天の原動りて、八百万の神共に咲《ワラ》ひき。

是に天照大御神怪しと以為《オモホ》して、天石屋戸を細めに開きて、内より告《ノ》りたまへるは、吾《ア》が隠坐《コモリマ》すによりて、天の原自《オノヅカ》ら闇《クラ》く、葦原中国も皆闇けむとおもふを何《ナ》どて天宇受売は楽《アソ》びし、亦八百万の神、もろ〳〵咲《ワラ》ふぞとのりたまひき。爾ち天の宇受売、汝《ナ》が命に益《マサ》りて貴き神坐《イマ》すが故に、歓喜咲楽《ヱラギアソ》ぶと白言《マヲ》しき。かく言《マヲ》す間に、天児屋命、布刀玉命、其鏡を指出《サシイデ》て天照大御神に示《ミ》せまつる時に、天照大御神逾奇《イヨヽアヤ》しと思して、稍戸より出でゝ臨坐《ノゾミマ》す時に、其隠《ソノカクリ》立てる天手力男神、其の御手を取りて引出しまつりき。即ち布刀玉命、尻久米縄《シリクメナハ》を其の御後方《ミシリヘ》に控度《ヒキワタ》して、此より内にな還入りましそと白言《マヲ》しき。故《カレ》天照大御神出坐せる時に、高天の原も葦原中国も、自ら照明《テリアカ》りき。

こゝで既に、天から瓊々杵尊が御降りになられる時の、五伴の緒の神の説明が出来てゐる訣です。五伴の緒の神とは、つまり神聖な職業が神代に五通りあつて、その人々が天から日本へ下りて来たとなつてゐます。天《あめ》ノ児屋根《こやね》ノ命《みこと》、布刀玉《ふとだま》ノ命《みこと》、玉祖《たまのおや》ノ命《みこと》、伊斯許理度《いしこりど》売《め》ノ命《みこと》、天ノ宇受売ノ命の五人を五伴《いつとも》の緒《お》の神《かみ》といひ、それ〴〵の神々を連れておいでになつたのであります。昔の日本は職業が単純で、神事に関する職業があるだけで、社会組織が簡単で、それを更に簡単に考へて、それが五つしか無かつたと思つてゐました。その五伴の緒の起りをこゝに説いてゐます。天照大神が天の岩屋におこもりになつてゐた時、その人達が働いたので、この五つの職業があれば地上に於ても総ての神事が行はれると考へられて、大神がつけておよこしになつたわけです。

こゝで少しづゝ解釈をつけていきます。けれども全体は出来ません。天照大神が天の岩屋にこもられたのは、おそらくびつくりして霊魂が遊離されたのでせう。びつくりして魂を逃したのでせう。これは葬式の儀式に似てゐるから、大神が死なれたのだと説明される学者もありますが、之は昔の人の死と生とに関する考へがはつきり訣つてゐないからです。しかし之は肝心な事です。そこで、まつくらになつてしまつて、常夜の国と同じやうな状態になつて、そこで悪い神が蠅が鳴く様に、騒ぎ立ち唸り出した。いろ〳〵な悪いすぴりつと達がわざはひするのが盛んになつて来たので、八百万ノ神が相談して、高御産巣日ノ神の子の思兼ノ命に思はせられた結果、常世の長鳴き鳥を集めて来て鳴かせた。長鳴き鳥といふのは、非常に長い鳴声の鳥で、その鳥が鳴いてしまふと神々が空へ上つてゆかれてしまひます。つまり地上の習慣を高天原の生活にかこつけて言ひますから、後には鳥が鳴かない間は神がゐて、鳥が鳴いてしまふと逃げてしまふ。幽冥界のものは悪魔でもなんでも鳥が鳴けば逃げて行つてしまふ。昔は鳥が鳴くのが境で暁です。今の一番鳥の鳴くのは夜中であつて朝のけはひが無いが、昔の人の暁は早くて、鳥が余り早く鳴くと神事が出来ませんから、長鳴き鳥を長く鳴かせて、何時までも神様達を返さぬ様にしておいて祭りを長くする為であります。

そこで、いろんな職人の神に言ひ付けたわけです。先づ、かぬち天津麻羅《アマツマウラ》――まうらといふのは、まらとも訓むがそれは習慣でさう訓むので、こゝだけは天つまうらと訓む事になつてゐます――が、天の安の河のほとりの天の堅石――かたい岩――を採つて来て、それと鉄とをば溶しあはせて、それをば天つ麻羅といふ者に鍛へさせて、いゝ鉄《カネ》にして、更にそれで伊斯許理度売ノ命に鏡をこしらへさせた。

鍛人《カヌチ》といふのは金を打つ人で、今なら鍛冶屋だが、それより一つ前の仕事をする人で、あらかねからよい地金をふきわける職です。かぬちは地方では、かんち、がんちと言つてゐますが、目のあかぬものや目の小さくなつてゐるものをかんちとかがんちといふのです。日本に限りよく訣らんです。外国では世界的にもと鍛冶屋といふのは目をつぶしてゐます。目をつぶしてゐるのは、神に所属した印です。或種類の神様に所属した者は、目をつぶしたり、目をくりぬいたものです。魚でも神様に目を刳り抜いて、差し上げてゐます。神様の処へ魚を放ちます時に、目を抜いて放すのです。さうすると、片目の魚が棲んでゐる事になるのです。それを弘法大師が通られた時鮒を焼いてゐて、片身のこげたのを池に放したといふ話がありますが、さう見ればさういふ風に見えるやうに見えます。人間などもそれでどつちかの目が小さい、きちんと整つてゐるのは少いです。さういふ事は何でもさう言へます。日本では的確の証拠が挙つて来ないが、外国では殆ど世界的に鍛冶屋の目は片方つぶして、鍛冶屋の神に捧げて仕へさせたのです。日本では偶然にも片目の人をかんちとか、がんちとか言ひますが、具体的の証拠はないにしても、世界的に共通な信仰があつたといふ形跡はあります。天津麻羅を生殖器にかこつけてゐるといふのは当て嵌らないと思ひます。

沢山玉を通したのが御須麻流で、天ノ児屋根ノ命、大玉ノ命を呼び寄せて、占ひをさせた。占ひといふ事はとなへごとの一つで、のりとをとなへてゐると占ひが現れるんです。

今度は天ノ宇受売ノ命が出て来ます。命はひかげのかづらをたすきにかけ、まさきのかづらをかづらとして、小竹の葉を手草に結つて、たぐさとは神事舞踊の時に持つ物で、神事舞踊をする者は手に持ち物をします。その一番形式化した物は扇で、扇を持つて舞ひます。たぐさといふものは色々な観方もあつて、神の印であるか、まぢつくの道具であるか、どちらかはつきり訣りません。天の岩屋の戸口の処に空槽伏せて、うけとは、うけ・うけ・うく・うくる・うくれ・うけ、と活用する動詞から来た語で、掘り抜くの意であります。うけは掘り抜いた物でちやうど馬槽の様な物であります。その上に乗つてどん〳〵と踏み轟かした。すると神懸りの状態になつたのです。うけに乗る事は、大地を踏んでゐると同じで、神事は一つの模型を見せて全体を推し及ばせるので、大地の全体を見せるのです。馬槽の様な中の空になつてゐるその共鳴腔になつてゐる物を、どん〳〵踏んでその音によつて目覚まされて、大地のたましひが出て来ると、かう思つてゐるのです。それは土地に及ぼす効果を予期して見本をやるのです。初めからそんな効果は考へないのですが、合理的に説明しますと、つまりさういふ効果が出て来ます。予期してゐるのではありません。能の舞台の下に甕を伏せてあるが、よく響くといつて感心するが、その為では無く予期してゐないけれど、習慣と適合して来ると如何にも妥当性を感じさせる事と同じです。習慣で好い音だと感じるのです。記・紀を見ると、昔の人は玉の音を非常に好い音の様に形容して言つてゐますけれど、吾々からはそれ程好い音でもないんですが、昔の人は玉の音にまぢつくの力があると思ふから習慣的に好い様に感ずるのです。昔の人はどんな好い音のする玉を持つて居つたかと、正直に吾々は考へますけれど、そんな訣ではありませんが、文学的に誇張して来たんです。さういふ風の槽を伏せてその上で踊るといふ様な事が段々進んで能・踊りといふ時になると、構造を改良して、舞台の下に甕をいける、何故甕をいけるかといふと、もう本来の意味は忘れてゐるんです。たましひが出て来たら宇受売命に一遍ついてまう一遍天照大神の方へついていくのです。宇受売命が神懸りして、狂乱状態に陥つて胸乳掛き出で、着物の前がはだけて、腰の紐がたゞ自然にほとを隠す位に押し垂れた。それで皆が見て笑つた。こゝらは遠慮して書いてあります。昔の物語を書きとる時に形を変へて書いてゐます。こんな位では面白くありません。もつと露骨だつたから大喜びで笑つたんでせう。そこで大神は、おれがかうして居るのに変だと思はれて、わしがかうして居るのにどうしてそんなに嬉しさうに宇受売命は踊りをして、皆は面白さうに笑ふのであるか、と仰せられた。こゝで咲楽《アソブ》といふのはをどりをする事です。天宇受売命は、あなた様以上によい神様がおいでになりますので、喜んでゐるのですと申し上げました。之は大神の反抗心を挑発して激発して誘ひ出すのです。どんな神様がゐるんだと言はれると、鏡を差し出して写してお見せしたのです。鏡自身に神格が備はつてゐると説明してゐる人もありますが、さうではなくて鏡に写し申したゞけです。こゝに始めて鏡が出来たと説明をつけてゐます。そこで大神は愈〻変だと思はれて、のり出して来たんでせう。それで手力男命が御手をとつて引き出しまつゝておいて、戸をぴしやつと締めた。すると太玉命はもう御這入りにならぬ様に後へ尻久米縄を張つてしまひます。しめなはとしりくめなはとは語原が違ひまして関係はありません。尻久米縄は後々まで使つて居つたかどうか訣りません。この話に出て来るだけしか訣らない。物語に出てゐるから長く続いてゐると思つてはいけません。

大神が出て来たから高天原も葦原ノ中つ国も同時に明るくなつた。本文にはから書いてありますが、之は天照大神がおかくれになつたわけぢやないのですね、一時たましひが遊離されたんです。そこでたましひを喚び活かす為にあそびをしたので、そのあそびをする為の準備に色々な事をしたのです。あそびといふ事は鎮魂のための舞踊を含んだ色々な事をあそびと申します。だから舞踊しない場合の音楽でも鎮魂のための事ならあそびと言つてゐます。大国主神の息子の事代主命が美保の崎へ魚のあそびに行くと書いてあります。魚のあそびといふ事は、人間のたましひを新しい魂にする為に、魚や鳥を見に行くのです。さうすると魚や鳥は人のたましひを預つてゐるものだと考へてゐて、その預つてゐる魂を返して取り換へてくれるとしてゐたから、それ等に接しに行つたのです。見に行つたのです。それが鳥のあそび、魚のあそびです。この時は普通の意味のあそびで舞踊ですが、平安朝であそびといふと音楽の事になります。

平安朝よりもつと古くは狩りの事をあそび狩りと言つてゐます。それは獣が人の魂を保管してゐるとしてゐたからです。誰か病気になると狩りに行つて獣を捕へると病気の人の魂を取り返すんです。だからあそびといふ事は、鎮魂の動作なのです。そこで舞踊を行ふものを遊《アソビ》部《べ》と言ひ、べといふことを大抵は抜かしますからあそぶとも言ひます。平安朝では皇族の死んだ時に舞ふ国民の事をあそぶと言つてゐますが、それは既に意義が変つてゐます。

昔は本道に死んだといふ記事は無いのですね、魂をつけようとしてあそびをしますが、ある時期の間に付かないと、死んだといふ事になります。その時期の間は魂が付くものと考へてゐます。死といふ事を中々考へなかつたのです。死といふ事の前に魂をよび活ける式があるのです。之は葬式ではありません。葬式といふ事は之できまつてしまつてこの後に起つて来ます。日本ではだん／＼死といふことの考へがはつきりしてくるので、しまひには大抵はこの手順をうちきつてしまひます。古代ではまだこゝまでは生なのです。古事記でみると天若日子《あめのわかひこ》は、天から出雲の国へ降つて来まして、復命を申し上げなかつたので、今度は雉を遣はされると、天若日子はその雉を射殺してしまひます。その罰で自分が神様の投げ返された矢に当つて死んでしまひました。古事記では死んだ様に書いてありますが死んだのではありません。既に誤解して書いてゐるのです。まだ生き還るものと思つて父親や妻や子供達がそれを囲んで泣いてゐる時、其処へ天若日子の友達の阿遅志貴高日子根神《あじしきたかひこねのかみ》が見舞に行きますと子供や妻達が纏ひついていく。之は死んだ人に見立てられたから、穢しいと怒つて、見舞に来た心持ちが一遍に変つて喪屋を切り伏せて、それを蹴飛ばして帰つてしまひます。それから後が歌になつてゐます。

死んだ人が生き還つてきたと見るのは、葬式前に鎮魂をしてゐるから、生き還つて来るのが原則であるから、似た人が出て来れば、死んだ人が生き還つたと、間違へることのあるのは現実として沢山ある事であります。これは死ではありません。この話全体は天宇受売命の子孫の猨女の氏が伝へたものです。猨女氏は女主人の家で、猨女の君とも言ひます。この家は宮廷に仕へて鎮魂の舞踊と、かたりべの仕事をしてゐたらしい、この家が伝へたのです。

宮中の鎮魂術はかういふ形が伝へられてゐて、それが神代にあつたと逆説していつたらしい。地上の宮廷の儀式に要素として備はつてゐて、それを逆に神代でもやつてゐたといふ説明ですね。古事記では天上でかういふ風にやつてゐたので、それを地上でかういふ風にやる様になつたのだとしてゐるのです。考へると昔から伝はつてゐるといふけれども、初めに起つた時にはそれが何時までも続くと思はぬから後世の為にのこすなどゝは思はぬのです。

譬へばそこに一本の松の木がありますが、創立記念の木か、御即位記念の木か何かでせう。五十年位の間は訣るでせうが、誰も覚えて置かうとする為では無くて偶然です。大抵の場合は覚える為に事をしてゐるのではないのですから、この事は何時起つたのであらうと考へてみる様な必要はない、その事を考へる様になつた時は既に事情は訣つてゐない。考へないから起りは忘れられてゐます。

日本人は歴史といふものを考へない。同じ事を毎年繰り返してゐる。同じ人が一代の間に繰り返してゐる。日本の考へ方では同じ事の繰り返しで、歴史といふものゝ考へは持たなかつたのです。天子が降つて来られて、又次の天子が降つて来られて同じ仕事を繰り返すものとしてゐた。もと〳〵さういふ風に後の記念の為といふ様な頭は昔の人にはなかつたのです。それがだん〳〵歴史的に物を考へる様になつていきます。自然と次の項目に移つてまゐります。

二　歴史に対する考へ方

何故歴史的に物を考へるかと言ふと、今やつてゐる事の効果を保証するのです。つまり、この事を為た人が偉いといふ事は歴史ではありません。天つ神のおつしやつた言葉を下の者が受け伝へる、その言葉をおつしやつた天つ神が偉いといふ事になります。吾々から歴史的に考へて天つ神が仰しやつた言葉であるが、昔の人からは歴史的でなく現実的に天つ神がおつしやつた言葉なのです。さういふ風になりますから、つまりそれを創めた人、神の威力によつてその行事なり、それから行ひなりが保証せられてゐるわけでせう。ところが人間の考へは目前に起る事件、人の死ぬ、生きる、時間の推移などを経験するから、もの丶出所を考へていくと歴史的な考へにいきあたります。そこでずつと歴史的に組織されて来るのです。さうするとつまり、曽てこれは、日本の皇室の御祖先として一番尊い天照大神が天の岩戸へおこもりになつた時、大神の魂が遊離された時に、天宇受売命が行つた事が始めだと逆になつて来ます。これは猨女氏の言ひ伝へだから猨女氏が自分の祖先に勝手につけたのではなく、簡単にいきません。もつと複雑な経路をとつてゐます。

とにかく今考へてゐる事は、多く初めから古事記辺りに載つてゐる事は、こんな事を伝へようとして伝へてゐるのではなく、必ず或時期に振り返つて見てゐるので、それは歴史的回顧でなく、見方が類型的で、何時も極つてゐます。何時でも高天原へ持つていきます。持つて行き所も大体きまつてゐます。この神様ならかういふ事であらうと、何時も持つて行くのです。それはしかし吾々の祖先が神懸りの状態になつた時、ぼうと自分の胸に浮んで来たことを、口で言ひ出します。それを口に出すとはつきりしてきます。人間の表現力といふものは、言はない限り系統はたちません。口に出したり、文章に書いたりすれば組織だつてきます。黙つて考へてゐるのは禅宗の坊さんです。

殊に昔の人は神懸りした人が、しやべり出すと、統一がついて来るのです。これは群衆心理の様なもので、持つてゐる限りの潜在意識が出て来るので、筋が立つて組織立つて来るけれども、そこへ出て来るものはどうしても純粋の歴史ではありません。吾々の持つてゐる最初の歴史といふものは、さういふものを聚めて来て、色々の不自然なものを出来るだけ取り去つて、本筋だけ取り出してきて、理窟に合はしたもので、理窟に合はないものは取り去つたのです。この考へ方によつて、歴史的のものゝ観方といふものが変るのです。

日本人の歴史観の出発といふものは、其処にあるのです。個々の事実は本道で無いかも知れぬが、常にさういふ状態があり得るといふ事です。日本人はその生活にはまつて行く様に出来てゐます。余り不都合なものは取り去つて、その生活に共通なものだけ取り出したものです。それがずつと通つてゐます。実際は歴史といふものは世の中に一回偶然現れて消えてしまふものですが、歴史観の初めといふものは一回きりではない。必然的でどの村にもどの国にも共通で、一回でなく何回も繰り返して起り得る事が大筋になつてゐます。昨日来申してゐる事でも同じ事が話になつてゐます。大国主命の事でも日本武尊の事でも、も少し長く申し上げねばなりませんが、只今それ以上申し上げられません。ともかく日本の初めの歴史といふものは、さういふ風に考へていたゞかなければなりません。

さう言ふと、たよりないと思はれるかも知れないが、結局民族の生活の多くの場合の様式をあつめて来たものですから、たつた一回きりの知識よりは却つて有力なものです。

昔の人にとつてはたつた一回しかあつて過ぎ去るものは伝へるに足らないことで、過ぎ去ることとなるが故に尊いと言ふが、たつた一回あつて過ぎ去るものなら、夢みたいで何にもならんです。始終繰り返し起るものでなければ、意味がありません。だから日本人の生活は日本的なものと、外国的なものと揉み合ひ、必然的の歴史と偶然的の歴史と揉み合つて、進んできたのが、結局偶発的のものが勝つてそれが歴史となり、必然的のものが伝説となつたのであります。つまり古事記や日本紀などに出て来るものには、歴史的な事実も多くありますけれども、その歴史の中にも必然的な常に起り易い要素が加はつてゐます。

譬へば仁徳天皇、反正天皇の御一代は、特有な事蹟が伝はつてゐるのだけれど、どの天子様のにも共通な事蹟があつちこつちに伝はつてゐます。この一部分を反正天皇、次の一部

反正　履中　允恭

分を履中天皇、残りの部分を允恭天皇といふ様に伝へてゐますが、これだけのものは一人々々の天子様が御持ちにならなくてはならない事で、仁徳天皇の御子達御三方が一人々々で持つてゐるべき事を、三つに分割して伝へたものであります。

譬へば反正天皇は身体の大きい美しい方で、殊に美しいのは歯ですね。古事記では歯は玉を貫いてゐる様で、日本紀で見ますと一つの骨の様で、多治比《タヂヒ》(蛇)の歯の様だとは書いてありませんけれど、多治比の水歯別命とおつしやいますから、蛇の様な美しい歯をなさつてゐられた方でせう。古事記には一部分ですが、日本紀には天子の御生れになつた事情

が非常に精しく伝へられてゐます。ところが履中天皇にその一部分が分割されて伝へられてゐます。履中天皇は伊波礼之若桜の宮においでになつた。日本紀の話ですが、伊波礼の池のほとりで、酒宴をして居られると、伊波礼の山の桜の花が散つて来て、杯の中に這入つたといふ話があります。池の辺りで舟を浮べて遊ばれる話は、尊い御子が御生れになつて、池の中を舟に乗せてゆすぶると、子供の身体に眠り魂が這入ると考へたのです。するとこの儘眠りますね。之が御成人なさつた履中天皇の話の中に這入つて来ます。之は反正天皇の話と継ぎ合せると一続きになります。又允恭天皇にもそれに似た話があります。この御三方の話の中に一人の尊い方が御誕生の時に必ず御経過なさらねばならぬ事が、三人の方に分けて伝へられてゐます。もつと精しく申しますと、天子様が御生れになると定まつた生活をなされます。先づ御育てする家が出来て、その家の娘達が乳を飲ませ、重湯《オモユ》を飲ませ、御飯を噛んで食べさせ、産湯を使はせたり、などして育てます。子供といふ者は、とても魂が這入りにくいですから、魂を入れる為に非常に苦心をする。さういふ事が習慣として、常に繰り返されてゐました。その御生れなさつた時の生活様式が、御一代が過ぎ去るとその方に限つてなさつた事の様になります。それが歴史になるのです。完全に歴史を伝へると皆同じになるのです。御三方の分をつなぎあはせるとやつと完全に近い形が出て来るといふ風になるのです。それだから御考へ下すつても御訣りになると思ひますが、この歴史といふものは一つの事実に執着しないで、必然的な度々繰り返される事を考へなくてはなりません。

昨年申し上げましたが、御子代部・御名代部といふものが日本の歴史的物語を伝承する為に、始めて出来上つた、個々の人の歴史を伝へる為に、御名代部・御子代部といふものが出来てきました。かういふものが出来てからはじめて、歴史といふもの丶意識が深くなりました。さういふものが出来るといふ事は、全体の歴史といふ以外に、個人の歴史といふものを深く考へる様になつたといふ事になります。それだけでは落ち付かないから、今一つ例を申し上げる事にします。

日本武《ノ》尊の御物語といふものは特殊なものだけれども、共通なものをとり出す事が出来ます。譬へば、国しぬびの歌と申しまして、その前後を古事記で見ますといふと、非常に哀れな何とも言へない感じがして来ます。

　其地《ソコ》より幸《イデ》まして、三重村《ミヘノムラ》に到《イタ》りませる時《トキ》に、亦吾《ア》が足《アシ》三重《ミヘ》勾《ノマガリ》如《ナ》して、甚《イタ》く疲れたりと詔《ノ》りたまひき。故其地《ソコ》を三重《ミヘ》と謂《イ》ふ。其地より幸行《イデマ》して、能煩野《ノボヌ》に到りませる時に、国思《クニシヌ》ばして、歌《ウタ》曰ひたまはく、

　大和は、国のまほろば、たゝなづく、青垣、山隠《ヤマゴモ》れる、大和し、愛《ウルハ》し

又《マタ》歌曰、

命《イノチ》の、全《マタ》けむ人は、畳菰《タヽミゴモ》、平群《ヘグリ》の山の、隠白檮《クマカシ》が葉を、髻華《ウズ》に挿《サ》せ、其子

此の御歌は、思国歌《クニシヌビウタ》なり。又、歌曰《ウタ》ひたまはく、

愛《ハ》しけやし、吾家《ワギヘ》の方よ、雲居起ち来《ク》も

此《コ》は片歌《カタウタ》なり。此の時御病甚急《ニハカ》になりぬ。爾《コヽ》に御歌《ミウタ》を、

嬢女《ヲトメ》の、床の辺に、吾置きし、剣の太刀、其太刀はや

と歌竟《ウタヒヲ》へて、即ち崩《カムアガ》りましぬ。爾《カレ》駅使《ハユマツカヒ》を貢上《タテマツ》りき。是に倭に坐《マ》す后等《キサキタチ》、及御子等《マタミコタチ》諸《モロ〳〵》、下到《クダリキ》まして、御陵《ミハカ》を作りて、其地《ソコ》のなづき田《ダ》に匍《ハラ》匍廻《バヒモトホ》りて、み哭為《ネナカ》しつゝ、歌曰《ウタ》ひたまはく、

靡附《ナヅキ》の、田《タ》の稲幹《イナガラ》に、稲幹に、蔓《ハ》ひ廻《モトホロ》ふ、薢葛《トコロカヅラ》

是に八尋白千鳥に化《ナ》りて、天に翔りて、浜に向きて飛行《イマ》しぬ。爾其の后《キサキタチ》及御子等《ミコタチ》、此の其の小竹《シヌ》の刈杙《カリグヒ》に、御足跳破《キリヤブ》るれども、其痛きを忘れて、哭《ナクナ》く追ひいでましき。此の時の御歌《ミウタ》曰、

浅小竹原《アサジヌハラ》、腰煩《コシナヅ》む、虚空《ソラ》は行かず、足よ行くな

又其の海塩《ウシホ》に入りて、なづみ行きましゝ時の御歌《ミウタ》曰、

海が行けば、腰煩《コシナヅ》む、大河原の、植草、海がは、いさよふ

又飛びて、其の磯に居たまへる時の御歌曰、

浜つ千鳥、浜よは行かず、磯伝ふ
是の四歌《ヨウタ》は、皆其の御葬《ミハフリ》に歌ひたりき。故今に其の歌は、天皇《スメラミコト》の大御葬《オホミハフリ》に歌ふなり。故其の国より、飛翔《トビカケリ》行まして、河内国《カフチノクニ》の志幾《シキ》に留《トマ》りましき。故其地に御陵《ミハカ》を作りて、鎮坐《シヅマリマ》さしめき。其《ソ》の御陵《ミハカ》を、白鳥御陵《シラトリノミサヽキ》とぞ謂ふ。然れども亦、其地より更に天翔《アマガケ》りて飛行ましぬ。

これで白鳥の御陵が出来たといふ話になります。半分程意味を訳してみます。
これは日本武《ノ》尊が伊吹山を下りて、伊勢の方へ這入つて来られる道筋が説明してあります。から仕立をすることが昔の人は好きで、後世のみちゆきぶりにあたります。ずつと後の言葉で言ふ、街道くだりとか、街道のぼりで、つまり旅行の文句です。道筋は本道は何処を歩かれたか訣らぬが、かういふ風に整理してゐるのです。それで段々あちらこちら通つて来ます。それから伊勢の国の当芸《タギ》へお出でになり、尾津の前《サキ》の一つ松の所へお出でになつた。今度は其処から御出ましになつて、伊勢の三重の村にいらつしやつた時に歩けなくなつた。まがりといふのは、まがつた形のお菓子の様に曲つた事で、三重のまがりの様に足がまがつて、ひどく疲れてしまつたとおつしやつた。そこで、其処を三重といふ事になつた。何も三重と日本武《ノ》尊の足の疲れた事は関係ないが、昔の人は癖が付いてゐて敏感になつて、何処かへくつゝけ様とするから、すぐくつゝけてしまふのです。そんな事は今の人は信じないが、昔の人は信じてゐて本道の歴史だと思つてしまひます。其処から出かけられて同じ伊勢ののぼのにおいでになつた時に、国を恋しく御思ひになつて国を御慕ひになつて、

やまとは国のまほろば、

まほろばは何とも訣らない言葉です。ひろ〳〵とした所、かこまれてゐる所、好い所と思はれます。

たゝなづくはかさなつてゐる、青垣は青々とした垣、生垣の様なものかもしれない、或は青いきぬを張つたとりまはす道具、屏風の様なものかも知れません。

つまり、この歌は、その青垣の様になつてゐる所の、山に籠つてゐる、そのやまとは非常に立派だ、といふので、これは国しぬびの歌ではなくて、実は大和の国ほめの歌であります。朗かな歌であります。歌の様式が浮動してゐます。拠り所のない魂が探してゐる様に、ある外の物語が、ひよつと這入つてくつゝいたのです。日本武尊とは関係のない歌で、大和の国ほめの歌になつてゐます。

之が日本武尊の物語に這入つて来ると非常に哀愁を覚えさせるのは、背景の問題で、歌の詞書によつて価値が変つて来たりします。

命の、全けむ人は、畳薦《タヽミゴモ》、平群の山の、隠白檮《クマガシ》が葉を、髻華《ウズ》に挿せ、其子

この歌も関係がないが、稍日本武尊の今の境遇と対照的になつてゐます。さうでないわけも外にあるのですが。

是から先、命の全くあるだらう人は大和へ帰つて、たゝみごもは、こもだゝみ、編んだこもの事で、綜て編むから、平群へかゝるのです。その平群の山の隠白檮の葉を、髻華に挿してあそべよ、やい其子達よ。うずといふのは、巾子《コジ》といつて冠の長く上へ突き出てゐる所で、今はくつゝいてゐますが、昔はまげに袋をかぶせて、落ちない様に笄でとめたものです。

女のへやぴんと同じです。この笄のかはりに祭りの時木の葉や花などをさします。それは祭りの物忌みにさすのです。これを髻華と言ひます。髻華に挿して遊べよ。かういふ呼びかけなのです。

自分は帰らぬ、お前たちは五月になると、平群の山へ獣狩りに行つて隠白檮を髻華にさしてあそべよ、お前達は結構だ、とくだなあ、といふ風になります。

この歌は外にも解釈がつくと思ひますが、此処ではそれは申し上げません。

その後にまう一つ国しぬび歌の片歌がついてゐます。之は調子をかへて歌ひ返すと歌の気分がをさまるからです。

愛《ハ》しけやし、吾家《ワギヘ》の方よ、雲居起ち来も

はしけやしはわぎへの形容詞で、歌の意は可愛い、いとしい、自分のうちの方からおれの方に雲がやつて来る。雲がやつて来るが自分は帰れない。

この三つの歌は日本紀を見ますと、日本武尊の父上の景行天皇の御歌になつてゐます。景行天皇は日本武尊が熊襲征伐をなされた後を見て廻られてゐます。日向の国で酒を御飲みになつて、上機嫌になつてひよろ〳〵になつて歩かれた時の、その当時につくられた御歌であります。

古事記は思国歌と書いてあるけれども、日本紀には思邦歌と書いてあります。之でくにしぬびうたと訓めない事もありません。之は国見の歌ですね。景行天皇は国々を廻つて見られて高い処へ上つて悦んで見て居られる。

愛《ハ》しきよし、吾家《ワギヘ》の方よ、雲居起ち来も

あの辺が大和だらうと思ふ、あの大和の辺から雲が立つて来るよ、あゝいゝなあ。

命の、全けむ人は、畳薦《タヽミゴモ》、平群の山の、隠白檮《クマガシ》が枝を、髻華《ウズ》に挿《サ》せ、此子

命の全くある事をのぞむものは、平群の山で、薬狩りをしてあそべよ、さうすれば命が全くあるであらう。さうせよ。

景行天皇の時になると呑気な歌になります。日本の昔の文学といふものは背景次第のものであります。吾々は本道は歌を文法的に見たり、直観的に見ていくが、昔は何か背景の中

に入れてみて、その歌の意味が訣つて来ます。文法的にはつきりして来るといふのではありません。

歌といふものは、もと物語の中にあつたものが遊離してしまつて、歌だけ独立してしまふ。それが何か物語の中に這入らうとしてゐるので、昔の人の考へから歌の意味が定まつて来たのです。

もと〳〵から物語の中にあつたのであるから何か物語に、くつゝけようとする、さうして自分達の伝承してゐる物語にくつゝけてみてはじめて意味が訣つて来る。

この歌では何時でも日本武尊の境遇に当て嵌る様に読んでいく。景行天皇の場合には当て嵌りません。どつちにも当て嵌らない歌自身の意味といふものを、考へることが肝要です。文章の中へ当て嵌めたのは、後から這入つたものが多いからそれ一つだけ独立してゐる意味を考へてみる必要があります。

次の段を見ますと、古事記では、八尋もある白い千鳥になつて天をかけていく。ところでこの四つの歌は組歌です。色々の形のものが這入つてゐます。

組歌は日本武尊の妃や王子達がうたはれたといふ歴史によつて、その後恐らく奈良朝の少し前からでせう。天子様の御葬式の時歌ふ様になつてゐます。それは事実、古事記にさう書いてあるから奈良朝を中心としてその少し前から行はれてゐたらしい。ところがよく見

ると、

浜つ千鳥、浜よは行かず、磯伝ふ

とあります。之は実は人間の魂が鳥になるといふ事は、日本では重大な信仰のもとで、鳥が人間の魂を保管してゐるとも、魂が鳥になるとも考へてゐるのは、日本だけでは無く世界的になつてゐます。日本紀ではたゞ白鳥だが、古事記では八尋白千鳥とあつて大きな白い千鳥となつてゐます。之は「浜よは行かず」といふ歌から逆説して来たのです。物語があつて歌にあはせてきたものです。

靡附《ナヅキ》の、田の稲幹《イナガラ》に、稲幹に、蔓《ハ》ひ廻《モトホロ》ふ、薢葛《トコロカヅラ》

田の稲に纏ひ付いていく薢葛よ、その様にとりまとつて悲しんでゐる、といつた様な意味でせう。

なづきとは何の事か意味する事が訣りません。大体動物の脳漿ですが、脳味噌は食べましたが、この歌のうちでどういふ意味をもつか見当がつきません。

浅小竹原《アサジヌハラ》、腰煩《コシナツ》む、虚空は行かず、足よ行くな

鳥を追つて行く様に解釈して、追つて行くのに歩行に困つてゐるといふ様に考へられます。

海が行けば、腰煩《コシナツ》む、大河原の、植草《ウヱクサ》、海がは、いさよふ

浜つ千鳥、浜よは行かず、磯伝ふ

浜を行つてくれゝばよいのを、意地悪く岩石の多い磯の上を伝はつて歩いて行くといふので、追つて行く様な趣きが現れてゐます。けれども話が不完全で、例のとり方がまづくありました。どこを取つて行きましてもあらゆる方面の説明に役に立つてゆくのですから、もつと民俗的に解釈するに就きましても、ほんの為方の一部分を申し上げたに過ぎません。今年こそ本を読みながらしみ〴〵と申したいと思つてゐましたが、大変まづい話になつてしまひました。第四章は続けて話して参りました。最後に少しばかり古代の文学に就いて申し上げます。

三　古代文学について

古事記を見まして、よく訣るのは文学的な味のある所に力をこめてゐます。つまり昔の人の好む所は言語で伝承された物語の形式に対して自ら訣ります。何を好むかといふと文学的な所、そこは国語で表現されてゐますから、はつきり訣つてゐます。譬へば、允恭天皇の巻の木梨の軽の太子と軽の大郎女と兄妹であつて結婚なされて、その為非常にいとはしい事が起つて来る。一人は伊予に島流しにあひ、一人は都に留められる。そこで大郎女は太子を伊予の国へ訪ねて行かれてゐます。それが一つ〳〵の歌に就いては確実性は少いが、美しい歌物語で続けられてゆきます。或は仁徳天皇の皇后のうはなりねたみの物語は、内容はかたいが、優しい哀れな歌がつながつてゐるといふ風に、古事記に文学的な素材だけが出てゐて、本道の文学は出てゐないが、恐らく昔の人がそれから受けた印象は、文学的なものがあつたのでありませう。

ですから古事記に書かれる以前の物語は、いかばかり人の心に触れてゐたかゞ訣ります。かういふ様に悲しい恋に陥つた男と女とが遠い所へたどりつゝ行つた、さういふ歌物語が古事記以前からあつて、色々な形に変化していき、日本人の文学心を刺戟したのです。それは平安朝まで続いてゐます。それで古事記以前からあつた哀れな物語は文学的効果を与へてゐたに違ひないでせう。それは一番文学的な心を打つ点は、先にも申した様に人をして中の人物と道を歩いてゐる様な感じをさせる風になつてゐるものです。まるで旅行文学といふと言ひ過ぎるかも知れませんが、旅行の経路を目に浮ばせる様に書かれたものが喜ばれて、それが近代まで続いてゐます。日本武尊の御崩れになつた後までも旅行の様になつてゐますし、石之日売のうはなりねたみの話でも、軽の太子の物語でも、皆旅行的な形をもつてゐます。

昔の人がかういふ物が好きだつたので、かういふものを選択して文学の表現の理想的な形として見てゐたと思はれます。で、この優れた歌の一群に名前が付いてゐて、宮廷詩即ち大歌として名が伝はつてゐます。それから仁徳天皇の所を見ると、天田振とか志都歌とかいふ名が附いて音楽的の意味を持つてゐるが、かういふ歌を包含した物語が文学的な感銘を与へ、文学的素質を植ゑ付けていつたものらしくあります。

猶歌があつたらうけれども、歌を抜いてしまつたといふ物語も段々ある様に思はれます。

古事記の美しい物語であるが、中巻の終りにある、伊豆志人の間に行はれた物語です。伊豆志人は原始日本人と言つてもよい時代に這入つて来た支那種族で、さすがに優れた文学があつたと思はれます。古事記を離れても指摘できますが、丹後逸文風土記といふものが残つてゐますが、その中の丹後の比治の里の由来に書いてあります。その話は天女が天から下つて来ると羽衣を盗まれる、そして盗んだ人に養はれる。それがおしまひには捨てられて飢死をして生れ代つて伊勢の外宮の神様になる、と説かれる非常にきれいな物語で、これも伊豆志人の物語らしいです。

次にもう一つ浦島子の物語は万葉集にもあり、沢山ありますが、漢文で書かれた浦島子伝・続浦島子伝などもあるが、此等の名高い美しい物語は、伊豆志人の間に伝承された物語から出た文学であります。之は物語が文章に写された文学に近いものと思はれます。

古事記中巻の終りに出てゐる、秋山之下氷壮夫・春山之霞壮夫といふ兄弟の物語があります。之を読んで今度の講習の講義をしまつておきたいと思ひます。

故茲の神の女《ムスメ》、名は伊豆志袁登売神《イヅシヲトメノカミ》坐《マ》せり。故《カレ》八十神、是の伊豆志袁登売を得むとすれども、皆得《エヽ》婚ず。是に二神《フタリノカミ》あり、兄《アニ》を秋山之下氷壮夫《アキヤマノシタビヲトコ》と号ひ、弟《オト》を春山之霞《ハルヤマノカスミ》壮夫《ヲトコ》とぞ名《イ》ひける。故其の兄《アニ》其の弟《オト》に謂ひけらくは、吾伊豆志袁登売を乞へども得婚ず。汝《イマシ》此の嬢子《ヲトメ》を得てむやといへば、易《ヤス》く得てむと曰ふ。爾に其の兄の曰く、若し汝此の嬢子を得て有らば、上下《カミシモ》の衣服《キモノ》を避《サ》り、身高《ミノタケ》を量《ハカ》りて、甕《ミカ》に酒を醸《カ》み、亦山河の物を悉に備設けて、うれづくをこそ為めと云ふ。爾に其の弟、兄の言へる如具《ゴトツブサ》に其の母に白《マヲ》せば、即ち其の母、藤葛《フヂヅラ》を取りて、一宿《ヒトヨ》の間《ホド》に衣《キヌ》、褌《ハカマ》、沓《クツ》、襪《シタグツ》まで織縫ひ、亦弓矢を作りて、其の衣褌《キヌハカマ》を服《キ》せ、其の弓矢を取らせて、其の嬢子《ヲトメ》の家に遣りしかば、其の衣服弓矢も悉に、藤の花とぞ成れりける。是に其の春山之霞壮夫、其の弓矢を嬢子の厠《カハヤ》に繫《カ》けたるを、伊豆志袁登売、其の花を異《アヤシ》と思ひて将来《モチク》る時に、其の嬢子の後《シリ》に立ちて其の屋に入りて即ち婚《マグハヒ》しつ。故一子生《カレコヒトリウ》みたりき。爾に其の兄に、吾《ワ》は伊豆志袁登売を得たりと曰ふ。是に其の兄《アニ》い、弟《オト》の婚《エ》つる事を慷愾《ウレタ》みて、其のうれづく物を償《ツグノ》はず。爾其の母に愁白《ウレヒマヲ》す時に、御祖《ミオヤ》の答白《イヘ》らく、我が御世の事、能くこそ神習はめ、又うつくしき青人草《アヲヒトグサ》習《ナラ》へや、其の物償《ツグノ》はぬといひて、其の兄なる子を恨みて、乃ち其の伊豆志河《イヅシカハ》の河島の節竹《ヨダケ》を取りて、八目の荒籠《アラコ》を作り、其の河の石を取り、塩に合《ア》へて、其の竹葉に裹《ツヽ》み、詛言《トコヒイ》はしめけらく、此の竹葉《タカバ》の青むが如《ゴト》、此の竹葉の萎《シボ》むが如《ゴト》、青み萎め、又此の塩の盈《ミ》ち乾《ヒル》が如《ゴト》盈《ミ》ち乾《ヒ》よ、又此の石の沈むが如《ゴト》沈《シヅ》み臥《コヤ》せ。此く詛《トコ》ひて、烟《カマド》の上に置かしめき。是を以て其の兄、八年《ヤトセ》の間干《カワ》き萎み病《ヤミ》枯《コヤ》しき。故其の兄患泣《アニウレヒナ》きて其の御祖《ミオヤ》に請《コ》へば、即ち其の詛戸《トコヒド》を返さしめき。是に其の身本の如くに安平《タヒラ》ぎゝ。

それで今の或学者は秋山之下氷壮夫、春山之霞壮夫を、秋の人格化、春の人格化と言ひますが、さうまで言はなくてもよいと思ひます。したびとは紅葉する事で、したび・したび・したぶ・したぶる・したぶれ・したび、と活用するので木の葉が秋になつて紅葉する事です。壮夫は青年期に達した男の事で、この二人の兄弟が一人の伊豆志袁登売を得ようとして競争する物語です。

うれづくといふのは、賭ものをする事で、負けたら、かういふものを渡すといふ、賭ものをする事であります。

負けたらかういふ賭物をやらう、上下に着てゐる物を脱いで、裸身になつて身長を量り、その高さの酒甕に酒を造り、又山や川のあらゆる好いものをばすつかり採つて来て、食物の用意をするといふ賭物をやらう。そこで弟は兄の言つた様に、兄はかう言ふがどうしませうか、と母に相談する。その弟は兄とは異腹の弟です。

兄の言葉の中にある「悉に備へ設けてうれづくをこそせめ」はよく訓みすぎてゐます。余りよく訓みますと文章が滑らかになつて死んできます。

その母は藤蔓を採つて衣、褌、足袋まで一晩の中に織つて縫ひ上げた。襪《シタグツ》とは足袋やくつ下の様なものです。それから藤で弓矢をこしらへて、その弓矢を持たせて、その少女の家に遣つた。ところがその着物も弓矢も皆藤の花となつた。そこでその春山之霞壮夫がその弓矢を少女の行く所の厠に繋けて置いた。厠といふ所はよく結婚の媒介になる所で、厠は家に離れて川の上に建つてあります。女は家の納戸の様な所に居て厠に行く時だけしか外へは出なかつたのです。その少女は弓矢に花が咲いてゐるから変だと思つて、寝る部屋に入つて行くとその後をついて行つて結婚する。それで約束通り弟が兄に勝ちましたので、兄は癪に障り約束通りにしなかつた。「こゝにその兄い」と宣長先生は訓んで居られるが、いの字は古事記にはなく、宣長先生の言葉で、自分の好みにおもねつて読んでゐるので、奈良朝時代では主格を示す助詞です。

そこでその兄は弟がその少女を手に入れた事を憤慨して、約束してゐた賭物をば償はなかつた。そこで弟は母に申し上げ訴へた。そこで母の言はれた事は、人間の世界の事は、神様通りに為なくてはならぬのだ、それに今度は又誓つて神様通りにしなければならないのに、あの秋山之下氷壮夫は現実の生きてゐる人間の真似をしてゐる為か、穴埋めをしない事よ、と言つてその兄の方を母が怨んで、伊豆志河の川の中の島の節竹（節竹とは竹の節の間の空虚の所）を採つて、目が幾つもある荒い籠を作りこしらへて、その中に石を入れて、秋山之下氷壮夫の魂の代りとして、詛つて塩であへた。そして八つ目の荒籠を造つて竹の葉で石を包んで、詛《トコヒ》をして（詛はのろふ事）春山之霞壮夫に言はせた事には、この竹の葉が萎んでしんなりしてゐる様に、身体が青くなりしんなり萎んでしまへ。その塩が盈ちたり乾たりする様に盈ち乾よ。元気が出たり元気がなくなつたりせよ。（盛衰の意味でない。）間歇的に病気になつたり、ならなかつたりせよ。石が沈む様に臥れ（こやれは伏せの敬語。）この様に沈んでしづみこやせ、勢ひが無くなつて始終病気になつて寝て居れ、とかういふ風に呪ひごとを誦へて、かまど（今のひだな、あまだな、煙のある所）に置かせた。

その兄はその為にそれから八年間は、母の教へた様に勢ひが無くなつて乾き萎んで、「病み枯《コヤ》しき」となつてゐるが、「病み枯れき」と訓んでよいでせう。枯れるといふ事は病で身体が痩せ細つてしまつたといふ事で、枯《コヤ》すは宣長先生が意訳したのです。そこでその兄は哀願して頼んだ。霞壮夫のお母さんに頼んで、それならと言つて詛ひの材料に用ゐてあつた、たましろを返してやれと言つて返さした。そこで身体が元の様に病気でなく平穏になつた。

此《コ》は、神《カミ》うれづくと言《イ》ふことの本《モト》なり。

これは世間で言ふ神られづくといふ諺の本の物語だと言ふのです。実はそれ以前神られづくといふ諺があつたのです。

これは古事記といふものをかういふ風に口訳したに過ぎませんが、古事記などゝいふものは本道はまう少し異つた訓み方があるといふ事をまう少し申したかつたのです。

この度の講義はつまらん講義になつてしまつて恥しいですが、これで終つておきます。

万葉人の生活

昭和九年九月十・十一日、下伊那郡教育会講演筆記

第一　万葉集分類の意義

此度は都合で少し短く切りあげねばなりません。要項は四章に作りましたが、都合で第二章は省く事になりませう。といふのは、第二章は省いても大局には大した影響はありません。つまり、第二章はこゝで説明しなくても万葉を覗いて頂けば判ると思ひます。

この分類といふは、昔の人の言ひ方なら、「部類」とか「部立」とか「部分け」といふので、その方が当つてゐるかも知れませんが、仮に分類といふ言葉を使つておきます。万葉集の歌の分類は大体内容によつて分けるが、まれには、形式の上からも分けてゐます。併し、どれも悪い分け方で、歌の出来上つた原因から分ける分け方と、歌の成立の意味から分ける分け方と二通りあります。こゝにあげた巻一の雑歌、巻二の相聞・挽歌の三種の部立は、万葉集で一番肝心なものであり、まう一つ大事な部類の譬喩歌があります。之は明らかに成立の上から分けたものであります。

挽歌は、これは意味あひの上から、技巧の上からつけた名前で、同じ意味あひのものがあるので挽歌等としておきました。

雑歌・相聞・挽歌・譬喩歌と何故こんな部立をしたか、と言ふに、これには理由があるのでありまして、日本の歌がどんな筋道を、どんな風に発達して来たかといふ事が訣るのであります。

雑歌・相聞等の名前は恐らく、万葉で始めて創造したものではなく、万葉以前に同種類の書物があつて、その部類から取つて来て応用したもので、万葉集の発見したものではなからうと思ひます。今日では、それを考へることが、空想であらうと言ふかもしれないが、これは万葉集が決したものでなく、万葉集の編纂者がさうした事を考へ出したとも思はれません。

或は又からうも思はれます。まう一つ非常によく似た分類の仕方をした支那の詩集があつて、万葉以前に日本に入り、日本人に奈良朝時分にもてはやされてゐた。それ等の書物の部類の仕方を真似て分類したのだ、とも思はれます。万葉集の編纂者が材料を寄せ集めて編纂する時にその方法を利用したのだ、とも思はれます。日本人の知らない間に、支那の明朝清朝の時分に大学者も知らないものが日本に渡つて来てゐた。その様に万葉集以前にも、日本へ渡つて来たものがいくつもあつたことでせう。さういふものが見当るかも知れない。

だから、総ては疑問ですが、ともかくその位の見当で進んで行けばよいのであります。名前はどうでも、日本人の作つた歌であつて、外国人の作つた歌ではないのだから、かまはないのです。

一　雑　歌

雑歌は普通、一番最初に出て来ます。巻によつては譬喩歌・相聞・挽歌が先に出て来てゐるものもあり、巻によつては旋頭歌を先に出すのもありますが、併し、雑歌が重大であり、正式のものでありますから、雑歌を先に出してあります。

巻一と巻二とは連続したもので、万葉集では重大な原則的なものであります。正確に言ふと原則以外のものもあるが、大体は二つの巻が組まれてゐる跡が見えます。譬へば、巻三と巻四とが組まれて居り、巻八と巻十とが一つ、巻十三と巻十六とが連続して居ります。何のために連続したものを飛び〳〵にしてあるか訣らないが、この様に昔の事は訣らない事だらけであります。

かういふ事は、後の人が考へるなど丶も思はず、又後の人に必要であるとも思はなかつた。それが歴史の事なら書物を見れば訣るが、これは見よう筈がない。集まつてゐる材料を一しよくたにごちや〳〵にまとめ、ありあはせに組み立てたもので、吾々には訣らないものに組み合されてゐる。併し、これだけは言へます。巻一と巻二が一続きのもの、巻三巻四が一続き、巻八と巻十は続きであり巻十三と巻十六とが一続き、巻十七と十八・十九・二十の四巻は明らかに一続きのものである事は、誰も疑ふ余地はありません。が、それ等の間に説明に苦しむやうなものが混じつてゐます。その一組々々を見て行くと、最初に雑歌が出てゐます。

この雑歌の読み方ですが、近世では、古典を読むのに古い語なら古い読み方でなくてはならぬといふので、古い訓み方で読みますが、それも後世の人が後から習つた訓み方であるから、昔の人が果してさう読んだかどうかは訣りません。譬へば、神官が祝詞を読むのに古い詞で読むやうなものです。日本紀が出来てから日本訓みが始められたが、少くも平安朝の最初から古めかしい詞で読んだか、ひよつとすると日本紀が出来てすぐから、古めかしい詞で日本訓みに読んだのかもしれません。平安朝の初めから仮字日本紀といふものが幾通りかある。その態度を学んで、この日本の古い書物を学ぶ学者達が出来るだけ古めかしく読まうとした。その中には、かうした動機だけでなく、昔からの訓み方を脱して、出来るだけ自分の好みに叶ふ様に、自分の満足の出来る様な訓み方をしよう、創作の意力に叶ふ様に読まうとの動機も出て来るので、これ等二つの動機があります。本居宣長先生は、古事記を元の姿の通りに厳粛に読まうとした。併し、心の底には創作的な訓み方をしよう、自分の心に満足するやうな訓み方をしようとする所があります。それでも出来るだけ古めかしい訓み方で読んでゐる。その事が善いか悪いかは別問題であるから仕方がない。古いものを古い通りに読むのはむづかしいが、古代の学問をする人は古風訓みにします。

この雑歌も、くさ〴〵のうたと訓んで誰も疑はないのであつたが、近頃になつて万葉集を研究する人々が、それでは疑はしいといふので、くさ〴〵の歌とは訓まない様になつて来ました。くさ〴〵の歌では意味がない。始めから雑歌《ザツカ》と訓んでゐたのかもしれない。或は支那の雑歌があつて、真似をしてざつかと訓んだのかもしれない。支那では雑詩と読んでゐる。雑詩といふのは雑体の詩の事です。之は歌であるから、雑歌といふ名にしたのでせう。万葉集の長歌に対して、反歌といふのは、支那の方では賦に対して、反辞とも又は乱とも言ひます。簡単に反とも言ひます。それを日本の歌だから、反歌と言つたのであつて日本的であります。それと同様に、雑詩の型に入るものだが、日本の歌だから雑歌と名づけたのかも訣りません。吾々には訣りませんが、併し、訣つて来さうにも思はれます。それには証拠があるのです。万葉集が出来てからほゞ百年――私は万葉集は奈良朝には、編纂されてゐないと考へられるので、万葉集の材料及び巻十三・巻十六の歌は、奈良時代或は奈良朝以前にまとまつてゐたので、それを一緒くたに寄せ集めたのは奈良朝時代より後であります。奈良朝時代に出来たと言つてゐる説は、平安朝時代の末に出てゐる。早く出た説が正しく、後に出た説が正しくないといふのは本道でない。万葉集は奈良朝以前の歌を集めたものだから、奈良朝に出来たと考へ易い。さういふ所から聖武孝謙の御代に編纂を命令されたといふ空想説が起つて来た。

古今集の中に三ヶ所証拠があるが、それによると、平安期の初めの桓武天皇の頃か、次の平城天皇の頃に、編纂せられたものと考へてゐる。私は平城天皇の御代だと思ひますが、これは断言しないで、読み方考へ方によると、桓武天皇の時代かも知れないと言ふ位に申しておきます。

万葉集が出来てから百年後に出来た古今集には、万葉集と部類が反対になつてゐる。万葉集では第一が、古今集では第二といふ形をとつており、古今集では第二が先になり、万葉では第一が後になつてゐる。

万葉の巻八・巻十を見ると訣るが、この二巻は名の訣つてゐるものと、名の訣らない無名の人の歌とを集めてあつて、名前の伝はつてゐるものとゐないものとによつて巻を異にしてゐる。この巻八・巻十は大抵四季で分類して、四季の中に雑歌、相聞歌とを分けてある。春雑・春相聞・夏雑・夏相聞・秋雑・秋相聞・冬雑・冬相聞と八つに分類してゐる。巻八・巻十とは収めてある歌の性質からも、語の性質からも、奈良朝の人が自分の好みに合つてゐる昔の歌と、現代の歌と、つまり、古今の歌を集めて作つたものである。

古今集には春夏秋冬の次に恋歌、その次に雑歌が出てゐる。万葉集で申しますと、春の雑歌・春の恋歌・夏の雑歌・夏の恋歌といふ風になつてゐる。雑歌が第一で第二に相聞歌である。それがいつの間にか、万葉から古今集に行く迄に分類がひつくりかへつて、春夏秋冬が先になつて、純粋の恋歌が次になり、次に雑歌が入れてある。さういふ風に変つて行つた。


四季（雑／相聞）が、四季、恋（相聞）雑となつた。


万葉集に於ては雑歌には四季の匂ひのくつゝいたものが歓迎せられ、古今集では春夏秋冬があつて次に恋歌があり、次に雑歌がある。この雑歌を「ざふのうた」と言つてから後、ずつと続いて「ざふのうた」で通つてゐたのに、万葉集だけは、何故「くさ〲のうた」と言ふのであらう。

これ等は訣り切つて、「ざつか」又は「ざふか」、それでなければ歴史的に見ても「ざふのうた」が正しい訓み方でありませう。くさ〲のうたは近世の学者が「昔訓み」をしたゞけであつて、昔の人はかういふ風に発音したと思つたゞけである。

祝詞には「掛巻は」——はは wa とは訓まない——とよんでゐるが、昔の人は果しては

（ha）と言つたかどうか判らない。これ等は判り切つて「ざつか」でなければ「ざふか」、それでなければ「ざふのうた」とよめば間違ひはない。くさ〴〵のうたなどゝいふのは知識の遊戯で拵へたものである。

東京朝日新聞の読者には知識階級の者が多いので、よく知識の遊戯をしてゐる。此頃も松田文相がぱゝまゝの語を禁止しようとするのに対して、反対意見を述べて知識の遊戯をしてゐるものがありました。その反対意見にはぱゝまゝは今では日本語になつてゐるのだからといふ人もあつたが、これは子供の発音に近いからといふので、そして、も一つは、やたらに敬語をつけて呼ばれたくない、敬語ぬきの語で呼ぶのが親しみの心持ちを表し得ると思ふ等の二つの理由があつたと思ひます。この様に長い間遣はれると道徳心を超越してこの様になつてしまふ。ことばは大勢に使はれると、かうなつて多数決だから仕方がない。ぱゝまゝも本道はよくないけれど、大勢に遣はれた為に、大衆的なことばになつたのです。ことばを使ひ出す時は、注意しなくてはいけません。かやうに、くさ〴〵のうたと訓むのは、結局、いけません。

「相聞」を普通はしたしみうたと訓み、「挽歌」をかなしみうたと訓む。これは直訳でありますが、昔から直訳であつたとは思はれません。知識のある人は訣るが、吾々は「さうもん」と言うても親しみが感じられぬし、「ばんか」では悲しみが訣らない。それでしたしみうた・かなしみうたといふ訓み方が遣はれたのでせう。読み方が訣らぬ時は、誰でも読める様にしておくのが原則であり、安心でありますが、日本語に不明なら、原則に従つて外国の文面通り読むより仕方がありません。それが長く使はれると、それ自身が日本語となります。併し、あまりそれにまかせておくと、国民の造語の能力が衰へます。明治以後は造語力が非常に衰へた。外国語で間に合ふから、外国語には敏感になつたが、これ程造語能力がなくなつた時代はないと思ひます。

学問上では仕方がないから、訓み方が訣らない時は誰でも読み得る様にしておくのがよい。だが、「ざつか」又は「ざふか」、歴史的なら「ざふのうた」、それから「さうもん」「ばんか」と読む事であるが、余程飜訳しなければ訣りません。

「相聞」といふ事は万葉集では非常に大切なものであります。「雑歌」に次いで大切なものであります。併し、宮廷の儀礼の上では、挽歌が重大な意味を持つてゐます。宮廷の祭りの中で、人が亡くなつた時、貴い方が亡くなられた時、又亡くなられかゝる時、他所へ遊離して行つた魂を呼び返さなくてはならない。それを呼び戻す儀式に使ふ挽歌が大切にせられねばならなかつた。それで、それが保存せられ、挽歌は雑歌・相聞に次いで重大でありました。相聞と挽歌は性質の似たものであつて、相聞・挽歌と二つ並べてあります。

まう少し雑歌・相聞について申し上げて見ます。

日本の雑歌といふものは、その後「ざふのうた」と訓んでゐる古今集以後のものでも、歴史的の重要性を感じさせられるものがあり、万葉では歴史的の背景を持つてゐる歌であります。かうした歴史を持つてゐる霊的な発動をし、重要に動くのだと考へてゐた。かうした神秘が時代のたつにつれて、次第にうすれて来てゐる。万葉集にはまだこの神秘な力があるが、古今集ではうすれてゐる。雑歌はかやうに歴史的のものとなつて来てゐるのです。

二　相聞・挽歌

相聞とは簡単に言へば恋歌ですが、恋歌といふのは間違ひであります。相聞を恋歌と言つたらよからうに、始めから恋歌と言はず、昔の人はしたしみうたとも言はない。それには理由があります。一体、相聞とは支那の語であります。

万葉集の巻十三・巻十六を見ても始めに書いてありますが、古今相聞往来の歌といふ語が使はれてゐます。昔の歌今の歌で相聞往来の性質の歌といふ風な言葉使ひが使はれてゐます。相聞往来とは、同じ様な語を続けて言うてゐるのであります。

相聞をしたしみうたと訓む読み方の他に、「あひぎこえ」といふ言ひ方をした学者（真淵等）も古くはありました。「さうもん」が直訳であつて、直訳ではをかしいと思ふ様だが、これも馬鹿には出来ません。音楽に関する方のてくにつくには不思議な程、直訳が多いのであります。てくにつくに直訳の多いといふのは、音楽を司る雅楽部の役人は帰化人の子孫が多かつた故であります。

あひぎこえといふ訓み方にしても、「きこえ」といふ語は、身分の高い人に申し上げるといふ意味の敬語でありますが、恋人同士人格をお互ひに認めあつてゐるのに、言葉を申し上げる時にあひぎこえといふのはをかしい。あひぎこえと賀茂真淵はよんでゐますが、併し、これもどうもをかしいと思ひます。

これは、元来支那の語でありますから「雑歌《ザツカ》」よりも、もつと「相聞《サウモン》」と訓んでよい理由があります。

奈良朝平安朝にかけてははいからな人が多かつたから、支那の術語をそのまゝ使ふのもあたりまへであつたでせう。殊に日本の音楽を司つてゐる人には帰化人が多かつたから、外国の声楽なり器楽なりのてくにつくの這入つて来るのは自然であつたでせう。

往来歌を何故したしみうたと訓んだかと申しますと、往来は文を取り交すことであるからであります。併し、後には往来といふ意味とはちがふしたしみうたが、お互ひに取り交すことから出て来ました。

支那では、相聞は必しも男女の間の取り交しのみではなかつた。だから意味の上からのみ考へてこひうたといふのはよくないと思ひます。万葉集では男と女、恋人同士これから恋仲にならうとする者の取り交した歌ばかりでなく、恋人の親が恋人にやる歌などもあつて、ちよつと分類に外れたのが出て来ます。それで、したしみうたとした方がよからうといふ処から、「したしみうた」と訓んだのであります。

併し、「したしみうた」でよからうといふ様なのは、気休めな訓みであります。万葉ではこれを「さうもん」と読んだがよいと思ひます。

内容は皆恋歌であるのに、何故、他の言葉を使つて恋歌と訓んではいけないかと言ふに、日本では昔は男女の掛合ひ、手紙の掛合ひの歌があるからであります。今なら手紙で往復しませうが、平安朝以前から貴族社会の生活が豊かになると、貴族の傍にゐる人が代筆してその手紙を取り交す様になります。万葉集を見てもその面影があります。平安朝になると、それがもつと甚しくなります。若い人達と娘と直接会ふのでなく、その先に一度手紙を出す事が儀礼であると思ふ様になりました。昔の俳諧師も手紙の代筆者みたいな事をして歩くのを仕事としてゐた。昔の男女はどんな人達でも掛合ひをするのが原則であつたのですが、だん／＼貴族生活が複雑になり、貴族の家庭生活が厳重になると、一年に一度同じ場所で掛合ひをする。後には掛合ひをする場所へ出ない様な女が出て来る。さうすると書いたもので掛け合ふ様になつてまゐります。正しくは、一つの所に集まつて男と女とが両方へ分れて群になり、一群の男と一群の女とが掛合ひをします。そして、あつちの女が駄目ならこつちの女が出て来るといふ様に掛合ひをします。又一人の男に一群の女が掛け合ふ時もあり、一群の男に一人の女が掛け合ふ事もありますが、原則としては一群の男と一群の女とが掛合ひをする事であります。これが後になつて行はれた文学遊戯の、歌合せの起りであります。その後には労働してゐながら男と女とが掛合ひをする様になりました。粉をひく時、柿むきの時、地搗きをしてゐる時などに掛け合ふのもあり、又昔は、労働ではなしに祭りの時に掛合ひをしたものです。この「掛合ひ」は相聞の語にぴつたりしないけれど、大体似てゐるのであります。だから日本の恋歌といふものは、又別なものであつて、恋歌と掛合ひとの中間に、掛合ひほど激しくなく、恋歌ほど悠長のものでもないのが出来て来るのであります。恋歌は別の目的がはつきりしてをり、掛合ひは儀式の時行ふ儀礼的なもので、この中間の歌を相聞と言つたのであります。男と女が結婚しようとする時取り交す歌、既に結婚した男と女との間に取り交した歌をも含み、厳密には掛合ひから恋歌までの、それ以前の艶書の歌まで相聞と言ふ事が出来ます。訣り易く言へば恋歌であります。

平安朝時代になつて百年たつうちに、恋歌といふことばがこれ等一体を代表してしまふ様になり、万葉の相聞と取り換へられて相聞とは少し異つた意味を持つ様になつて来ます。

つまり、一口に申すといづれにしても、昔から伝はつてゐる歌と現在つぎ〳〵に生れて行く歌との二種類を考へてゐるのであつて、それからその影響を受けて続々出て来る歌もあるといふ事になります。

平安朝時代になると純文学を考へて、純文学以外のものは民謡といふ事が出来ますが、奈良朝時代には、未だ純文学と民謡とが一緒になつたまゝでゐます。この民謡といふ語は節をつけて地方で謡はれる民謡とまぎれ易いので、私は民謡の代りに非文学といふ語を使ひ出してゐます。非文学とは文学に非ざる文学といふ程の意味の語で、助動詞が動詞を助ける動詞といふ意味の様な語であります。万葉で申せば、昔から伝はつてゐるのが非文学で、新しい教育を受けた人が文学意識の下に作つたのが純文学であります。それから続々と起つてゐる非文学もあり、後になると、昔から引き続いてゐる文学もあります。万葉は伝説的に伝はつてゐるもので、相聞、雑歌は大体非文学であり、その間に支那の詩の影響を受けた人が日本の歌もこの詩の心で日本式に表したら面白からうといふ気持を持つた人が、純文学を作つてゐます。そして其以外に非文学を伝へる人がありました。

挽歌の話をなぜ相聞と一緒にしてゐるか、それには恋といふ事を話さねばなりません。万葉集と同じ時代に完成した書物、奈良朝以前の民間の語り伝へを平安朝の初めに、奈良の坊さんが書いたもの、目前の仏の罰を蒙り、仏の冥加を蒙つた話等を集めた短篇集の、日本霊異記、詳しく言へば日本国現報善悪霊異記の最初の方にある話ですが、この話はまう少し時代を経て平安朝末頃に出た今昔物語を見るとまう少し発達してゐる（前者よりまう少し完全な形になつてゐる）話で、美濃狐といふ話があります。

美濃国の狐の直といふ家の話、略して美濃狐であつて、此家が何故名高くなつたのか、この書物では判らぬが、話を解剖して見ると解ります。信州の物臭太郎の話でもさうですが、からした話は信州のみでなく方々にあるのです。東筑摩のあたらしの里に物臭太郎といふ男があつた。（巌谷小波の書いた話とは違ふ。これは信州の物臭といふ名とは関係がない。）物臭の語には意味がないが、一種の物臭太郎は信州にもゐた。野の中で美しい娘に逢ひ、連れ帰つて家庭を作つてゐた。その中に子供が出来て、後に長者になつた。その生れた子供には乳房が六つあつた。体に異状があるのは豪傑の家筋か、神秘の家筋の印であつて、不思議の家筋では不具の子供が生れる事がある。

信州の小笠原家でもさういふ事がある。美濃狐の話もそれと同じ話で、美濃国の狐の直といふ男が、野中で女に逢つて連れ帰つて、妻として生活してゐた。やがてその妻に子供が生れた。そして其家の飼犬も子を生んだ。その子供が大きくなつた時、親犬は少し鈍感であつたが、仔犬の方が敏感であつて、女房に嚙みついた。女房が驚いて垣の上に飛び上つた。

其時下につきぞめの裳（つき草で染めた裳、春のつゝじの花の様な色の、裳はおこしのもつと行燈になつたもの）をはいてゐた。それにはひだがあつて垣根に上つた時それの拡がつた様子が何とも言へぬ程美しく、美的な気持をそゝつた。すると男が吃驚して、これからは昼は仕方がないが、夜だけは毎晩来て寝よ、「来つゝ寝」よと言つた。それで其動物の名をきつねと言ふのだ、といふ話で、それから其家を美濃狐と呼ぶ様になつたとあります。又其時に男の詠んだ歌が残つてゐる。

　恋はめな　わがへにおちぬ。たまかみる　はろかに見えて、去《ィ》にし子故に

この歌について、めなは皆で、わがへは我辺、たまかみるは、ほのかにの枕詞であります。このほのかに見えてといふ所を、「はろかに」とちがへたのであらう。俺はまう、ほと／＼見えて帰つた子故に、恋といふものが自分の所におちた、ちよつと見た女に恋ひこがれて、俺はこの頃衰へてゐる。はるかに見えて去つた子の為に、恋といふものは皆自分の所へ落ちて受けてしまつた、といふ意味であります。

此歌は万葉流の歌で、万葉よりももつと民謡くさいのは、民謡として田舎に伝はつて変つたのであらう。なほこの中のたまかみるは万葉で名高い枕詞であります。

此美濃狐の家では代々力の強い人が生れてゐる、相撲取りの家でありました。相撲は秋のもので、昔宮廷では秋毎に相撲の節会といふのがあつた。この時又は諸国からすまひ人を

召される時、諸国の官から有数の選手を出して宮廷で相撲をとらせた。だん〳〵複雑になつて子供同士のわらべ相撲、宮廷に仕へてゐる官吏同士の相撲、爺さん同士の相撲、女同士の相撲、諸国の選手の相撲などをやらせた。

これは農村の秋の刈上げ前に占ひをする為のものである。占ひは早くからしてゐるが、それは占ひをするといふよりも、それると困るから秋に近接してから、約束通りにして貰はねばならぬと、実行を迫るために相撲の節会をするのであります。春神に田地を守つて貰ふとの約束を、秋になつてからその実行を迫るのであるが、これがだん〳〵忘れられて占ひと思はれて来た。併し、相撲の節会はずつと続いて美濃狐の家も、相撲の選手を出した家であつたらしい。

こふは魂をよびよせる、自分の方へ魂を引き附けるといふ事です。譬へば諏訪の神と鹿島の神と相撲をとつて、諏訪の神が鹿島の神と日本の国を譲るか、譲らぬかを争はれた。其時諏訪の神が鹿島の神に手を乞はれた。ところが、鹿島の神の手は剣の刃の様であり、氷柱の様であつた。鹿島の神が諏訪の神に手を乞はれた処が、若蘆の様にへな〳〵に取りなされた。それで勝負が決つて諏訪の神が国を譲られた。これはやはり農村の行事の話が大きくなつたのであります。この手を乞ふといふのは、手を貸して下さい、と今なら考へるが、さうでなく、乞ふこと自身に意味があり、相撲の時手を取るのも意味があります。乞ふを手によつて表したのが手を乞ふであります。手を乞ふは、特別の意味を助けてゆき、手を貸してくれと思ふ様にだん〳〵なり、意味がそつちの方ばかり拡がつて、争ふ時はつまり手によつて相手の魂をこつちに迎へようとする事であります。それで相手の魂を迎へようとする事が「こふ」であります。

これだけの話では訣りませんが、昔の人は鳥が鳴いて通ると魂を奪はれると思うて怖がつた。返事さへしなければよいのですが、返事をしたばかりに魂をとられた。後には返事をしなくても魂をとられると思つて、鳥が鳴くのを聞いたゞけでも怖がつた。高倉院の時に紫宸殿の上で夜ぬえが鳴いた。ぬえはとらつぐみの一種である。何でもないが夜鳴くからいかんと言うて、それを源三位頼政が射止めた。そんなのが鳴いたとて何でもないが、夜魂を乞ふ鳥があり返事をすると魂をとられる。そこでなるべく寝ない様にしてゐたのが、だん〳〵変つてその鳥の声を、わざ〳〵聞くために夜寝ずにゐる様になつた。ほとゝぎすなどよい声でもないのに珍重した様に伝へられるのは、そんなものは何でもないのだが、ひよつとすると、子供等が返事をすると魂をとられるから寝ずにゐたのだ。又夜鳴く鳥に五位さぎといふのがある。この鳥は万葉にも関係がある。巻十六・巻二十を中心として話しますと、巻十六の三八五八から三八五九に亘つての歌がある。

このごろの　わが恋力　記《シル》し集め、功に申さば五位の冠《カヾフリ》（三八五八）
このごろの　わが恋力　給《タバ》らずば、京兆《ミサトヅカサ》に出て訴《ウタ》へむ（三八五九）

この歌の恋ぢからは自分の恋をしてゐる事を、いかにもこれだけもつてゐると、人に誇張して言ふので、自分の持つてゐる恋の力を記し集めてこれだけの勲功を挙げれば五位の位を頂ける、くれなければみさとづかさに訴へよう、強訴していかうといふ意味の歌である。から解釈されてゐるが、二首とも、恋歌から出たのだと思ひます。

みさとづかさとは、右京左京のみさとづかさで、今の市役所であります。ちからとは主税の事で、主税を司る役所をちからづかさと言ふ。はざは稲を神に上げる祭壇で、「かけぢから」と言つたものだ。それが今は稲を干す為のものになつてしまつた。恋ぢからは自分の恋をしてゐることを租税に見立て丶、租税を隠さずどし〳〵出してゐた。（沢山出せば任官せられるといふ事があつて、）私は租税をこれだけ納めたから五位の位を下さい、といふ意味に解釈してゐたが、どうも後の歌から考へるとさうでない様に思ひます。よく考へると「こひ力」のこひが不確かであります。

こひ力は相撲をして相手の魂を、こつちへ奪ふ力であります。前の歌、「恋はめなわがへにおちぬ……」は相撲に負けたといふ事であり、相撲に勝つた男が、のし〳〵と部屋へ入つて行く所を見送つてゐるといふ歌である事になります。

つまり、わが恋力は、相撲に勝つ力で、それをしるしあつめ（註記して）うたへ申さば（申請すれば）五位のつかさに相当します。と、「恋力」といふ語を遊んでゐる。「かゞふり」は五位の位に値するといふ事であります。恋力は相撲になるもとの信仰を表してをり、相撲と恋愛とは相手の魂を呼びよせるといふ同じ事から出てゐる事で、一つの祈りであり、呪法でありました。

二十三夜待ちは、月を待つのではなく、死にかゝつてゐる人の魂が山の奥に隠れてゐるのを探しに行き、呼びに行くのであります。それがつまり魂を自分の方へ呼びよせ引きよせる事で、これが恋であり、一方は相撲であります。これが成就せねば相手の魂は取れない、それで恋と相撲とは同じであります。その方法で自分の恋愛をとほす故に、恋と乞ひの二通りの意味を使つておどけてゐるのであります。此歌は万葉にある嗤笑歌で、後なら狂歌の如きものであります。万葉の巻十六には嗤笑歌がたくさんあります。

三八五九の「このごろのわが恋力たばらずば……」の歌は、私はこんなに勝つてゐるのに一向ほうびを下さらないならば、私は仕方がない、宮廷の事は庶民の事であるから、みさとづかさ（市役所）へ行つて、おねだりして来よう。又反面に私はこんなに恋してゐるのに一向効果がない、相撲なら市役所へおねだりに行くのであるのに、といふ所で、そこに笑ひが誇張されてゐます。そして此歌は相撲の歌であります。

恋でも、呪でもあり、相手の魂を取り込む事であつて、恋歌は正確には掛合ひの歌ではありません。恋に対して後にはたまよばひ（招魂）と言うてをります。この五位さぎも、こひといふ語を表してゐて、これにも諧謔が潜んでゐる様であります。この鳥がなぜ五位といふか、五位さぎが五位をもらつたのは、神仙苑へおりて行つて舞を舞つたら天子様にほめられて、五位を貰つたといふ話が残つてゐる。謡にも能にもあります。神仙苑は昔相撲をやつた所で、宮廷で相撲が行はれない時は、神仙苑で行つたのであります。五位の冠などゝいふと、百分の九十九までは割れて、百分の一は割り切れぬ所がある。その割り切れぬ所は、次の時代の学者のために残されてゐます。だから決して、恋歌と相聞とは同じではあり得ないのであります。恋歌はむしろ挽歌の方であります。挽歌は人が死んだ時、死んだと見ないで其人の魂が遊離したものと見て、招魂をします。昨年申した様に、鎮魂を行つてゐる間は、死んでゐるか、生きてゐるか訣らない。その間はどんなに体は腐つても、それは生き返るものと考へてゐた。これが正しくはたまよばひであります。このたまよばひの歌が挽歌であり、又恋愛歌もその意味で挽歌の領分に入ります。

私は挽歌は恋歌とよむ事が出来ると思ひます。近代の考へでは、人の死んだ時魂をよぶ歌が挽歌で、昔はもつと広く生きてゐて魂なきものにも及んだのであります。恋歌は生きてゐて魂を失うてゐる者を招魂するもので、挽歌は強ひて日本訓みにすれば、こひかとよむことであります。そして相聞は掛合ひ歌であります。唯、挽歌の違ふ事は、支那字では死んだ人をのせた車を引くのが輓で、その時うたふ歌が輓歌である。支那では「輓歌」と書いて、葬礼の柩をのせた車を曳く時にうたふ歌であります。だから万葉の挽歌を「ひきうた」とよんではいけない。葬式の時に柩をのせた車を引く歌だといふが、もつと広めて葬式の時の歌と言つてもよい。

併し万葉では葬式の時の歌ばかりではなく、それ以外の時でも、その人がまうあぶない時、譬へば天智天皇の崩御なされようとした時にその魂に関聯した歌のやうなのも、それも挽歌であり、又殯宮の歌も挽歌であります。

普通よく出てくる殯宮の歌は沢山あるが、死んだ人が未だ其処に据ゑてあるのが殯宮であつて、日本では「あらき」「もがり」など言ふのを、支那的の語では殯宮と言ふ。これは人が未だ生きてゐるか、死んでゐるか判らない時の鎮魂の舞踊に関して、鎮魂の歌が大切に行はれた。数に於ては少くても、姿に於ては堂々とした歌が多い。これが挽歌であり、又一番歌らしい歌であります。更にみさゝぎに収めて後に歌ふのも挽歌であり、尊い方の死に関した歌も皆挽歌であるから、挽歌の意味は広くなります。

三　譬喩歌等

譬喩歌とか、羈旅《きりよか》歌といふ性質のものがあります。羈旅歌等は万葉集の自然を歌つた歌の中から言へば、僅かなものでありますが、文学意識が豊かになつて行くと、羈旅歌が多くなります。そして、偶然昔の人の羈旅歌までもよび起して来て、記録する様になります。

譬へば、万葉の巻六・巻九なんかゞ、さういふ種類の歌を多くもつてをります。

正確に言ふと譬喩歌の中に二つ種類があります。全体を譬喩とするものと、一部分を譬喩とするものとあるが、言葉の技巧としては結局は一つのものであります。つまり、初めは一部分の譬喩のものだつたが、だん〳〵全体の譬喩となり、譬喩そのまゝで通ると判らぬ様になるから、一部分だけの譬喩でないといふ注意を与へておくものが成功してゐます。多くは詞の一部分だけの譬喩であり、言ひ換へれば枕詞の発達したものだが、枕詞が譬喩に発達して来たとするのは逆で、もつと長いものであつたのであります。枕詞は段々整頓せられて単純になつたものであります。

枕詞の長いのを序歌と言ひます。譬へば「あし曳の山鳥の尾の　しだり尾の……」が長いといふ語を起すための枕詞であつて、序歌であります。

乙女子が　織る機の上を　真櫛持ち、掲げ栲島《タクジマ》波間より見ゆ（巻七、一二三三）

では「掲げ」までが、たくじまといふ島を起すための序歌であります。そして「栲島波間より見ゆ」が本文であります。或はもつと名高い歌では、

ますらをが　猟矢《サツヤ》手挟《タバサ》み　立ち向ひ、射る的方は　見るにさやけし（巻一、六一）

伊勢の国の的方の浦は見た所がはつきりしてゐて、風光明媚だ、といふほめ詞を言ふのに、「ますらをが猟矢手挟み立ち向ひ射る」までの序歌を用ゐてゐる。万葉に溺れてゐる間は良いと考へてゐたが、併し、長い文中では邪魔になつてどう考へてもよくない。といふのは、序歌が意味を持つてゐるから印象が混乱してしまふ。

「丈夫が猟矢手挟み　立ち向ひ……」も的方になつても印象が残つてゐて邪魔になる。

「乙女子が　織る機の上を　まぐしもち　かゝげ……」では、乙女が機を織る姿が目にちらついて、栲島に移つてからも印象が消えないから邪魔になる。

で、昔から持つ日本文学の病的なものがこれである。結局、日本文学は日本人が味はふだけのもので、日本人が見るのが本来であるから、日本人の考へにかなへばよいのだ。世界人より見れば病的は病的だが、印象が二つ重なつて、これが融合して何とも言へぬ印象を抱かせるといふ気持になる。

これは万葉でも完成されず、古今集でも完成されずに、序歌、掛詞、枕詞等がある。これ

等が言ふべからざる感じを与へるが、これはいけない。この融合感は病的なものだが、本来の内容にかぶさつて、捨て難い美感を与へる。が併しこれに溺れるといけない歌になる。新古今以後のいけない歌は、さういふ歌をまねて誇張したものが多い。譬喩歌は始めから全部を譬喩としようとするのでない。目にうつゝたものから言ひはじめる。その中にだん〳〵頭がまとまつて来て歌になる。又人間は何から口切りをしてよいか判らないから、昔からある言葉を繰り返してゐる中に、ひよつと自分のものになり、自分の考へが言葉になつて来る。

万葉集は独創に富んだものと思つてゐるが、実は古いものを繰り返す類型的なものである。それはかういふ理由がある。独創ではなく、古いものを言うてゐて、ちよつとだけ自分の事を言ふのであります。万葉は立派なものと余り信じ過ぎてゐられて、いよ〳〵読んで見ると失望する人が多くあると思ふ。それはさういふ訣であつて、大抵昔の詞を言うてゐて、少しだけ自分の詞を入れておく所にあります。

近代と昔と気持の差は、自分の気持を表すといふよりも、労働の為に歌へばよいといふ処で、石運び、木引き、地搗き、柿むきなど労働してゐながら、労働を助ける為に何か歌つてゐればよいのでせう。歌の中に近所の女の心を引きつけるとか、皆の心を引き立ててるとかいふ所があればよいので、それで声のよい、節まはしのよい、のがよいといふので、内容は何でもよいのであります。さういふ点が近代と違ふので、つまり、その二方面から自分の言ふ事へ這入らうとするのであつて、今迄半分無意識に言つてゐた事は皆譬喩化してしまふのであります。東歌は殆ど全部が譬喩歌であると言つてもよい程譬喩が多いのであります。

まう一つ、本筋に譬喩があるとしますと、つまり、人に誓ひを立てる時に、或は人に服従を示す時に、相手を祝福します。私は貴方より以下のものですといふのに、昔の人は、ほめ方を割合知らず一遍に色々の事をほめておかうと思つて、慾ばつてゐたのかもしれない。それで主人をほめるのに、家や仏壇や馬や庭などもほめておかうとした。その中のどれかゞ主題となり、どれかゞ譬喩になつたのです。総て人に誓ふ時とか、服従を表す時とかの歌は譬喩歌になります。

今少し説明をして言ひますと、自分の所属してゐるもの、或は自分に所属してゐるもの、尚自分の持つてゐるものをもつて、自分の心を相手に表し示すのであります。この山の動かぬ如く、私の心は変りませんとか、この川が逆さに流れる事のない限り私は二心を持ちませんといふ様に誓ふ。だから誓ふといふ点に於て譬喩が非常に発達するのであります。それで万葉集を見ると、僅かの例外を除いては、(例外は何れにもある。人間の生活は例外から新しいものが発達して来る。)譬喩歌はすべて恋愛の歌、相聞の歌であります。

だから先に申した巻八・巻十二の四季の相聞はすべて譬喩歌で、これを逆に申しましても、恋愛の歌、相聞の歌といふものは、大凡に譬喩の形で表されてゐます。あなた方が考へられる様に純粋直截な抒情的な表現は少いのです。恋愛歌は直截に行くものもあるが、逆に譬喩歌は、殆ど恋愛の歌と言つてもよいのであります。

だから、万葉では雑の歌の様な直截に物を言つて行く方法を正述心緒歌といつて、真直に自分の心を言うて行くのです。之に対して寄物陳思歌といふのがあります。皆これは恋愛の歌であります。これも分類の一つで、表現の方法によつて分類して行つたものであります。

第二　歌謡に現れた地方人の生活

一　民謡の意義

万葉の巻十四・巻二十に現れた歌への運びとして聞いていたゞきたいと思ひます。民謡とは何か、民間に歌はれてゐればなんでも民謡だと思はれるが、広い意味に於ての民謡は、音楽的に歌はれてゐるものゝみでなく、正式な楽師が歌はない様な歌は民謡だと、今では考へなくてはならなくなつてゐます。ところが、只今は、らぢおで放送される様な、民謡でもなく、正式なものでもない中間のものが作られて、歌謡曲などゝ言はれる様なごちや〳〵なものが出来て来てゐます。

まう少し正式に民謡といふ事について申しますと、民謡は、近代では主として労働の歌、労働を助ける歌、或は労働をしながら無意識に歌はれてゐる歌、まあ労働歌といふ様なもの、其他地方の歌が多々あります。それ等を正しい民謡と考へるのが、学術的に適当な言ひ方であるのであります。

盆踊りの時にくどき節といふ様なものがある。昔の美しい男女や、夫婦の哀れな物語を、幾度も同じ節を繰り返して歌ふくどき節などがあるが、これ等は主として芸人の歌を取り入れて歌つてゐる事が多い。地方で健全に発達してゐるものは労働の歌と言つてもよいのであります。

民謡と似たもので童謡といふのがあります。雑誌に出てゐる童謡で、北原白秋とか西条八十とかその外多くの人のがある。童謡は子供が作るのは間違つてゐて、子供の作る歌の形式と、その歌から引き出されて来る子供の様な気分とを、あどけない気分、形式、表現法等を利用して作つたもので、大人が作るのである。よつて一つの様式——形式と表現法と一緒にして出来たものが童謡であつて、子供が作つては童謡ではない。それで大人の言ひ方を子供が真似て言つてゐるので、三十一文字も、俳句も子供にはほんたうには解らないで、韻文学は子供の生活には触れてゆかないのであります。むしろ言葉の少い童謡にいつた方がよいといふので、教育者が指導したのであります。併し、童謡は大人が子供の様式を利用して、表現した文学の一様式で、子供が作るのは更に大人の真似をしたのであります。

私の友人などが諸国から送つて来る童謡を見て、子供だからから言へるのだと、感心してゐますが、之は考へ直さねばならない。西条八十さんや島木赤彦さんのを読むと、才智が非常に出てゐて、子供にそのまゝ学ばしたら危険な程の智慧が出てゐます。こんな智慧を持つてゐる子供は恐しくて教へられないであらう。

ところが私の言ふ学問の上での童謡、近代の様式として古い童謡は、つまり、日本の言葉で「そへ歌」と言はれたものであります。

譬喩歌をそへ歌とよむ人があるが、譬喩歌はそへ歌ではない。そへとは暗示するといふ事であつて、童謡がそへ歌であります。

古い時代に「諷歌」といふのがあつて、神武天皇時代に出てゐます。諷歌をそへ歌とよむのはよい。諷歌とは何を言ふか、誰にも聞かさうといふ目的が露骨でない。子供を負んで歌つてゐるのは露骨でない。併し、近頃はだん〳〵露骨になつて来た。吾々が育てられてゐる中に、「あの山越えて」とか、「お月様どこへ」とかいふ様な日本中共通の歌があるが、何処へ行つても多少違つてゐるだけであります。こんな歌はごく近頃では、子供も聞いてゐないし、子守も聞かせる心算ではなかつた。長い間には使ふ目的も出て来るが、実際はさうではない。実際は目的観がはつきりしてゐるのではない。これ等も大人が聞けば意味のない様な歌で、子供も聞いてゐるが同時に、脇に居るものが聞いてゐる事を予期してゐるのが寧ろ多い。この脇に居るものは吾々に対して同情を持たないと考へた。それを抑へつける為に歌はれてゐたのです。

晩に子供を寝かしてゐる時にお伽噺をしたり、お伽歌を歌つたりしてゐて、之を聞いてゐるのは子供ばかりでなく、大人や成人したものが聞いてゐる。

織田豊臣の戦国時代から、徳川の時代にかけて、大名小名の家にはお伽師といふのが居て、宿直の者に話を聞かせてゐたが、それは晩に側へやつて来るもの丶あるのを予期して、それに聞かしてゐるのであつた。それでお伽噺には大抵怪談が非常に多い。そこから怪談が発達して妖怪を主題にした演劇が発達して来る。なほ、吾々が怖い話を聞かされるのは、聞いてゐる者は迷惑だが、併し、聞いてゐる者は、怖いと言ひながらも怖い話を要求してゐる。この怖い話をしてゐるのは脇に怪しいものが来てゐる事を知つて、「お前等が来ても、お前等にはおびやかされないぞ」と言つてゐる心理があるのであります。つまり、寝てゐて怖い話をするのは習慣になつて来たが、もとはさうではなく、怖いものが側に居て、それを威してゐるのであります。

「古屋のもり」といふ話がある。これは山の中に爺さんと婆さんとが住んでゐた。夜狼が外へ来て窺つてゐて、狼が怖いと言つたら、飛び込んで喰はうと思つてゐた。そこで爺さんと婆さんとが世の中で何が一番怖いか、といふ話をし合つてゐたが、婆さんが狼も虎も怖いが、それよりも古屋のもりは一番怖いものだと言つてゐた。それを聞いて狼は、世の中には俺よりもつと怖いものがあつたのか、そんなものに取りか丶つては大変だと思つて、逃げ出して行くが、逃げる途中で狼が色々失敗する、といふ話であります。此話で暗示されてゐる様に、脇に隙を窺つてゐる者のある事を予期して、この者に諷刺し、同時に暗示してゐるのである。さうすると、よう近づいて来ない。それと同時に子供に効果がよく及べば結構であると考へて来た。

それに都合よく日本の歌には、古い歌程大事な魂が、神秘な力がこもつてゐる。その歌を聞くと、歌が耳から心に入ると共に、その魂が子供の心に入つて行く、といふ信仰が常に強かつたのであります。

これを今の人が考へると別の事に考へられるが、昔の人が散漫に考へると同じ事になります。子供に聞かしておけば、良い効果が表れて来る。

童謡はその意味に於て大切で、童謡は子供に聞かせる事が大事で、聞かせておけば子供に目的はないにしても、よい魂が入つてゆくのであります。これは童謡としては第二段の意味で、第一段としては、外にゐるものに聞かせるのでありました。

お伽噺が変つて行つて、江戸時代の中頃の人が、日本五大噺をきめたが、何も五大噺といふ意味が正しくはない。選択を勝手にし、花咲爺、桃太郎、猿蟹合戦等勝手にきめたもので、お伽噺は単にそんなものではない。脇に居る悪い奴を近附けないことを感じさせようとする、つまり、そへ歌といふ意味を持つてをります。

まう一つ、現在の童謡、北原白秋氏、野口雨情氏等の童謡と、大昔のものと区別しなければなりません。大昔のものは童謡と書いてわざうたと訓んでゐます。何かしら事が起る前には、子供が謡ひ出す。昔は歌が流行つて来ると、変つた事が起るだらうといふ感じを持つ癖がありました。それで変つた歌を謡ふものがあると、後になつて変つた事が起つて来た時、あの歌が暗示したのだらうと考へた。

童謡は大抵神事の歌で、神に仕へてゐた人が謡ひ出すと、それが風の様に世間に流れて行つて、多くは子供が歌ふ様になるのであります。

聖徳太子が亡くなられた後、あの徳を施された方が亡くなつて気の毒だ、何故亡くなられたらうと、仏教信者等は考へた。亡くなられた太子は、子孫の続かない様にと、河内のしな河の墓を作る時、墓の四方を切り崩しておかれたと言はれます。そして太子が亡くなられると、太子の力添へをしてゐた山背ノ大兄ノ皇子が殺されてしまふのであります。するとあの歌が暗示してゐたのだつたと考へつきました。

その歌は、

岩の上に　小猿米やく。米だにも　たげて通らせ　かましゝのをぢ

この歌でのかましゝは「かもしか」であつて、かもしかのをぢは、山羊の様な獣で、何でもない歌であつたのが、山背皇子が亡くなつてから、皇子がかもしかの様に思はれたので

あります。たげて通らせは、避けて通らせ、通りなさいといふ意味であります。この歌の小猿を馬子の様に、かまし〻のをぢを山背皇子の様に聯想したのであります。「枯す〻きの歌」が流行つた後で震災があつたので、それを枯す〻きの歌が暗示してゐたのだといふ様に、後から合理化して言つたものであります。昔の歌は殊に夢の様な訣の解らぬ歌があります。万葉集巻十六、三八四八、

荒城田の　し〻だの稲を　倉に積みて　あならたらたし。吾が恋ふらくは

訣らねば訣らぬ程びく〳〵してゐて、暗示を感ずるのであります。古事記・日本紀を見ると、さういふわざ歌が多くあります。皆後から現れた事件にくつ〻けて、合理化して解釈してゐます。

このわざ歌は、吾々の申してゐる童謡とは違ひます。民謡と称するものは、いろ〳〵ありますが、結局一種の叙事的物語的の内容を持つた歌と、何だか訣の解らぬ人を寝させる為に使ふのと、本道の目的は脇に居る者に聞かせる為の童謡と労働の歌との三種類あるが、三つの中労働の歌だけが民謡といつてよいと思ふのであります。

労働の歌を見て行く時に、日本の古代の民謡がよく解ります。労働の歌は、根本は人を祝福する意味を持つてゐて、それが延長せられて労働の歌になつて来てゐます。そして一面宴会の歌と、労働歌と似てゐます。

お盆の時の歌、新盆の家へ来て歌ふ歌は、宴会の歌であつて、仏をほめたり、庭をほめたり、屋敷をほめたり、主人をほめたり、殆どお盆の意味の無い様に思はれるものが多いのであります。さうして祝福の歌が労働歌に変つて来ました。

昔は皆村とか国とかに大きな家があつて、それに属してゐる人々が集まつてその家の宴会に歌つて、少しづゝその場合の意味を入れて歌ふのでありました。いつでも適当の歌は歌へず、ある場合の歌を流用して歌ひ、妥当でない部分も入れて考へてゐた。譬へば宴会の祝福の歌をあげて見ると、どうづきの歌、これは昔の語でいふと杵築の歌で、これは出雲の杵築と同じく、杵でついたので杵築といひ、絵にある兎の餅を搗いてゐる様な杵でついたものであります。

ごく近代までも、どうづきの歌は労働歌の中心であつて、それが変化すると、ものを引く時の歌、石引きの歌や、木遣り歌等になります。この歌が分れて、くつゝいてゐるのか、分れてゐるのか不明のものがあつて、かなり、古い時まで遡つてもゝとからあるのか、外からくつゝいて来たのか判らないものがあります。元禄前のものと思はれる種類のものに、恐らく織田豊臣家の勢力が、徳川家へ移つて行く頃の歌と思はれるのに多くあります。

「わしが殿御は　名古屋にござる」といふのは、私の殿御は名古屋にゐるといふ様に解釈されてゐる様であります。この名古屋は肥前唐津の名護屋かもしれない。又は私の主人は名古屋某といふ人であるといふ歌かもしれません。

「こゝは六条　ヤレ　釜の坂」といつて木や石を引いて通り路を謡つて行く。此処で今夜は休んで行かう、泊つて行かうといふ、労働の小休みの気持を感ぜられるが、もつと他のつもりで出来たものかも訣らない。

名古屋の方も或は、出雲のお国の主人であつた名古屋山三なのかも解らない。ひよつとすると名高い歌舞妓踊りの名古屋山三も実在の人物か否か不明になる。名古屋山三のさんざは、踊りの囃し詞であつて、それから名古屋山三といふ言葉が出来てしまつたのかもしれない。同じ様な山三に当る人物がある。名古屋山三は、美作で喧嘩して殺されたあの男だらうといふ様に、だん／＼空想が加へられて、実在性が強まつて来るのであります。

話がそれすぎた様であるが、さういふ様にいくらでも歌の意味と用途とは変化して行きます。農村で臼をひく歌、同じ臼を搗いてゐても、横臼をひくとなると、歌も自然変つて行かなければなりません。同じ臼でもすり臼、粉臼といふ様に引き方が違へば歌も変つて来ます。同じ歌でも使ひ途が変つて行きます。目的は違つても、同じ歌を謡ふ事が出来るので、千差万別に分れて来るのであります。

だが結局労働の歌は、吾々の話してゐる昔に遡れば、祝福の歌にすぎません。或家の祝ひに、建築材料を讃めて、此木は何処から持つて来たとか、此石は何処から引いて来たとか、此庭はどんな風であるとか、この主人はどの様な人であるとかいふ様に、労働の種類によつて、労働歌はだん〳〵変つて行きます。お客さんをほめるために、盃を持つて来てそれを捧げて歌を謡ふ。譬へば宴会の時に、古事記にある雄略天皇の時、伊勢ノ国の三重の采女の歌つた歌がある。三重の采女が盃を捧げたら、盃に槻の葉が落ちてゐた。雄略天皇はこれを怒つて刺さうとなされた時、采女が歌つた歌、

纏向《マキムク》の 日代《ヒシロ》宮は、朝日の 日照る宮、夕日の日陰《カゲ》る宮、竹の根の 根足る宮、木の根の 根蔓《ハ》ふ宮、八百土《ヤホニ》よし い杵築《キヅキ》の宮、真木折《サ》く 檜《ヒ》の御門、新嘗屋に、生ひ立てる 百足《モヽタ》る、槻が枝は、上ッ枝は 天を覆へり、中ッ枝は 吾妻を覆へり、下ッ枝は 鄙を覆へり、上ッ枝の 枝の末葉は、中ッ枝に 落ち触らばへ、中ッ枝の 枝の末葉は、下ッ枝に 落ち触らばへ、下ッ枝の 枝の末葉は、鮮衣《アリギヌ》の 三重の子が、指《サヽ》挙《ガ》せる 瑞玉盃《ウキ》に、浮きし脂 落ちなづさひ、水《ミナ》こをろ こをろに 是《コ》しも、あやにかしこし、高光る 日の御子 事の 語りごとも こをば

非常に天子を讃美する歌であります。むしろ日本の大八島の出来る始めの、おのころ島の出来る時の事を歌つてゐます。首に剣を擬せられながらも、呑気におのころ島の由来を歌つてゐる。それで天子の気が和んでその罪を赦された。

つまり祝福する歌は、昔に遡る程単純であります。この祝福は宴会の席で祝福するのであ

ります が、宴会でない場合、只今なら勅語奉読式といふ様な、改まつた場合なら改まつて述べますが、昔は今の様に改まらず宴会みたいな形で祝福するのであります。譬へば結婚の時、盃を持つて来て盃を勧める。婚礼は村のある男と、ある女と結ぶ時に使ふので、村の男と女とは先から、結婚してゐるから成婚する時の式は祭りの時に神様がやつて来て、其神様にえらばれた女が盃を捧げるのであります。それが正式な結婚になるのであります。正式なものは神様が此処に来て、受ける者は此村の形式をしてせねば正式な結婚とはならぬのであります。だから今のものとは違つて、結婚の宴の時、結婚する人は神様として盃を受けるのであります。そして相手の女が盃を捧げるのでなく、別に女がをるのであります。

譬へば万葉巻十六の、三八七八から三八八〇までに能登の国の民謡らしいものが出てゐて、能登の国のは昔のまゝの労働歌であります。

梯立《ハシダテ》の　熊来《クマキ》のやらに、新羅斧　墜し入れわし、懸けて懸けて　勿《ナ》泣かしそね。浮き出づるやと見むわし　（三八七八）

梯立《ハシダテ》の　熊来酒屋に　真罵《マヌ》らる奴わし、誘《サス》ひ立て　率《ヰ》て来なましを、真罵らる奴わし　（三八七九）

第一首は、木を切つて来た歌で、転化して木を切つて来た奴が、沼か沢へ斧を落し込んでしまつた。つまり、材木を切り出したといふ事を詠んだのであります。第二首は、酒の由来をとく歌で、それがいつか変化して短くなり、酒を作る熊来といふ処の酒屋の神聖な小屋で勝手に酒を飲んで、くだまいてゐるものがあつて困る。人が言つても、ひつぱつても、くだまいてゐて、連れ出さうとしても、連れて来れないで仕方がないといふ歌であります。

第三首、三八八〇の歌、

加島嶺《ネ》の　机の島の　小螺《シタヾミ》を　い拾ろひ持ち来て、石もち啄《ツヽ》き破り、早川に洗ひ濯《スヽ》ぎ、辛塩にこゝと揉《モ》み、高杯《タカツキ》に盛り、机に立てゝ、母に奉《マツ》りつや　めづ児《コ》の刀自《トジ》。父に献《マツ》りつや　めづこの刀自《トジ》

この歌の地名は、はつきりはせぬが、今でも能登の国の鹿島郡能登湾の中に机の形をした机の島といふ処がある。

机の島に行つた時、その島で小螺《シタヾミ》を拾つて来て、石でつき破り潮で洗つて高杯に盛つて供へ、足をつけて机にし其上に用意したのだが、父にあげたか母にあげたかめづこのとじよといふ歌で、これは宴会の時の御馳走を父母がたべたかを問ふ歌であります。「めづこのとじ」のとじは普通、都では女の子でも主婦でもとじと言ふ。更に拡がつて、貴婦人なら誰でもとじと言ひます。地方によると御寮人と言ふが主婦の事であつて、娘にも言ひます。

田舎では古い意味で村の故事に通じた女であります。村の男で神事をするものを刀禰《トネ》と言ふのに対して、女を刀自《トジ》と言ひます。「めづこのとじ」か「めゝこのとじ」か訣らない。これは「めづこのとじ」と書いてあるが、「めゝこのとじ」かもしれぬ。めづこのとぢとは俺の可愛い娘といふ意味の詞であります。神事をするのがとねで、結婚を指導するのがとじであります。

かういふ種類の食物の事をいふ歌は、大抵結婚の歌であります。平安朝の中頃以後に出た催馬楽に、

わいへんは　帷帳《トバリチヤウ》をも　垂れたるを、大君きませ　聟にせん。御肴《ミサカナ》に　何よけん。

鮑《アハビ》栄螺《サダエ》か　かせよけん

といふ歌があります。わいへんは吾家のことで、とばりちやうをもたれたるをは、家へ来て寝ても安全だ、悠々寝れるであり、大君は皇族をさして言ふのであつて、かせよけんはどれがよろしからうかと言ふのであります。即ち吾家にはとばり立て、寝る所には帳が立てゝあります。皇族様いらつしやい、聟にしてあげませう。おさかなは何がよいでせう。あはびかさゞえか何がよろしう御座いませう。と宴会の光景を目に浮べて、田舎の人が歌つてゐる歌で、本道の宴会の歌ではありません。

それと同じ歌で他の歌があります。つまり、男女の間を立てゝ嫁ぎの道を教へる婆を、指

導者と言つたらしい。とにかく宴会の歌は、更に結婚の歌になつて行き、結婚の歌になつて行くと更に種類が沢山になつて行きます。或は結婚の場合でなくても、其処の家の主人が代を継ぐとか家を継ぐとかいふ時は、家についてゐるとね、とじなど古老が祝福の詞を奉る。そして古老は自分の齢を奉る。その場合は非常に歌を歌ふのであります。
伊勢物語を見ると、業平が自分より上役の貴族の宴会に侍つて、庭をほめてゐる。

　塩釜に　いつか来にけん。朝凪に　つりする舟は、此処に寄らなむ（第八十一段）

からほめてゐる。源融と言うて皇族から貴族となつた人で、奥州の塩釜を模して庭を作つてあつた。御主人が見てお喜びになるでせう、或は自分の事をそんな時に、「かたゐおきな」と言つてゐます。これは、自分を縁側に控へた乞食爺として言つてゐます。或は天子が芹河に行幸になると、業平は随分年がいつて、

　翁さび　人な咎めそ。狩衣　今日ばかりこそ、たづも鳴くなる（第百十四段）

と歌つてゐます。昔は鶴も神に喩へたもので、鷹を放す事は大空に神を訪ねさせる事であります。この意味に於て鷹狩りは非常に大事な事だと言はれ、着物も鶴のぬひとりのある狩衣を着て行くのであります。「おきなさび、人なとがめそ」は、他人よ注目して下さるな、といふ意味で、自分の衣の鶴の模様で、歌を歌ふのであります。鶴も鳴いてゐます、今日ばかりだと言つて感泣してゐます、といふ歌で、それが今日ばかりだと鳴いてゐると

聞えて縁起が悪く思ふが、昔の人はさうは思はなかつた。どんな事を言うてもその人限りであるから、こつちはどんなに自分には縁起が悪くも、相手を祝福した事になるのであります。

又、業平は清和天皇に仕へて後に、陽成院が位に即かれてから皇太后になられた天子の御腹なる二条后と、若い時に不審なかゝはりあひがあつたといふので業平を斥けて、二条后のみを宮中にすゝめたといふ話があります。二条の后との年の差は、とても差であると言うてゐるが、実はそんなに違つてはゐないでせう。二条后が大原野の社に参られた時、業平が近衛の役人としてお伴をして行つた時、爺さんみたいな顔をして詠んでゐる歌で、自分の愛人であつた人が高い身分になつてゐるので、半分ひやかして半分ほめてゐます。

それは、

　大原や　小《ヲ》塩の松も、今日こそは、神代の事を思ひ出づらめ（第七十六段）

で、をしほの松ををしほの山と伝へてゐる本もありますが、をしほの松に従つておきます。これは、をしほの山の神の精霊に代るのではないが、をしほ山の精霊に通ずる爺さんの気持で、昔語りをしてゐるのであります。そしてその山の出来た天地開闢の昔を思ひ出してゐるのでせう。私にはそれが訣る気がする、と爺さんぶつて言つてゐるのであります。実は、そんなに年が違つてゐると言うても、二十も違つてはゐないでせう。それよりも、寧ろ古今集にから歌つてある歌はあなたと私の交渉のあつた頃の事を思ひ出してゐる事でせうなど〻、ちよつと神まゐりの宴会の時にほのめかしてあるのであります。つまり、神詣りせられた時の、陪従《ベイジユウ》の宴会の時の歌であつて、さうした時は誰も若くても老人じみて作らねばならぬのです。それで、か〻る老人ぶりの歌と、老人の歌とを一緒にしてはなりません。

さうした様に日本の歌では「宴会」の古いことばで、「うたげ」の時の歌が、段々栄えて行くのであります。つまり、田舎の生活に於て、宴会の行に、その家を讃め、その家の精霊をほめ、主人をほめ、庭をほめ、田畑山林をほめたのが、すべて民間の歌となつてしまつたのです。それがだん／＼拡がつて、たゞでは絶対的の適応性を持つて行くわけにはいかないから、だん／＼その形を少しづ〻変へて行つて、その労働にふさはしい歌になつて行くのであります。殊にまう一つの歌束は、労働には呼吸と関係があるので労働にかなつた韻律を持つた歌になり、歌が分れて来ます。それで、韻律の中に労働の目的を露骨に含んで来るわけであります。そこで吾々の考へる労働歌が完成するわけで、歌をちよつと見て、これは臼引き歌、木挽き歌、木遣り歌、茶摘み歌など〻訣るものもありますが、中には自由に交換する処から訣らないものが多くあります。だから労働歌が出来る道に横たはる精神は、宴会の時に歌つたのだといふ気持は失はれない。それで何時でも宴会の時に復活させる事が出来る、それ程に、日本の宴会の歌は力強いものであります。神まつりの厳粛な座席が終つた後、座をかへてする宴会を、神道のことばで言ふと直会《ナホライ》といふ。次に饗宴《アルジ》が出て来る、これが一番歌の発達の歴史に考へられねばならぬのである。ところが御存じの通り日本の代々に亘つての社会の職業中で、宴会だけを司つてゐるものがあります。昔から言へばとね・とじとか、男年寄・女年寄とかいふもの、つまり、宴会を司る者がありました。殊にとじは宴会の指導者であつた。この意味の語が代々変化して指導者は、その家の主人（あるじ）の次に位するのであります。あるじを主人といふのは第二義で、第一義は振まひをする、饗宴をする、といふ事であります。それであるじ役をするといふ事であります。あるじ役をするものがあるじとなるのであります。ふるまひをする人はあるじであるから、正式のもてなしをする役は「あるじ」となる訣であります。次に主人の補佐は宴会の取り持ちをする役で、その家の主婦で、それがとじであります。併し「あるじ」と「とじ」とは実は夫婦であつても無くてもよいので、両者は宴会の取り持ち役と指導者とであります。宴会の取り持ち役と指導者とは別で、とじといふ役が宴会を司る役となります。これがしまひには遊女といふ階級を作つて行くのであつて、これは既に万葉に遊女といふものがあり、「遊行女婦」と書いてうかれめと読んでゐるものがあります。

うかれめとは、うかれ人の女といふ意味で、柳田先生の意見によると、諸所を遊行してゐる団体的のるんぺんの女が、「うかれめ」であります。日本の社会には定住してゐるものと、遊行して歩くものと二種類あつて、さういふものが平安朝の初め頃から次第々々に、あちこちに定住して来ました。そして今まで開けなかつた新開地、海河の渡り場、街道の駅と駅との間の荒野を開いて定住し、客を待つ処を作つて定住して来たのであります。ところが、さういふものが公に商売する様になつて来ました。これが専門の商売の出来る前にかもされてゐたのであります。

邑々にある「とじ」は、村の若い男達に露骨に性教育をする機関であつて、それによつて適当な女の子と結びつけてやりました。村によると悪い婆がゐて生息子生娘を結びつけることを好んだ。この結びつけをするのがとじの前形で、そのとじは村から立てられてそんな教育ばかりしてゐました。

そして、男女の自由の結婚を、神の前に正式なうたげをもつて、結びつける役がとじの役でありました。いはゞ、年をとると遊女も何もないが、婆となると男も持たずに死んだ。そして小野小町の様な話が方々にあります。小町は夫は持たなかつたといふが、夫婦の道を知らなかつたわけではない。嫁《トツ》がなくてもその教育をしてゐて一生をすごす人達があつた。さういふ神聖な職業をしてゐる、それが専門化しない遊女でありました。

宴会の席では盃をし歌を歌ふ、この形式がうかれめによつて固定し、専門化せられたのであります。

我国の民謡の歴史には、専門な演芸、職業として行はれる演芸もなかつたが、それがだんだん専門に近づいて来ました。つまり自分の経済の方便として行はれ、それがだん／＼盛んになり、さうした事によつて村から養はれてゐる日本の演芸的なものは、かういふ所から開けて来ると考へてゐます。これも説明しなければならないが、此位に切り上げておきます。そして、民謡は結局、労働の歌でありますが、労働の歌と言ふだけではいけません。労働の歌がわかつて、民謡の形式がわかるといふ事を申し上げたのであります。

ところがこの民謡は邑に留まつてゐるものと、あちらこちら国々を流動して歩くのとあります。そして後になる程これが激しくなります。近代になると、これが非常に甚しくなつて、汽車や新聞紙蓄音機、近頃ではらぢおによつて風の速さよりも早く感じられます。まうこんな所にも、と思ふやうな所に新しいものが入つて来てゐます。かやうにして地方から集まつたり、散つたりしてゐます。

古い時代の民謡の流れて行く有様として、東歌に入りたいと思ひます。

二　民謡の流伝

民謡は村里だけで留まつて孤立して栄えてゆく性質が充分あるのに、其処へるんぺんの如き流離してゐる種族が通つて行く。これは一遍通る場合もあるが、主として週期的に来るのが都合がよい。週期的に旅をする商人《アキンド》は、秋になると離れた土地へ前年頼まれた物を持つてゆく。あきんどは「あきなふ」「あきうど」、つまりあき（秋）を中心とした行為をするところから言ふのである。秋に関する行為があきなふである。あき（秋）は日本民族の生活と非常に複雑な関係があるから一口には申されない。毎年秋に廻つて来ることがあきなふ、それからあきうど、週期的に旅をするから、従つて利益を収めて行く。

ところが、それ以外にも旅をしてゐるものがある。一種の呪術信仰の力を持つて生活をしながら旅行してゐる。それ等は旅行する事によつて生活する事が出来る。漁猟《スナドリ》をし、狩猟《カリ》するものもあるし、信仰によるものもあつて、村人と異つた自分等の信仰を発揮し、村の為になつて村の方から礼を貰ふ。さういふ連中は恐しい威力を持つてゐる。村から見ると、さうした者は恐しいから早く行つて欲しいと思うて、居る中は丁寧に待遇する。彼等は歩いてゐるうちは生活するに困らないが、一定の所に居れば生活に困る。日本人の中にはある部分の者は見てゐながら考へずに旅行してゐた。併し、彼等は定住する事は知らなかつたが、定住してゐる者を見習つて定住する様になつた。遊女などは早くから勝手に宿場を開いて定住したが、それは永い間旅行した末の事である。今でもまだ定住しないものがある。それは山窩《サンクワ》とか河原乞食とかいふ様なものである。さういふ者が非文学を携へて歩いた。それ等のもの丶持つてゐる非文学は、ある点で似た処があり、ある点は違つた処を持つてゐる。旅をして歩くと非文学を供給して歩くが、自分達の固有のもの丶みでなく通る道すがらの非文学をまで携へて歩くので、これが彼等の大きな仕事となつた。万葉を見ても催馬楽のめ丶このとじの歌を見ても、古事記、日本紀の歌を見ても、海女の匂ひがあるのは、さうした海に関する種族、山に関する種族が非文学を持つて歩いた故である。その中でも、一口に言へば海女の持つてゐた非文学が殊に強く邑々国々に働きかけたものと思はれる。

つまり、邑々では今迄知らなかつた事を知つて来る。他所の邑や他所の国にあつた叙事詩物語がその国々古代の歴史であると思つて配達して歩く。物語類を携へて歩くので、その村々にそれが完全になり、又は断片的になりして残つてゆくのである。そして更にその村々の文学の養ひになり、邑々の文学はだん／＼発達してゆく。（今邑々の文学と言つたのは非文学の事であるが、之を文学と言ふ事を許して頂きます。）そして、日本の国には喧しく平安朝文学に言はれてゐる「もの丶あはれ」の以前に、既に「もの丶あはれ」が兆《キザ》してゐた。「もの丶あはれ」は日本の文学の指導精神である。之をはつきり掴んだ時に、日本の非文学が文学になつたのだ——此頃近い所で申したやうに、私も「浮かれ人」のやうで嫌ですが……。

万葉集を見ると、それ以前から、古事記や日本紀などに僅か残つてゐる話の、允恭天皇の御子達の間に起つた騒動が書いてあります。允恭天皇の皇太子とその御妹との間の同族結婚から起つた騒動のあはれな歌や物語が書いてあります。是が非常に諸国に流れてゐますが、それは海女が持つて歩いたのであつて非常に諸国に影響を与へてゐます。

万葉集の巻十五を見ると、その後の半分程はそればかりである。（半分は少し言ひ過ぎるかも知れませんが）三七二三から三七八五まで六十首程は奈良朝の盛んな頃の中臣の宅守《ヤカモリ》といふ人と、も少し身分の高い人だつた狭野《サヌ》ノ茅上《チガミ》ノ娘子《イラツメ》といふ人との不自然な結婚から起つて来た哀れな物語である。この時宅守は都を追はれて越前国へ流され、娘子は都に残されてゐて、悲しい歌を交換してゐます。日本にはこれ以前からかうした物が出てゐます。万葉集などに表れたのは実は僅かで、それ以前に多くあつた。この時分に歌を中心にした小説があつたのだらうか。文学的な小説が出来てゐるから、とにかく文学意識の豊かなものが出来てゐる事実は僅かであるが、ずつと以前からの影響があつたのだと思はれます。石《いそ》ノ上《かみ》ノ乙麿《おつまろ》といふ人は物部氏の本家故非常な豪族であります。この人が重婚して、それを禁ずる犠牲になつてゐる。それは昔の豪族の勢力争ひの犠牲になつたのであつた。そして土佐へ流されてゐる。その時の哀れな歌が断片的に残つてゐます。乙麿の作つた歌では無いやうであるが、乙麿の作として一首らしいが二首の形として残つてゐます。それから後になつても、譬へば平安朝時代になつてもかうしたものが残つてゐる。結婚をよそにして愛する人が遠くへ行つてしまつた事を悲しんで歌を詠んでゐるものがあります。乙麿は、万葉集にある歌はよい歌ではないが、衒悲藻《かんぴそう》といふ詩集を作つてゐる。歌は他の人、うかれめが作つたものらしい。歌は無茶であるが、詩はよいものであります。この衒悲藻も、ひよつとしたら後人の作かも訣らぬが乙麿の作だとしてあります。或は奈良朝時代の他の人が作つたのではないかとも言はれてゐます。

後になつても小野篁又は在原行平（業平の兄）の流された時の歌なども、その境遇に同情せられたと見えて残つてゐます。本当の空想の文学としては源氏物語で、あの中にも源氏が須磨に流された時の文章が残つてゐます。流された者も、不自然な結婚に災ひされて、それで遠くへ流されたものです。といふ所から貴族が遠くへ流されるといふやうな文学が発達するに到つた。

まう一つ例を申し上げると、源氏物語の帚木の巻を見ると、その中の挿話《エピソード》の一つに、ある男が博士の娘と結婚した話があります。娘は学問が達者で（紫式部や清少納言のやうに）、漢語ばかりで物を言つて男にいろ〳〵の事を教へてくれます。やがて交情の成立したことを娘の父が知つて、盃と銚子とを持つて出て来て、白楽天の大行の道といふ詩を歌つた。是は結婚の時の女の道を示した詩である。この歌を歌つて結婚の祝ひと、男に添ひとげてくれといふ歌を歌つてゐる。女の道はこんなに艱難な道である事を歌つた。こんな事は源氏の作者が始めて趣向して書いたのではなかつた。漢詩でなければならなかつたのだ。昔から日本の結婚には歌を歌ひながら仲立ちをするといふ事が、尚寧ろ歌ひつゝ盃を捧げて、あるじぶりするといふ事が古来行はれてゐたのだ。こゝに書かれてあるから是はこゝが始めてゞあるなどゝ早急に考へてはならない。それと同じ精神で違つた形を持つた前の形があるだらうと申し添へておきます。

三　あづま及び東歌

あづまといふ語は、或時代によつて違つてゐるが、いづれ、東国の一部分であつたに違ひない。何故あづまといふ語が起つたかと言へば、日本武尊が碓氷峠の御坂《ミサカ》に立つて、「吾妻はや」と仰せられた事から、「あづま」だと言ふのは、昔の物語の上からの説明である。それが正しいと信じたのは昔の人達である。今の人達はそんな風には思つてゐない。又それがあいぬ語やら何やら訣らぬ。日本の地名はあいぬ語で説明する事が出来るので、さうしがちである。神学博士じよん・ばちえらあ氏のあいぬ語辞典があるので、又あいぬは地名に関して非常に敏感であり、地名を創作してゐるが、無茶苦茶にあいぬ語を頼つてはいけない。説明しようとすれば何でも説明出来るので、日本の古代の神様の名前迄あいぬ語で説明出来ない事はない。併し、これは始めから間違つた態度である。説明は何でも出来るもので、吾々の姓名でもぎりしや語やらてん語で説明すれば出来る。併し、辞書にある語は死んだ語であるから、そんな事をしてはならない。併し「あづま」は本道はあいぬ語かも知れません。日本では自分の妻のことを「あづま」といふ。

「あづま」といふのは決つて居らぬ。関八州であるとか、坂東八州であるとか言ふが決つて居りません。坂東とは相模の足柄の坂から東の意味で、関東とは伊勢の鈴鹿ノ関から東の意味らしい。足柄の関から東の方だといふ事も言ふが、その語は近代の語でどうも鈴鹿ノ関から東の意味らしい。茲であづま及び東歌の話をするのは理由がある。それは東歌は日本の歌の本質の一面を説くのに最も大切であり、それと共に万葉人の生活を知るのにも最もよいからである。東歌を出したら話がよく纏まるでせう。

このあづまといふのは、ともかくもあづま人の住んでゐた処といふ事であつて、譬へば、熊野といふ処は熊野人の住んでゐる処であるといふ様なものである。熊野は紀伊国の中の南方と伊勢国の西南の方の海岸に拡がつてゐて、いつ迄も宮廷に叛いてゐた連中、即ち熊野人の住んでゐた処である。熊野人は出雲人の一部であらうが、熊野人が勢力ある時は、ずつと出て来るし、勢力が無くなればずつと引きさがつてしまふ。熊野人の勢力があつた時は紀伊国の殆ど全部、和歌山市の北にある紀ノ川の南岸あたり迄熊野であつた時もある。熊野人は国を得ればずつと勢力を張つた。神武天皇が熊野人を討たれたといふのでは無くて、本道の熊野には上つては居られなく紀ノ川吉野川に沿つて上つて居られる。それと同様に、あづまといふのは、東人の住んでゐた所で、あづま人は獰猛な性質を持つてゐて勢力消長の度が極めて激しい。だから、東人は宮廷の勢力が衰へると、ずつと西へ下つて来る。平安朝の初めにもずつと鈴鹿ノ関の近くまで進んで来てゐます。朝廷に帰服の歴史が新しいだけに、あづま人に対する恐怖は一番強いものであつた。都びと、つまり、旧日本の人々には一番甚しい恐怖であつた。その人達の住んでゐた処があづまである。申し換へますれば、あづまといふ処は、もと何処かに一ヶ所あつたに違ひないが、今は訣りません。さういふ処を中心にしてゐた恐らくあいぬであつたのでせう。或は都の方から行つた貴族も一緒になつてゐたかも知れません。支那からの帰化人も一緒になつてゐたかも知れない。

つまり、さういふ人達の勢力の消長によつて、出たり入つたりしてゐたに違ひない。だから、あづまは万葉集で見ると、西は遠江の国から東の限りはゝつきりしないが陸奥までを謂ふらしいが、西は遠江の国迄を称した時代もある。併し、東歌の編纂せられた時代に、遠江まで「あづま」の生蕃が来てゐたとは言へない。東歌は万葉集編纂以前に纏まつてゐたに違ひない。東歌は万葉集巻十四及び巻二十の一部分にあつて、これには新古の差があり、巻十四は何時出来たのか訣らぬが、奈良朝の中期より以前ではないかと思はれる。巻二十の東歌は奈良朝の末のものです。それで、その頃の東の生蕃が勢力を占めてゐたのは、遠江を限り、あづま一円に勢力を持つてゐたと言へませう。書物に書いてあるのは、書くまでに事実とは大変な距りがある事である。その間に数十年の間を考へなければならないから、その書物の出来た時に、遠江の国があづまとなつてゐても、あづま人が其処まで来てゐたとは思はれない。それで、とにかく、東歌が何故昔の人の注意を惹くやうになつたかといふ事は明日申し上げたいと思ひますが、尚まう少し申し上げて置きたいと思ひます。

第三　東歌の研究

一　東国の芸能

芸能といふ事は、先に申し上げた演芸の文学ばかりでなく、演劇ばかりでもなく、種々雑多なものを含めてゐるのであります。舞踊などの意味を多く含み易いが、さうではない。芸能を演芸位の意味に取つて置けばよい。

東国の芸能は、奈良朝以前から奈良朝以後まで持て囃されました。それは良いからといふのでは無く、変つてゐるからであります。真黒い土人の踊るふら〳〵だんすが持て囃されると同様に、変つてゐるから持て囃されたのであります。殊に日本の在来の、つまり、旧日本では東の国の芸能を要求する理由がありました。

東人《アツマヒト》が大和の朝廷に従つてゐる証拠に、宮廷へ奉つたのであつて東人の芸能が宮廷で奏される間は、宮廷に叛かないといふ誓ひになつてゐた。それは前に申し上げた事であるが、歌を奉り唱へごとを奉る事は、帰服を誓ふことであり、自分の国の歌にこもる守り魂を

――呪詞を――差し上げてしまふといふ事になるからであります。それで是を必ずさせなくてはならなかつた。又帰服する間は必ずした。歌ばかりでなく、それと共に舞踊は歌にくつゝいてゐるもの故、舞踊も捧げたものであつた。踊は歌の意味を表すものと考へてゐた。歌と踊と二つは関聯してゐます。それでその踊の事を、つまり、東人の威力の源である処のあづまの魂を宮廷に奉る意味に於て、東踊《アヅマヲドリ》を東遊《アヅマアソビ》と謂うてゐる。これは恐らく昔からあるべきものでありませう。これは平安朝時代からある語であるが、語が古い事であり、東遊を献上した歴史も古い事であるから、東に関係のあつた時代程に古い時代からあつたものでありませう。つまり、旧日本に行はれたと考へてよい。

「あそび」は鎮魂舞踊であります。魂を人の体にくつゝける為の舞踊があそびであります。東の国の魂を天皇にくつゝけるのが東遊であります。これは東人が宮廷に来て行つた。それと共にその舞踊と深い交渉を持つて離れないものが東歌であります。だが舞踊より歌の方が、早く文献的に残つて集められる様になつた。万葉集の巻十四は判然《ハッキリ》東歌と書いてある。東歌の一巻が出来たからといふ事ではない。巻二十はあづまとは書かずに、判然他の語で書いてある。それから後に万葉集が編纂される様になつた。万葉集が編纂されてから百年程たつて出来た古今集の、巻二十にも東歌が相当な数を連ねてゐる。だが是は疑ひもなく、歌と舞とが互ひに従属して行はれてゐたものと思はれます。更に後平安朝の中頃、音楽・舞踊が更に盛んになつて来た時である。一条天皇の時代に、略〻出来上つた――固定した――と思はれる東の歌があります。それは、東歌に深く関聯してゐた為にその歌までも東遊と言つてゐる。一体舞踊なら東遊、歌なら東歌と言ふべきであつて、委しく言ふなら東遊歌と言ふべきでありませうが、東遊歌といふのも可笑しい。東遊歌と言ふべき理由はない。東遊はごく僅かしか残つてゐない。そのごく僅かのもの丶中に、本道に東から来たと思はれるものは、文句は非常に少くなつてゐる。結局、東歌は踊の為、東遊の為に歌はれたゞけのもので、歌は主でなく踊が主であつたのであります。東の神楽の為の文句がごく少しと、それから後で都へ来てから附き添うた文句としか無い。その外はどうしたかといふと、万葉集・古今集の東歌、それ以外にも沢山あつたに違ひない。何故ならば、東には沢山国があつたから、それが都へ貢物を奉る時に、どの位東遊東歌を歌つたか、舞を奉つたか訣らない。その都度に奉られた歌は、どの位多くあつたか訣らぬ。舞の曲目も丶つと沢山あつたものでありませう。それがごく簡単になつて、平安朝中頃の東遊は曲目も歌詞もごく少し丶か残らなくなつた。舞の曲目が少くなつたと同時に歌詞も少くなつた。東遊の中には、東歌のものでないものが沢山あることを忘れてはならない。

東遊は国々によつて異つてゐる。それが宮廷に奉られて幾度も反覆せられてゐた。その中に京都の都になつてから、京都附近の大きな社で東遊を歌ひ舞ふ事を宮廷からお許しになつたのである。その後喧しい事が無くなつたから、後世には平安朝に許されなかつた社までも行はれてゐた。山城の加茂の社、石清水の社、摂津の住吉の社などで歌を使ふ時、こんな歌を使ふのだといふ様に、神を讃める歌が決つてゐた。求子の歌などゝいふ曲目は明らかに、社々によつて、舞は東の舞であるが、歌は東歌でなくなつた。社々に関聯して創作せられたものである。東遊のおしまひの歌に大比礼といふのがあるが、この大比礼も明らかに叡山の日吉《ヒエ》の社の歌が訛つて大比礼となつてゐるのだ。だから曲目がだん〳〵少くなつて、本道の意味の東歌が少くなつた。平安朝以後古今以後の東歌は大方無くなつてしまつた。唯東遊と関係の深い風俗《フゾク》歌（略して風俗《フゾク》といふ。風俗歌といふと誤解される。それは大嘗祭に悠紀・主基の国から、その国の風俗を歌つた歌が奉られるのでそれを風俗歌といふからである。）が残つてゐる。

風俗《フゾク》には東に関係無いものが少しあるが、大よそは東歌である。つまり、平安朝の初め頃から中頃へかけて東歌が多く入つてゐる。

もとより、短歌が民謡の原則であつたのは少い。平安朝時代は短歌が民謡の原則的な形でなかつた。奈良朝でも既にさうなつてゐる。勿論風俗にある歌は短歌の形からは関係の少い形の歌であるが、東遊よりもずつと沢山の歌詞を持つてゐる。この風俗は歌はれるだけで舞はれなかつた。昔は舞はれたが舞ふ事を忘れてしまつたものに違ひない。私の考へでは風俗とは「あづま風俗」である。何故かと言へば、東遊と違ふ処は舞はれなくなつた処である。舞ふ事を忘れられてしまつたといふ処に相違がある。平安朝時代の中頃まで東遊の形は風俗に於て見られます。それ以後は断片的に東の歌は見つかりますが、万葉集以後久しい間東歌として考へられてゐた中心の意味は無くなつてしまつた程、東人が旧日本の宮廷に親しみを持つて来た時代、つまり、平安朝の末になつて来た時分には、特別に東歌といふ名目を立てる必要は無いので、結局、どんなに長く見ても、平安朝中頃のもので、東人が長く宮廷に叛いてゐた時代のものであると思ひます。私はこの度はそこまで申してゐる事は出来ませんから、万葉集巻十四と、巻二十の一部とにあるもの丶お話を中心にしようと思ひます。

二　巻十四の歌及び防人の歌

東歌のお話を致します。巻十四・巻二十にある歌ですが、今から僅か三時間位しか無いから、詳しくする事が出来ません。いつも詳しく申しますが、詳しく申しますと、うつかりすると一首で一時間も費しますから、残念ですがごく簡単に話をしていつてみます。この中であなた方にごく関係の深い信濃の歌から始めます。

巻十四の三三五二をしてみたいと思ひます。最初に東歌と書いてあります。之は次に相聞が出て来ますから、東歌の雑歌の意味であります。もとは雑歌と書いてあつたかも訣りません。東歌とあれば雑歌であるのでせう。

しなぬなる　須賀《スガ》の荒野《アラノ》に、ほとゝぎす　鳴く声きけば、時すぎにけり

右一首は信濃《ヌ》の国の歌

文字の事を申すと時間がかゝるし、文字をうつかり使ふと間違ひを起しますから、文字の事を省きますが、申さなくてはならぬのは、すがの荒野《アラノ》と仮名をうつのは万葉仮名で「の」と読ます文字を宛てゝあつたからで、普通ならばあらぬと言ふ処である。併し、「ぬ」とのみ言ふとはきまらぬ。「の」と訓む文字を使つてゐる。既に万葉時代に、野《ヌ》を野《ノ》と言つてゐたことが訣ります。この例は巻五の山上憶良の歌にも、その外の人のにもあります。「ぬ」と「の」と両方使つてゐたものだが、時代の新しくなるにつれて、「ぬ」よりも「の」が使はれて来たのであります。併し、一方に「ぬ」と言つてもゐました。五十音のお列とう列とでは口の開きが違はない。唯口の開きが大きくなればお列になり、小さくなればう列となる。それで「の」と「ぬ」とは、大して音の価値は違ひません。「信濃なる　須賀の荒野に、ほとゝぎす　鳴く声聞けば、時すぎにけり」この歌などは大して問題はありません。菅の荒野といふ処は何処であるか訣りません。それはどうでもよ

い事であるが、歌を本道に鑑賞するには、地名もよく知つての上での鑑賞でなくてはなりません。大ざつぱな、英雄的な鑑賞をしてはいけません。さういふのは次の時代をも待たずに滅びてしまひます。出来るだけ、一首の歌でもこまかく読んでいつて頂きます。只今では菅の荒野は東筑摩西筑摩の境になつてゐる宗賀村といふ説が一般に有力な説になつてゐます。がそれも別に何も証拠があるのではありません。信州の人から言へば、桔梗ヶ原の続きだから菅の荒野といふと適切であると思はれるかも知れません。昔は信濃国の大部分が荒野であつたのです。あらのも、本道は荒れ果てた野でなく、地名だつたといふ説が有力です。この荒野に対しても、地名の引張りつこがある名前だと知つて頂きたい。どれも正しい証拠は出て来ない。調べなくてよいといふ事ではありません。荒野は、つまり、開墾しない原野といふ事だが、昔の人の野といふのは、里の外の野山をこめて野と言ふ。もつと吾々の話に引き寄せてすれば、里の精霊の棲所《スミカ》といふ位の感じを持つてゐる野である。吾々の感ずる野ばかりでなくて、野山をかけて野と言ふ。荒野と言はなくても大抵は開墾されてゐないのを野と言ふのです。「菅の荒野で、ほとゝぎすの鳴いてゐる声を聞いてゐる時に考へると、嗚呼、時が過ぎた事だ。」といふ意味の歌です。すべて、散文と律文とは違ふから、律文を読む時は、気分を言葉で補はねばならない。補ふには、時として、言葉で訳して表さなくてはなりません。

万葉集では、ばは「時に」とか「所に」とか訳すと適切であります。すると、この「荒野に」のにといふ語は「荒野でほとゝぎすが鳴いてゐる」といふのか、「ほとゝぎすの鳴く声を、菅の荒野で聞いてゐる」といふ事か、どちらかは、作者を引張つて来なくては訣らぬ。又は引張つて来ても訣らないでせう。人間は書く時に、さう吟味しては書かないからです。

併し、そんな事は詮索の必要無し、気分だけで訣れば良い、とするのは英雄的な解釈でよろしくない。国語を使つてゐるのだから、国語を吟味しなくては学問も出来ぬし、歌も作れません。ほとゝぎすが菅の荒野で鳴いてゐるのか、菅の荒野へ来た時ほとゝぎすの声を聞いたのか、どちらか訣らぬ。私は作者でないから訊かれても訣りません。かういふ処を、どちらかにきつぱりと決めることを歓迎する人が多いが、決めるは易いが、決めるよりもそれから以上は受け取る人の自由にまかせる事であります。

とにかく、旅人が菅の荒野へやつて来た。その時にほとゝぎすが鳴いた。ほとゝぎすが鳴くといふのは、夏が来たといふしるしで、まう時が過ぎたといふ意味である。支那の暦ではまづ郭公《クワクコウ》が鳴いて、それから不如帰《ホトヽギス》が鳴く。不如帰が鳴くと五月が来る。田植ゑをしなくてはならぬ。と、昔の人は大ざつぱな農家の暦を決めてゐた。だから、旅人が菅の荒野に来て不如帰が鳴いたのを聞いて、春になつたら帰ると約束したが、まうこんなに夏が深まつて、国へ帰る時が過ぎてしまつたと感じてゐるといふ歌でせう。普通にさう説いてゐます。それで大体良いと思ひます。この歌でもさういふ風に感じてゐるが、この歌の出来たもとは違ふかも知れません。平凡な話になるが、不如帰は、もとは田植ゑを促す鳥である、不如帰が鳴いたら、田植ゑをしなくてはならぬといふ事をよく考へてゐたのでした。

いくばくの　田を作らばか、ほとゝぎす　しでの田長《タヲサ》を、朝な朝な呼ぶ（古今集巻十九、一〇一三）

ほとゝぎすが、てつぺんかけたかと鳴いて通ると眼がさめる。それで、しでの田長を毎朝呼び立てゝゐる。田長は田を作る指導者である。田長の上にまう一つ田の持主がある。その人が喧しく田長を起して廻るのであると、不如帰を諧謔《シャレ》て言ふのである。古今集あたりでもなか／＼農村に関係のある歌が残つてゐる。それが良い歌といふ事ではない。その時分の都会の生活は正しくない。伝統のある生活の歌は農村に多い。都会の生活を詠んだ歌は、単なる騒がしい歌である。山村の生活が伝統ある生活である。その山村の生活を正しく見つめてゐる歌が良い歌だとは言へる。

昔は、本道の暦は喧しく言はなかつたから、この歌などは、本道はほとゝぎすが鳴いて夏になつたから、そろ／＼田植ゑの仕事をしなくてはならぬといふ、労働を促した民謡労働歌だつたのだ。それが諸国を流れて行くうちに、流れの先々で妥当性を帯びる為、その地の名前を附けてしまふ。「お医者様でも　草津の湯でも……」といふ、まう流行らない唄があるが、これは、古くは「お医者様でも　有馬の湯でも……」であつた。この歌などは、才能のある人は、すぐ何処へでも温泉のある処へ持つて行つた。かうした歌は民謡の一種類で、さすらひ人の持つて歩く歌で、地名を変へて根を下ろすと、そこへ栄える事が出来る。恐らくかうした歌も信州の歌とは限らぬが、信州へ根を下ろせば其処のものとなり、そこのものは出来て、他の者は滅びてしまふ。だから、民謡は地名のある事が大切であつて、地名によつて適切に感じられる。地名を附け変へる事によつて、その土地に根を下ろす事が出来る。菅の荒野の歌も、信州に起つたものか、よそから来たものか訣らぬが、信州のどこかで歌はれた時代があつたといふ事は疑はれない事実である。だから第一の意味はさうに決つてゐるとは申されないが、きつと荒野といふ様なまだ開墾されない意味の語も入つてゐたのに違ひない。それに不如帰に関する連想が入つてゐるし、「時過ぎにけり」は農村の農を勧める歌であり、農民が皆思ふ田の仕事につかねばならないといふ感じを持つた歌であるとも思へる。荒野を荒れた野といふのは、後の漢学者の言ふ古臭い事です。歌はれてゐるうちに信州に根を下ろすと、誰が見ても都から来た旅人が、須賀の荒野を通る時不如帰が鳴いた、国へ帰る約束の時が過ぎたと感じた歌といふ事になる。歌の意味は流動してゐるが、民謡は殊に流動してゆく。民謡は始めから意味は固定してゐない。それがだん／＼固定してゆくのである。

例を他の歌に取るが三三四八の東歌に、

夏麻《ナツソ》ひく　うなかみがたの　沖つ洲に、船は留めむ。小夜更けにけり

この歌の夏麻ひくは「うな」の枕詞であつて、うなかみがたは、上総の、後《ノチ》のうなかみ郡《コホリ》、昔はうなかみの国と言つた処で、この時分の人は、国といふ称号を廃して郡にしようとする政府の命令によつて、仕方なく郡として来たが、郡は小さい感じがするので、小さくするのは残念であるから、国とも言へず、郡とも言へぬのは業腹《ゴフハラ》であるから、昔から使はれてゐた国郡の中間の「県《アガタ》」といふ語を使つたのである。それが、偶然海の側だから、遠浅の「潟《カタ》」を書いて、普通からいふ風に潟に解釈するが、実はさうではなくて、郡の意味である。

「うなかみがたの、その沖の方の洲で、私の乗つてゐる船は今晩此処に寝泊りする。船がゝりをして泊る。あゝ夜更けてしまうたことだ。」といふ意味の歌である。この歌は何でもない歌で、何のことなしに詠んでゐるが、詠んでゐるとだん／＼年と共に深く感ずる歌である。

うなかみがたの沖つ洲に乗りあげて、一層今晩泊らうとする洲が見えてくるでせう。海岸の地の灯も見えないでせう。昔の事だから訣らないが、大体は知れる。沖と陸との間に暗

い海があると、さういふ距離の観念も大体は知れる。同時に船を泊めようとする静かな気持も、反省する気持もよく出てゐる。この歌はこのまゝ文学的な歌である。この歌を作つた人が、果して文学的な意識を持つて作つたかどうかは訣らぬ。歌の中には、時代の経つにつれて新しい見方で見られる歌とさうでない歌とある。この歌が今日から見て吾々の心を刺戟する所のあるのは、文学的な故である。併し、昔からこんな考へで作つたかどうかを考へる事は無理である。万葉人は昔から文学的な、満ちたものを持つてゐた、などゝ盲信してはいけない。「痘痕《アバタ》も笑くぼ」の様に見てゐてはいけない。そんな見方をすれば古今集を見ても絶大なものと見れる。古今集からもつと下つて香川景樹の歌を見てもさうであり、「鰯の頭も信心から」といふ事があるから、それと同じ事になつてしまふ。本道に見て良いものを良いと見なくてはいけない。多くの歌の中には、時代と共に変つてゆくものもあるし、時代に従《ツ》いてゆくものもあるし、落ちるものも多くある。「夏麻ひく……」の歌は、この歌の行はれてゐた時代には非文学だつたでせう。併し、今から見るのに、静かな夜の海の光景を思ひ浮べずにはゐられない。万葉集の、

われのみや　夜船はこぐと、思へれば　沖べの方に、楫の音すなり（巻十五、三六二四）

俺ばかりがこんなに夜の船を漕ぐと思つてゐたら、ほつと思ひがけなく沖の方で楫の音が

する、といふ歌です。楫とは艫《ロ》とかぼうとのおゝるとかいふ様に一ヶ所定着してゐるものである。こんな歌になると、どうにも文学味を感じないではゐられない。

ぬば玉の　夜の更けゆけば、ひさぎ生ふる　清き河原に、千鳥しば鳴く（巻六、九二五）

これは山部赤人の歌で、近頃でも非常に騒がれてゐる歌であるが、騒がれてゐる価値のある歌である。ひさぎは、木さゝぎだといふ説が有力である。ひさぎ生ふるは、昼間見ておいたので夜は見えぬが、何時見たのでも構はぬ。千鳥が頻りに鳴いてゐる。かういふ歌になると誰でも文学的だと思ふ。奈良朝の文学で時代の先駆者になつてゐる赤人の歌だから、どんな歌でもだん／＼文学的になつてゆく。私は、しば／＼書きましたが、日本の歌の深みのある落着いたのは、夜の歌から開けて来るのである。だからさういふ風にいろ／＼考へられる。少し外《ソ》れましたが、今度の話は、万葉の漠然とした概念を、いろ／＼の意味から取つて頂けばよい。その様に、「信濃なる　すがの荒野に……」の歌を、吾々は文学的に受け取るが、昔の人には一種の非文学だつた。非文学であつたが行はれるに就いては、何か心を打たれたのであらう。人間は出来るだけ自分の心を打つやうに取り扱つてゆく。そして、何でもなくても自分の心を咬り、泪を咬るやうに取り扱つてゆくものである。自分が嬉しいやうに感じてゆきたい風があるものである。「時すぎにけり」の歌でもさうで、昔は農業の時期が過ぎた位であつたのであらうが、旅から帰つて妻子に逢ひ、愛人と逢ふと約束しておいたが、時が過ぎて、まう夏になつてしまうたと、次第々々に欲する所にむいて来た。

相聞の方の信濃の歌が尠い故、お話してみませう。三三九八、三三九九から三四〇一までの四首は信濃の歌であります。

人みなの　言《コト》はたゆとも、埴科の　石井の手児が、言な絶えそね（三三九八）

信濃道《ヂ》は　今の墾道《ハリミチ》。刈株《カリバネ》に　足踏ましむな。履《クツ》著《ハ》け我が夫《セ》（三三九九）

信濃なる　筑摩《チクマ》の河の　細石《サザレシ》も、君し踏みてば　玉と拾はむ（三四〇〇）

中麻奈に　浮き居る船の　漕ぎ出なば、逢ふ事難し。今日にしあらずば（三四〇一）

先づ初めの歌に就いて申しますと、「人みな」と「みな人」とは同じで、すべての人をいふ事であります。平安朝時代になると、「みな人」と「人みな」との区別を立てようとするが、それは根本が違う。ことは絶ゆといふのは、自分に話をしかけることが絶える、といふ事で絶交するといふ意味である。絶ゆともで、今は絶交しても苦しくないが、といふ事になる。田舎の生活に就いて考へると、村の生活では、絶交されたら苦しい生活である。田舎の人では「村八分」にされると生きてゐる甲斐が無くなつてしまふ。つまり、一番苦しい事を出して来たのである。絶ゆともで、はつきり切れます。すべての人の言は絶ゆとも、何とも思ふまい。絶交されても構はない、と切れてゐます。埴科の地域は今の埴科郡に当るでせうが、その中心が埴科であらうが、石井といふ果してそんな村があつたかどうか訣りません。小県にも石井といふ地名がありますが、そんな事には苦労しないでもよい。村の何処かに、岩があつて、その中に清水を湛へておく事があり、よそから水を引いて来た事もあつて、その水を湛へてある場所が井であり、それが石井であつて、それが偶然に地名になつて石井といふ村になつたり、小字になつたり、又は消えてしまふから訣りません。此処はどんなに考へても訣りません。

埴科の石井の手児と書いてあるから、地名の様に思へるが、さうではありません。昔から水の湧いてゐる所へは村の娘が集まつて来るのである。今でも伊豆七島へ行つた方は御存じでせう。大島・小笠原・沖縄・琉球列島へ行くと、よくこれが訣ります。村に清水の湧く所が非常に尠い。清水を取る為には、地べたの表面から、半丁も下つて汲んで来る。村の女が朝出て行つて、競争的に水を汲み、無くなれば又水の湧くまで待つてゐて汲んで来る。潤沢に水の湧いてゐる土地もありませうが、さうでない処もあつた。

村の泉は村の乙女の共同の寄場《ヨリバ》である。村の男は清水の汲み場を注意してゐる。だから埴科の石井の手児といふ言葉などが出て来るのです。併し、石井は地名でなくても不安ではない。これは水汲み場の娘といふ位な事になる。それは水汲みが娘の重大な仕事であつたからです。てことといふのは、後には五人組の頭とか、村長、戸長、それもをかしいがそれに近い意味に使つたが、昔はてことは娘といふ事であつた。この頃都では既に、赤ん坊の意味になつてゐた。「自分は赤ん坊ではないのに――てこにあらなくに――てこに恋ひ焦れて泣いてゐる」など丶使はれてゐる。あづまでは古い語の意味を持つてゐる。都よりずつと古い語の意味を持つてゐた。都では訣らない古いのが、あづまの歌で訣る。だん〳〵古い語が新しくなつて来る。自然、単語が組み合されて出て来る語で感じが古い。田子の浦の話に、昔は「てこの浦」と言つてゐたといふ。むからには「手児の呼び坂」といふ坂がある。男女が忍び逢つてゐた所が、娘が土地の精霊（鬼）に捕られた。その時、娘が声をあげて男を呼んだ。それで、そこを「てこの呼び坂」と言ひ、後には変つて、「田子の呼び坂」と言はれる様になつたといふ。万葉集で有名な、「真間の手児奈」といふのがあるが、これは「真間といふ処の娘」といふ意味である。真間の井といふ水汲み場で水を汲んでゐた娘であつた。「手児奈」の奈は語尾である。水汲み場で水を汲んでゐる女を男がぬすみ見してゐたのだ。「埴科の石井のてこ」といふ語も同様にして出来たものである。昔は男と女と毎日顔を合せてゐなかつた。だから、村中の人が私に絶交しても何とも思ふまい、唯、埴科の石井の手児の語が私に絶えるな。石井の手児よ、お前は私に絶交してくれるな。私にいつまでも交渉を絶つてくれるな、といふ意味にとれるが、そんな悠長な事を言うてゐられない。お前と交渉したから村中のすべての人が絶交してもお前だけは交渉を絶つてくれるな、といふ意味の歌で、心の中で祈つてゐる心が訣る歌である。「な絶えそ」は訣りますね。古い語では其所へ「ね」を添へて「な絶えそね」と言ふ。絶えるなよといふ位の意味である。非常に単純で直截な歌である。併し、この歌が本道にあつた歌だと思ふと間違ひである。名高い伝説を使つて歌ふ伝説的叙事詩的な味を持つた歌である。之を歌へば誰でも共鳴する。今は居らない女を思ひ浮べて、昔こんな女があつたといふ事から、空想的に宴会で今の人が歌ふと、皆よろこぶ。真間の手児奈は居つたか居らなかつたか訣らぬが、下総で歌つてゐる。石井の手児も、今あるかの如く歌つてゐるが、実在の女でなく、昔物語の女を題材にして歌つてゐるのである。今、小野小町のやうな女があつて、かく歌つてゐるのと同じで、小野小町のやうな女が居つて、俺の思ふやうになつてくれゝば、俺はまう死んでもよいと歌つてゐる様なものである。私共ではこんなに直截には言へない。さう言へば、今の吾々にとつて、非常に非文学になるが、なに、昔は皆非文学であつたのです。実際の歌だとしようとして、恋してゐる男がこんな歌を作つたのだと、歌を保護するとすれば学問は要らない。本道に男と女と恋して、さういふ様にくづして言ふならば学問も何も無い。万葉宗といふ宗教である。さういふ中途半端な事はいけない。良い歌は良い歌、中等の歌は中等の歌、悪い歌は悪い歌とするがよい。この歌に表

れてゐる直截な所は否定出来ない。三三九九の歌、

信濃道《ヂ》は　今の墾道《ハリミチ》。刈株《カリバネ》に　足踏ましむな。履著《クツハ》け　我が夫《セ》

この歌は歴史的に名高い歌である。奈良朝の聖武天皇の時代に、古い神坂の道（信濃へ入る道）が開かれた。この街道を信濃道といふ。同時に信濃道は、信濃地方の意味を持つ事もある。海道を信濃道と言ふのは本道は不適当であつて、海道は往還の道を言ふ事である。万葉のを見ましても、もつと古いのを見ましても、道を地方とも言ひます。この信濃道はどつちとも決まらぬが、一つの意味で信濃街道、もとは神の御坂を越えて信濃へ入つたので、あの道はなんぼ修繕しても壊れる為、官庁でも困つてしまつて、木曽道《ヂ》を開いたのでせう。吾々から見れば開くのは厄介と思ふ木曽道を本道にして、御坂を廃道にしたが、新しい道は遠いので、昔の人は近い道があれば少しは危険でもそれを通る。古い道の方が近いから道といふものは新道が出来ても古くても近い方が用ゐられます。木曽道が開かれて後でも、御坂《ミサカ》の道は人が通るので、修繕したりして一時復活してゐます。本道の廃道にはならないのです。ところで、「信濃道は今の墾道」といふのは、大凡木曽街道の事を言つてゐるらしい。或はもつと外に解釈出来るかも知れません。いまとは新しいといふ事で、「新規な」といふ位な名詞です。「今」のいまではない。新規な所の開墾した道で、開墾ははるであります。地名にある、はりた、はる何等といふ所は開墾した土木した処です。は

りは土木事業をする事で、はりみちは新規に開いた道である。それでこの歌は大体聖武天皇時代に出来た歌だ、とかうまあ鑑定出来るわけです。だが大凡之を中心として、東歌には、古い新しいはあるけれどその時分の歌も入つてゐる事が見当が附く訣である。

「刈株に足踏ましむな」と、普通には言つてゐるが、佐佐木信綱さんの元暦校本に拠つたのには、「足踏ましなむ」となつてゐるので、単に新しいといふだけでは採用しないが、それに拠つていきます。之はむとなと最後が反対になつてゐるが、誰しも本を作るには変つた事をしたいものです。岩波文庫のこの本は、石橋を叩いて渡るやうにしてあるのだが、やはり私はそれに拠つていきます。併し、「足踏ましなむ」は、どうも新しすぎていけない。足踏ましなむは、足踏むといふのは、足を載せるとさう違いはない。まあ、足を載せるといふ事は歩くといふことですね。

「刈株を踏みつけてお歩きになるでせう。刈株の上を踏みつけてお歩きになるでせう」と、かう訳してよいでせう。足踏ましなむは、元暦校本に拠つて何故採つたかと言ふと、踏ましむなといふ普通の書き方はちよつと工合の悪い事があるからである。

この時代（奈良朝時代）にはすといふ敬語があつたが、しむといふ敬語は使はれてゐなかつた、といふ学説がある。平安朝時代にはしむといふ敬語を使つてゐます。「ゆかせ給ふ」といふ事はあつたが、「ゆかしめ給ふ」といふ語は無かつた。「人をしてゆかしめ給ふ」はあつたが「御自身ゆかしめ給ふ」は遣はなかつた。踏ましむなといふと、しむが敬語に当らねばならぬから工合がわるい。刈株の上をお歩きなさいますな。足を踏ましむな。足をお踏みなさいますな、といふので、それで、元暦校本は踏ましなむ故その字の使ひ方を採つたのだが、しかし、これではどうも調子が新しい。

私は二通りに、「足踏ましむな」を助ける事が出来ると思ふ。それは、足をお踏みになるでせうは新しいもので、良いか悪いか、新しい説なら何でもよいと思ふのはいけない。新しくてもよいが、悪いのに賛成しない方が宜しい。ましてえらい人の説なら従ふ方が当然であるが、併し、古くからある説がどの位しつかりしてゐるかを今一通り考へて見る必要がある。近代の学者は本を読む時間が少い。本を読むより、本を書いて売つた方がよいからである。昔の学者の心持ちで考へることが必要である。佐佐木さんの説がどうのかうのと言ふのではない。佐佐木さんの説でも子供の説でも、良いのなら採るべきであるが、本道によく考へなくてはならぬ事である。足踏ましむなと言ふ理由はある。古事記の中から一例を挙げると、允恭天皇の御子達二人が、本道の兄妹でありながら、皇太子とお姫様と恋されて、皇太子は伊予の道後へ流され、お姫様は都へ残ることになつた話がある。その時、姫が皇太子に贈つた歌に、

夏草の　あひねの浜の　かきがひに、足踏ますな。あかして通れ

この夏草のは枕詞です。あひねかひねか地名の枕詞ですが、「あなたの行かれる方にあると聞いてゐる砂浜の上に、かき貝が沢山散らばつてゐるさうな、そのかき貝の上をお通りなさいますな、夜を明してからお通りなさい。」といふ意味の歌ですが、これが姫の作かどうかは少し疑問です。さういふ言ひ方は、必しもその歌が源でなく、その歌以外に、違ふ歌が多く出来てゐて、それがこの歌を刺戟してゐる訣であつて、その歌の方が古い歌である。歌が多く出来て来ると同じ系統でも少しづゝ変化して来て地名を入れたり、色彩を変へたりして来る。一方では「足踏ましむな」と言つてゐるし、一方では「足踏ますな」と言つてゐるので同じことである。根本は同じで、「足踏ますな」と、「足踏ましむな」とは同じことである。敬語にしむを使つてゐない、といふのは今の文法家の研究が足りない故ではないか。珍しいといふのは書物に例が少いといふ事である。書物が昔あつた事を書いてあるならば、万葉にしむといふ敬語を使つてゐるのがいけないといふ事は、少くとも古い書物が昔あつた語の使ひ方を皆書いてゐるのだといふ事を決定《キメ》なくてはならない。併し、書物に残つてゐるのは何億万分の一にも足らぬ故、今残つてゐるものを調べて昔の残るものを補ふ学問が起つて来る。

まう一つ考へなくてはならぬ事は、「足踏ましむな」のしむが敬語でなければよい。足踏ましむな、といふ風に解釈するから問題が起つて来る。敬語は古い時代のものは、さ・

し・す・せといふ敬語の形があり、それがせ・し・す・する・すれの形に変つてゆく。万葉集では二通りの使ひ方がある。万葉集・古事記・日本紀を見ると、その中には、もつと古い敬語の形がある。それは最初にしが出て来て、それからし・し・すといふ形は僅かにあるらしい。やすみしゝといふのはこの系統の語であるらしい。

万葉の古い形からすれば足踏まさむなであり、後に足踏ませむなとなる。このなは感動の助詞で、足をお踏みになるでせうよといふ意味で、なはよといふ感動の語である。まう一つ古いと、足踏ましむなといふ形があり、このしむは普通のしめといふ敬語でもなく、使役のしめでもない。足をお踏みになるでせうよ……恐らくこの方でありませう。これが第一、第二、第三、であつて、第一は踏ましむな、第二は足踏まさむな（よ）、第三は足踏ませむなで、古い歌だからさうなる。第二はさ・し・す・せ、第三はせ・し・す・する・すれとなつてくる。万葉集にも古事記にも残つてゐないこの古い形が、東歌に残つてゐるのです。都人なら足踏まさむな、足踏ませむなといふところであるのに、東人は古い語で足踏ましむなと言ひ伝へてゐたのです。足踏ませむなと足踏ましむなとは同じ事だが語格は踏ましむなの方が古いのである。普通の正しい使ひ方で直したり改めたりしないで、古い語格で説明出来ればそれでよい。元暦校本は古い本だが写本である故間違ひが無いとは言へない。万葉集の写本は、万葉集が出来てからうんと後に出来たのであるから、どんな古い本でも間違ひがある。元暦校本にも間違ひが多くある。この本に拠るのもよいし、どちらでもよいが、成るべく変へない方がよい。この本に出てゐる説明なども恐らく「足をお踏みになるでせうよ」の方が正しいでせう。「足踏ましむな」の形で二通りの説明をして置きます。足踏ませむよと足踏まさむよと同じ感じになりますから、それにしておきたいと思ひます。

かりばねといふ語は訣らない。かりは刈りだがばねが訣らない。開墾した所だから竹や木の刈り株が残つてゐる事だらう。古い株だと思ふから刈り株と訳してはあるが、もつと方言の研究が進めばこのばねも訣つて来るかも知れません。「信濃道は新しく開墾された新規な道だから、刈りくひの上をお通りになるでせうよ。だから履《クツ》をおはきなさい。」といふ意味です。昔の人は余り敬語を使はない。平安朝時代あたりから敬語を多く使ふ様になつて来た。宣長の古事記伝には敬語が多い。敬語さへ使へば間違ひがないと思ふが、貴族でも都会でも田舎でも使つては敬語が間違へられてしまふ。実は履著けで敬語の感じがある。敬語を無茶に使つてはいけない。我が夫《セ》は男の事である。勿論、愛人、弟、主人の事にも使ふ。

此処の履《クツ》は藁靴であるから草鞋《ワランヂ》である。わらぐつがわらうぢとなり更にわらんぢとなつたのである。草鞋は今の草鞋ではない。今の草鞋に近いものである。それこそ出来たてのほや〳〵の道だつたから、これは、きつと労働歌でせう。信濃道を開墾してゐる人、土木の事にたづさはつてゐる人の歌であらう。愛人を胸に浮べて歌つて喜んでゐる。「そんな事言うてくれる女が、あつてくれゝばよいがなあ。」と思ひ浮べて溜息をもつて歌つてゐるのである。だからそんな女が居つたのだといふのは間違ひです。今度は三四〇〇の歌、

信濃なる　ちくまの川の　細石《サヾレシ》も、君し踏みてば、玉と拾はむ

万葉集にさゞれしと書いてさゞれいしと書いてはない。さゞれいしでなくもさゞれしで訣る。さゞは小さい、細かい意味でれがついて確かになる。音が変つてさゞらいし、さゞれいしとなる。これは今ある千曲川である。「信濃なるちくまの川の……」ちぐまと濁つてよいか濁らなくてよいか、それは、どちらでもよい。南信がつかまの郡《コホリ》、北信がちくまの郡であつた。北信のちくまの川のさゞれ石は何の価値《ネウチ》もないが、沢山ある千曲の川のさゞれ石も、あの人が踏んだら、玉と拾ひませう。あの人がこの石の上を通つたと思へば、いとしい石だと思つて拾つておきませう、といふ歌である。君しはあの人が、であつて、しが緊張させてゐる。其処をさへとまで言へばまういけない。あの人が踏んだら、玉と拾ひませう。あの人が通つたのだと思へば、この石もいとしい石と思つて拾ひませう。これは、あの人が踏んだらで、踏んだからではない。が真の意味は踏んだからといふ意味である。あの人の霊魂がついてゐるのだからと考へて、玉と拾はむは玉と拾はうの意味を表す。玉

として拾ひたい、のだが玉と拾はむ、と言ふより仕方がない。現実の思想と文法的に表したのとは矛盾がある。思想は自由であるが、文法は固定があります。文法的に表さねばならぬので、思想が拘束される。拾はむ、と言ふ以上は確定したもので、君し踏みてば玉と拾はむ、とすれば、玉であるならんと想像希望の様に将然形で言はねばならなくなつて来る。人間の語は不自由で、形式に束縛されるのです。あの人がお踏みになつた石だから、いとしい石と思うて玉として拾はう。拾ひたいといふ事ですが、文法的に言へば、「あの人が踏むとしたら玉として拾はう。」といふ様になつて、文法は不自由です。「拾ひたい」といふのだが、「拾はむ」とするより仕方が無いのです。三四〇一の歌、

中麻奈に　浮き居る船の　漕ぎ出なば、逢ふこと難し。今日にし、あらずば

中麻奈の地名は訣らない。湖水か沼か、信州の千曲川の一部分か、それともどこかの湖水か、とにかく訣らない。訣らぬのは訣らぬとして置くが、まだ考へれば、又説明つければ訣る。訣つた方がしつとりと心に落ち着いて来る。心に映つて来る。歌詠みは鑑賞以外に歌を詠むのであるから、鑑賞のみで詠むのではない。

この歌は中麻奈といふ処の水面に、浮いてぢつとしてゐる船が、漕ぎ出たなら、これから先は逢ふ事は難しい。とても逢へない。今日にしあらずばは、今一度繰り返して、今日でなければ逢へないだらうから、今日是非逢ひませう、といふので、どうしても、今日にし

あらずばを独立させなければならぬのです。今日是非とも逢ひませう、といふ事になる。文法的に条件が具はつて居ればよい方を採るのが本道である。今日是非逢ひませう。今日でなければ逢へない、といふ文法の倒置だ、と解釈しては歌が死んでしまひます。静かに味はうて見れば訣ります。さうした場合は、正しく鑑賞する力は文法の組織観念を動かして来る。「中麻奈に　浮き居る船の　漕ぎ出なば、逢ふこと難し。今日にし、あらずば」この歌を歌ひかけられてゐる人が、船に乗つて出かけようとしてゐる様に思へるでせうが、私はさうで無いと思ひます。万葉の序歌は、どうも不適当である。中麻奈に浮いてゐるあの船が漕いで出る、その様に、俺が出かけて行つたら、といふ事で、その事はこの歌の形では、今の自分達には承知出来ない、が序歌で、出て行つたら逢ふ事は難しい。それで今日は是非逢はうといふ歌である。万葉集が好きなら責任がある。義務がある。さういふ人は読むことが大切である。註釈書を読む事ではない。万葉の歌を読むことである。現代的に解釈すればよいといふ事ではない。万葉の気分で万葉の歌を味はへる様に練習する事が大切である。現代の人は、現代の気分で万葉を味はへばよいと言ひますが、それはいけない。鰯の頭を持つて来て感心してゐればそれでよい。万葉集の序歌の使ひ方を理解して、理解だけでなく、生活内容にし、その気分の中に溶け込む生活をするのでなくては万葉は訣らない。文法など機械的に覚えたゞけでは何にもならない。頭にすつかり溶け込んでゐて、する〳〵と出て来る様にならねばならぬ。この歌では、「漕ぎ」までが序歌で、「中麻奈の水面に浮いてゐて、ふら〳〵漂流してゐる船が漕ぎ出る様に、俺が出かけて行つたら逢ふ事が難しい。だから今日是非逢はう。」とすると男の歌である。文法的に解釈すると女の歌の様に思へるが、逆に旅に出かけてゆく男の歌ととる方が良い。

それから、万葉の中には国の訣らぬ歌が沢山あります。国所を考へてゐない歌がうんと(半分位は)あります。大体は東歌の中には国の訣らぬ歌は未勘国の歌として挙げてあります。つまり、この三四三八から終り迄、未勘国の歌です。何処の国か考へざる歌、考へられぬ歌で、だん〳〵考へると国の訣つて来る歌が出て来ます。その中でも譬へば、三四九四の、

　児持山　わかゝへるでの　もみづまで　宿《ネ》もと吾は思《モ》ふ　汝《ナ》は何《ア》どか思ふ

これは、上野国の歌で名高い児持山で、室町時代からはつきりと出て来る名である。万葉時代の人が知らなかつたゞけで、この中からでも信濃国の歌が大分出て来る筈です。それで信濃国の歌は、はつきり訣つてゐるのは済みました。三十首ばかりする心算《ツモリ》でしたが、講義を始めると愚図々々するので出来ませんが、書物といふものはかういふ態度で読まなければならぬ、といふ事を申し上げた次第です。

まう三首、東歌の中の防人の歌、信濃国から出た防人の歌を致したいと思ひます。先に東

歌の信濃国の歌を聖武天皇の時代としたのは誤りでしたから元明天皇の時代と改めておきます。

四四〇一から四四〇三までが信濃国の歌になつてゐます。

からごろも　裾《スソ》に取《ト》りつき、泣《ナ》く子《コ》らを、置《オ》きてぞ来《キ》ぬや、母《オモ》なしにして（四四〇一）

ちはやふる　神《カミ》の御坂《ミサカ》に、幣奉《ヌサマツ》り　斎《イハ》ふいのちは、母父《オモチチ》が為《タメ》（四四〇二）

大君《オホキミ》の　命《ミコト》かしこみ　青雲《アラグム》の　棚引《トノビ》く山《ヤマ》を、越《コ》よて来《キ》ぬかむ（四四〇三）

二月二十二日信濃国防人部領使《シナノクニノサキモリノコト、リツカヒ》、道《ミチ》にのぼりて病《ヤマヒ》を得《エ》て来《キ》たらず。進《タテマツ》れる歌《ウタ》の数《カズ》十二首《シュ》。但し、拙劣《セツレツ》なる歌は之を取載せず。

万葉集の編纂されたのは平安朝の初めであり、その原本、即ち万葉集編纂の書物の土台になつてゐるのは、大伴家所蔵のものが沢山入つてゐる。大伴家持は万葉集の編纂者とされてゐるが、編纂したのでは無く、その証拠は一つも残つてゐない。家持及び親の旅人、或はもつと前からか訣らぬが、とにかくこの家には歌が沢山伝はつてゐたと見えます。大伴家には歌詠みが多くあり、又歌を愛してゐた。大伴家は武人の古い家で、大時代で古風な人で、神代以来の伝統を伝へてゐるのを誇つてゐた。時代に遅れて、次に興つて来た藤原氏に代られてしまひました。しかも、藤原家と妥協してしまつた人で、さういふ家であるから歌に対して執着と尊敬とを持つてゐた。家持及び旅人等の集めておいた材料、作つておいた材料が沢山あつた。周囲の人達の歌が沢山に万葉に集めて居ります。巻十七から巻二十までは家持の日記みたいなものであります。年代順に日も書いてあります。ちやうどこの巻二十は略〻淳仁天皇の御代の天平勝宝七年あたりが中心になつてゐる。天平勝宝七年二月二十二日が前記の歌の日附であります。これもきさらぎと気取つて読まず、無理に昔風には読みません。信濃国防人部領使《サキモリノコトヽリヅカヒ》、これは人を集めにゆく事を取り扱ふ役人で、相撲の人数を集めにゆく役人をすまひのことゝりづかひと言ふ様に、防人を集めに行く役人を防人部領使と言ふのです。「道に上りて病を得て来たらず」は旅行に出発して、そして病に罹つて京都へ上る事は出来ず、恐らく防人だけ旅行したのでせう。「進れる歌……」は宮廷へ献上した歌の数が十二首あつた。これで見ても東歌の性質が訣ります。防人が忠節を抽んでるといふ誓ひの為に歌を作つたのです。面白さに作らした歌では無いのです。さう考へねばなりません。防人が都へ上つて、九州へ行くといふ時にも、忠勤を尽すといふ誓ひの歌を作らせました。ちやうどこの時家持は兵部少輔《セウフ》（兵部省の次官）であつた。兵部省は今の陸軍省のやうな役所で、本当の事務を執る一番上の役人であつた。それで材料がみんな家持の処へ集まつて来るのでした。家持は歌に興味を持つてゐたから歌を奉ることをさせていつもより多く集まつたのでせう。ところが、東歌は防人の歌になると非常に拙《マヅ》くなつて来る。東歌は非常に巧《ウマ》く短歌として成熟し切つてゐるものであつた。短歌の成長は東歌が助けとなり、東歌の技巧は大したものだつたのです。東の人は舌足らずで変てこな歌で面白いといふのでなく、掛詞、縁語等は平安朝の都で発達しないのに、それ以前に東で発達してゐたのです。その他の技巧を、都では、東人から受けた。東では村の神様の前で短歌の掛合ひをしてゐたし、都に対して始終歌を奉つてゐたから、自然に歌の技巧はうまくならねばならなかつた。

東から毎年秋になると荷前《ノサキ》を朝廷へ持つて行つた。荷前とは米の初穂のことで、天皇が召し上る前に伊勢大神宮にお上げになり、一月程経つてから天子の血筋に近い方、上皇様、先代の天子、又は外戚の墓へ奉り、それから後天子が召し上られる。この荷前の使の来る時は歌ひ且つ舞つたのである。東人が都へ来る度、都を過ぎる度にさうであつたから、東人は歌が巧かつたのだ。吾々は東人が歌を作つたと言うて笑つてゐたがさうではない。

義家が衣川の戦ひの時貞任を追つて行つて、弓に矢を番へながら「衣のたては綻びにけり」と呼びかけた。東では城を館と言つた。たては小山を中心にした城で、山をば影家にして住んでゐた。あいぬならちやすと言ふ処で、それが後には茶臼といふ様になつてゐる。お前の家は駄目ではないか。この下の句に答へる事が出来れば許してやる、といふ心が露骨に訣るのだ。その時に貞任が「年を経し糸の乱れの苦しさに」と附けたので、其儘矢を射掛けなかつた、といふ話がある。其時は明らかに義家の方が負けてゐる。貞任の句は今から考へると、ともかく、技巧に厭味な処があるが、義家よりは巧かつたのだ。これは短連歌をした事になります。貞任の弟の宗任が降つて義家の附き人になつてゐて、後には東へ帰らず、豊前松浦に行き松浦一党の祖先となつたといふ。宗任の子孫が武人として栄えてゐた。これは、ごく近い東人だつたといふ事だらう。この話は九州の北の海に向いた所は東人で固めてゐたといふので、その祖先を明らかにする必要から宗任といふ事になつたのだらう。九州の人と東人と混へておけば妥協しないだらうといふ処からだと言ふが、そんな事は無かつたらう。日本の信仰では宮門を守るものは、巨人とか、お化けみたやうな非常に恐しい者に守らせる事になつてゐる。昔の人は東人を信じた。これは信仰的なことだから一旦誓つた上は、まう叛かぬものと考へてゐた。宮廷の門は新しく従つた野蛮人が守つてゐた。都人から考へると、お化けがついてゐる位にしか考へなかつた。伝統的なことになると古くから守つてゐた事になる。日本人の更に古い考へから申しますと、建物の有無に拘らず宮廷と考へる。日本の国全体を大和の宮廷と見做した。わがみかどは古くは宮廷、宮廷の御門を言ふ。（天皇をみかどと言ふのは万葉集には未だない。）古くは宮廷、宮廷の御門の意味で、それから下つて、宮廷の御領域、昔の語で言へば本朝といふことで、つまり、御門である。空想的に信仰的な御門《モン》が、わがみかどの果てに何処にもある。外国に向いた処に宮廷の門がある。それを遠の御門と言つてゐる。始めは近いが、だん〳〵遠くなつてゆく。万葉集に出て来る遠の御門、「遠の御門と、あり通ふ……」といふ歌があるが、これは明石海峡の事で之は大和中心の時、大和へ入る入口に当る遠の御門であつたのでせう。日本の宮廷の勢力が拡がつて来たのを自覚して来ると、最後のみかど、遠の御門は九州の端々の事になる。

「遠の御門」を守りにゆくのは防人である。さきもりはみさきを守るといふ意味であるが、外にも取れるかも知れません。天子の行列の御先《ミサキ》を守るといふ意味かも知れません。柳田先生の説では九州の蕃地の人をも守らせるつもりであつたと言ふが、それは疑問です。奈良朝の人々の考へでは、外国に向けて、遠の御門の番をする者だといふ事でせう。それが宮廷から遣はされて、だん〳〵旅行してゆくのでせう。大宝令の修正の規定によると、防人は中々優待されてゐた様に見え、牛を与へられ、田地を与へられ、妻子を連れて行つてよい等と、牡丹餅で頬ぺたを叩くやうな事が書いてあるが、実際は行はれなかつたに違ひない。昔程小役人が悪い事を行つたらうから……。規定は立派だが……。行きは皆官庁の庇護を受けて一緒に行くが、帰りは散り〴〵に帰り、野たれ死する者もあつたので、東人が防人に行くのは大した事でありました。それで、防人の歌には、どこかしら悲痛な響きがある。防人には若い人が多い。妻も子もない人が多いが、さういふものを防人とひつくるめてあるが、どのみち、一遍は都を通るのだ。

この防人の作つた歌にも防人でないらしい者の歌もあり、都へ行つて、宮廷で一部分使はれる者もあつたらしい。後には、関東から大番《オホバン》として召されて行くものがあつた。その他は都に行き、難波津から船出して九州に行く。大体、東には短歌が発達してゐた。防人は野蛮人ではなくて、東に於ては貴族の子弟か、豪族の者だつたらう。吾々は江戸時代を考へても、江戸時代の百姓は水も呑めないやうな百姓の如く思つてゐるが、却つて上のよいものゝ方の人が苦しめられて、水牢になど入れられてゐる。やはり昔もさうであつた。防人も豪族の子弟だつたらしい。併し、皆が皆まで歌が出来た訣でないので、普通の東歌より防人の歌の方が下手である。或は、上手といふより一種特別の味のある物を取り上げたかも知れぬ。「天平勝宝七年二月二十二日信濃国防人部領使道に上り……」と附書してあるが、遠江以下の防人の歌には後に何月何日云々と書いてあります。又「拙劣な歌は取載せず」とあるが、本道の拙劣かと言ふに、拙劣の標準は家持の気に入つた、防人の歌らしいものだけを採つたと言ふのだらう。だから、相当によいのが入つてゐても省かれたものだらう。信濃国の防人の歌が十二首あつた訣で、その中に三首しか採用されてゐない。防人は十二人といふではなく、もつと沢山来たのだらうと思ひます。

防人の歌は類型的のもので、父母を恋ひ妻を恋ふもの等であるが、中には型破りの歌も出て来ます。よく見れば、人を呪ふものなどがある。併し稀には訣らない歌もある。もつと沢山残つてゐれば面白かつたらうと思ひます。家持の考へてゐる一種異郷的な味のあるものを取り入れてある。家持が採るには条件があつたもので、本当に拙劣なものを捨てたといふのでは無かつたでせう。四四〇一の歌、

からごろも　裾《スソ》に取附《トリツ》き、泣《ナ》く児《コ》らを　おきてぞ来《キ》ぬや。母《オモ》無しにして

右一首は国造《クニツクリノヨボロ》丁小県郡《コホリ》長田《ヲサダ》ノ舎人《トネリ》大島

これは長田舎人といふ家筋、舎人の役に上る様な家筋の人である。丁《ヨボロ》は使はれる奴隷である。よぼろといふ語は膕（ひつかゞみ）の事で、奴隷は足一本々々で数へたものです。今も用ゐてゐる人足といふ語と同じ意味の語である。これが女であると、足でなく小脛《コハギ》（太もゝ）で数へます。これ等は、結局、同じ事でせう。丁《ヨボロ》といふのは国に於ての仕事でせう。国造のよぼろとして使はれてゐた。この頃国造は正式に認められず、郡領と言つてゐた。郡役所の長官であつた。国造ノ丁は郡領に使はれてゐたもので、郡役所の小使であつた。結局、郡領丁といふ事なんです。相当な身分のものです。国造といふ事は宮廷で禁じられたらしい。これも低い身分ではない。小県郡長田舎人大島の舎人も正しくは舎人部といふ家筋で、つまり姓《カバネ》です。

「韓衣《カラコロモ》　裾に取附き……」の韓《カラ》は、正確に万葉では朝鮮である。平安朝時代になると朝

鮮と支那と一緒になります。から衣と言ふと、ちよつと怪しい。朝鮮を通つて来る支那の着物の意味である。韓衣は「裾」の枕詞。韓衣を着てゐるのではない。裾は、支那の着物が入つて来た時、名前の附け方のない物が附いてゐれば従来のきもの丶名称でそれを表した。支那人の着物には裾に、又出張つて別に布がついてゐる。平安朝のお公卿さんでも、この布きれの附いてゐるのを着てゐる。又、着物の裾にまう一つ横布が附いてゐる、それを襴《スソ》といふ。裾《キヨ》といふものも後には附いてゐる。それをしりともいふ。天神様の様にすそを引きずつて歩く。この歌で裾といつても本当のすそではない。韓衣と言つたのはこの裾を言ふ為である。「裾に取附き　泣く児らを……」同時に本文のすそはこの襴《スソ》でなく普通の着物の裾であり、取り附きは執つて放さず泣いてゐる子といふので、この子は子供では無く、つまり愛人の事である。併し、「母《オモ》無しにして」とあるから本当の子供でもよいとも思ふが、余り小説的の技巧があり過ぎる。「裾に取り附き泣く子らをおきてぞ来ぬるよ」と言はねば納まらない。奈良朝では係り結びの文法はまだ決りかけてゐる位で、平安朝になつてきつぱり決つたのです。「おきてぞ来ぬや」といふのは後に残して来たぞよ、といふので、「母《オモ》なしにして」のおもはこの時分の語では乳母といふ事、それから変化してお母さんといふ事になる。子供に食物を食べさせてくれる人、乳を飲ます人をちおもと言ひ、之を略して乳母《オモ》と言ふ。

みどりごの　為こそ乳母《オモ》は　求《モト》むと云へ　乳飲《チ》めや君が　乳母《オモ》求むらむ（巻十二、二九二五）

これは「乳母《オンバ》さんは子の為に探すとは言ふもよいが、貴郎が乳を飲むつもりかや。」と、或男が若い妻を求めてゐるのを冷笑《ヒヤカ》してゐる歌である。万葉時代でも憎らしい事をいふ冷笑《ヒヤカ》しがあつた。乳母の位置が高いからで職業的ではなかつた。おきてぞ来ぬやは、後に残して来たことよ、母無《オモ》しの状態にあつて、といふ歌である。「……にありて」である。子は子供と見れば一番適切でもあるが、娘《コ》と見てもよい。万葉集でもおもは母の意味にも使はれてゐる。いろ〳〵言つて惑はす様であるが、単に歌を味はふ為なら簡単に言へばよいが、学問として取り扱ふのだから、かうも解ける、あゝも解けると話したいのです。「子供をば残して置いて来たよ。それを世話する人も無い有様にして置いて来たよ。」併し、どうも本道の子だと哀れみ過ぎ、小説的過ぎる気がする。事実なら仕方がないが、でないと言へばそれまでゞあるが……。世話する人無しにして置いて来たよ。今迄は自分が世話して来たのに。さうすると自分の家へ迎へて置いた女である。単純に見れば母無《オモ》しにして自分の子供を置いて来た。まう少し進めると自分の若い、泣いた愛人をば、世話する後見者もない様な有様で置いて来たよ、と見た方がよいかも知れません。四四〇二、

千早振る　神のみさかに、幣《ヌサ》まつり　斎《イハ》ふいのちは、母父《オモ》がため

千早振るは「神」の枕詞ですが、まう只今では、ちはは多くの剣の刃だ、ちはやぶるは千刃を破《ヤブ》る、で激しく振舞ふのだとか、神祭りの時、袖のないちやん〳〵のやうなものを着て舞ふからそれがちはやであつて、それを激しく振舞ふからちはやぶるだ、とか言ふ説があるが、それは皆間違ひだ、となつてゐる。

ちはやぶるは、激しく振舞ふ、暴威を逞しくする恐しい神といふ意味で、神の枕詞になつてゐる。古事記にも、「うちはやぶる人を和《ヤハ》せと」など〻書いてある。人にも使つてゐる。そんな使ひ方は枕詞ではない。ちはやぶるは暴れまはる、乱暴する、神といふより、寧ろ恐しい精霊といふ意味であつたのだ。だん〳〵使はれて来るにつれて、千早振るがよいらしく思はれて使ふやうになつた。うちはやぶる、いちはやぶる等、精霊の暴威を示すのを言ふ語の先の方は無くなつて、ちはやぶるとなつたのである。神様が乱暴したとは言へない。野蛮人を表すのに、「うちはやぶる人」と言ふ。うちはやぶるの「う」が取れて、一番言ひ易いちはやぶるとなつた。つまり、神に関する枕詞が変つて、いけない物が残つた。千早振るが神の枕詞として残つてしまつて、つまり、神といふ事を起せばよい。もとはしかし唯の動詞であつたのだ。

神のみさか、みさかは人の通る山路は坂で、つまり、今の語にすれば峠であり、その坂に

何故「み」を附けたかといふと、峠そのものを神の実体だと思つてゐたからで、後々に抽象化するといふか、具体化するといふか、だん／＼実体を感じて来た。海でもわたつみと言ふ。わたは海でつみは精霊であり、つまり、海の神といふ事で、後にはわたつみが海といふ事になる。海と海の神が同じである様に、坂と坂の神を一つに思つてゐるのである。神のみ坂といふのは二つの信仰が重なつてゐるのである。峠そのものを神さんと思つてゐるが更に神さんのをられる坂をみさかと言ふのだと考へて来ると、神のみさかといふやうに神が敬語的に附いて来るのである。

信濃国へ入る処が東から入るのと、西から入るのと二つある。両方共みさかといふ。碓氷も神のみ坂と言ふ。信濃国は入り難かつた。神が峠に頑張つて喰ひ止めてゐるものがあつた、といふ伝説から、さう信じられる様になつた。碓氷のみさかと此方（御坂峠）のみさかと両方ですね。だから神のみさかといふ語自身神のゐる峠といふ事です。

ぬさまつり、ぬさといふのは、本道は土地の精霊に物を与へる時は、着物を脱いで与へるので、それを幣《ヌサ》と言ふ。それが出来ぬ故、袖を遣り、それがだん／＼形式的になつて、まき布、更に布を切つた物を持つて行く。土地の精霊に与へるものを幣《ヌサ》と言ひ、小さく切つた物を切れ幣と言ふ。幣《ヌサ》は範囲が広い。着物でも切れでも幣《ヌサ》と言ひ、着物を与へるといふ心で与へるのである。一々着物を用意しきれぬので、好い加減に誤魔化して、献げる事をこんとろうるしてしまふ。神さんでもだまされて乗つてしまふのです。尊い神には言はぬ事で、土地の精霊に与へる時にぬさと言ふ。日本の神には高い神と低い神の二種類あるから一緒にしてはいけない。まつるは土地の精霊に与へる時はむくと言ひ、後にはたむく、たむけると言ふ。後の人は、精霊に与へる処は何処にもあるが、峠が一番注意せられるので峠は「手向け」が語原であると言はれるが、この説明はまだ、どうも怪しい。かういふ例があります。

　手向けには　ひつりの袖も　切るべきを、紅葉にあける　神やかへさむ（古今集巻九、四二一）

ひつりは表も裏も同じ着物である。坊さんは裏も表も同じ着物、ひつりを着てゐる贅沢に、裏表附ける事をしないでそのまゝ着てゐる。「山の神の手向けの材料としては、ひつりの袖も切つて差し上げなければならないが、そんなものは要らないでせう。神さまは紅葉をお持ちになるから、ひつりの袖なんか差し上げてもお返しになる事でせう。」といふ歌です。ひつりは直綴と書いて、普通下裏がひつり（直綴）で、坊さんでもかういふ事をして通る。郡の境、国の境、峠、道祖神などに皆差し上げた。後には幣《ヌサ》袋へ裁屑《タチクズ》を入れて持つて歩いたのであつて、昔は旅行も大変だつたことでせう。国の境にある山の神は非常に恐しいので、こんなものを与へて通つたのです。出雲の神と高天ノ原の神との争ひは昔の歴史にあるので、信州には出雲系の諏訪神社の神がゐて、都人は入れさせないと頑張つてゐるから、入り難《ヅラ》いと都人は考へてゐた所である。出雲人が信州に割拠してゐて、誰も信州へ入りづらい。信州には両方に神のみさかがあつて、入つて来られず外の人ばかりで無く内から出て行くにも行けなかつた。恐しい関所は本当に人を調べる為のものだと思ふのは間違ひで、峠の神の信仰と同じである。割合に簡単であつたが終りには金を取るやうになつて、武人の時代になつては武人の約束から盛んになる。神の部下として人がゐて守るやうになつた。この「神のみさかに、幣《ヌサ》まつり」は、出てゆく人も一旦喰ひ止められるので、坂の神の機嫌を取つて行かねばならぬ。信濃から出る人はよさゝうであるがやはり祀らねばならぬ。機嫌を損じると酷い目に逢はされるので幣を手向けて通る様にした。幣であるからむくと言へば良いのだが、この頃は神様の格が上つてゐるから幣《ヌサ》まつりと言つてゐるのだ。

「いはふ命は、母父《オモ》がため」いはふはもとは「忌《イ》む」が語根でいまふ・いはふとなる。祓ひ潔める意味だと簡単に考へられるが、いはふとは身体を忌み潔めると、魂が安定して離れて行かぬから、いはふは魂を鎮める手段です。「祝ふ」といふ事などは後の事である。魂を落ち着けて其処へ鎮めて、鎮めると命が保つから、飛躍していはふ命と言ふ。「……魂を鎮めて命を保たんとする、それは誰の為か、誰の為でも無い、母父《オモ》の為だ。」といふ歌である。此歌で言ふおもとは第二義に変つてゐる。家の母の事である。「おも父が為」は家の父母の為といふ事である。埴科の人は「おも父」とは言はないが、と丶か丶の為だと言ふだらう。かういふ類型がありかういふ風に祈つてゐるのは誰の為だ、自分自身の為ではない。人の為だと昔から人に対して誓つたり、恋しい心を言ふ為に言ふのである。大伴家持の歌にも「中臣《ナカトミ》のふとのりとごと　言《イ》ひ祓《ハラ》へ、贖《アガ》ふ命《イノチ》も　誰《タ》が為《タメ》に汝《ナレ》」（巻十七、四〇三一）とある。贖《アガ》ふ命とは贖《アガナ》ふ命で、贖ふはくりすちやんばかりの専売ではない。日本でも沢山やつてゐる。類型があるので、こんな歌でも訣るのだ。贖ふは自分の祓ひの為に、汚れを落す為に財産を提供する事である。贖罪して後には、物と交換して代償として買ひ取る事になる。「贖罪して贖ふ命は誰の為か、それは恋人よお前の為だ。」贖ふはいはふの古い言ひ方である。この歌は表現不足だが、こんな歌は万葉には厭になる程多くある。「千早振る神のみさか」の歌の、いはふ命は、身体を潔め、魂を鎮めて保たうとする命も誰の為かと言へば家に残した父母の為である。つまり、御坂を越える時に家の父母に与へる為に作つた歌である。空想的に作つた歌ではない。神に対する信仰も、複雑である。みさかの神は道祖神のやうなもので、それに幣をあげて峠を通して貰ふ。通つてしまへばそれで済む。幣の代償として保たうとする命は父母の為である。何故、こんな歌を宮廷に献上したかといふと、歌はどんなのでもよい。忠勤を抽んでますと言はなくともよい。その歌の中に籠つてゐる地方々々の国ぶりの魂を献上するのだから、それでよいのである。

「右ノ一首主帳埴科郡神人部ノ子忍男」とあるが、主帳は万葉集に主帳丁とあつて、今なら郡役所で、これは郡役所の書記官である。昔なら郡衙の第三等官である。訓み方は、埴科の郡《コホリ》のかむひとべ（でなければ、みわひとべかも知れません。）の子忍男《コオシヲ》で、親も忍男《オシヲ》、子も忍男であつたから、子供の方を子忍男と言つたのだらう。四四〇三、

　大君の　みことかしこみ、青雲《アヲグム》の棚引《トノビ》く山を、越《コ》よて来《キ》ぬかも

これは如何にも東歌らしい歌だが、音韻の変化が多いだけで、思想的には何でもない歌である。この大君は皇族様はすべて大君である。今でも皇族の末の方を王と言ふ。同時に親王様も大君と言ふ。此処では天子様の事である。天子様のみことは御命令で、その恐しさに、御命令を畏み承はり、怖がり絶対恐懼し、叛くことをようしないで、大君のみことばを大事に思つて、あをぐもは、青い雲は無いがつまり、青空の事である。譬へば、「いやひこの　おのれかむさび　青雲《アヲクム》の　とのびく日すら　小雨そぼ降る」（巻十六、三八八三）のやうに、青空を昔の人が雲だと思つてゐたか否かは訣らない。とのびくは棚引くで、とのもたなも「全部すつかり」といふ事である。「たな知る」「との知る」「たなぐもる」「とのぐもる」といふ様に使はれる。たな知る・との知るは内容をすつかり知るといふ事であり、とのぐもる、たなぐもるは、空中一ぱいに曇つてゐることで、青雲のたなびくは空中

一ぱいに青雲の引懸つてゐるといふ事である。山の上に来ると青雲がすつかり引懸つてゐる、山に続いてゐる。その青空に接してゐると思つた山を、天子様の御命令を恐れかしこんで越えて来たことよ。越よては越えて（や行の動詞）で音が少し動くと、こよになる。来ぬかむは、「来《キ》ぬるかも」であるが、これも動詞の活用がさう完全に言はなくも判る時代であつた故、来《キ》ぬかもとしてある。東《アツマ》ではかういふ言ひ方をして来たおもかげが残つてゐる。

信濃国の歌を見ても、「越よて来《キ》ぬかも」を、「来《キ》ぬかむ」と書いてある。来《キ》ぬかむのかむは、かもの音韻の変化である。越《コ》よて来ぬかむは越えて来ぬるかもで、越えて来たことよ、といふことである。青雲のたなびくは、今越えて来た時にさうであつたといふのでなく、漠然と抽象的に言つてゐる。

山と青空と接してゐる、そんな高い山を越えて来た。それも天子様の御命令を尊重し奉つた為である。かういふ様な歌でも天皇陛下に対する歌だといふ事が出来ます。右一首小長谷部ノ笠麻呂の歌であります。

今日は、本当の処七首しか出来なかつたですけれど、粗雑な事を話すよりは良かつたかも知れません。

解説

三浦佑之

折口信夫が古事記という作品そのものに向きあうことは、あまり多くないのではないか。その点で本書は貴重な一冊だと思う。むろん、古事記に収められている神話や伝承あるいは歌謡の表現を取りあげ、みずからの発生論・文学論を展開するというのは、折口にとっては日常的なともいえる研究法である。そして当然、折口にとって古事記は、もっとも重要な発想を生みだす源泉の一つであったのは間違いがない。しかし、その場合の古事記は一冊の書物としてあるというよりは、そこに並べられた神話や伝承や歌謡の一つ一つとその表現こそが重要だったのであり、ことばだけが欠かせないものだったということになる。

本書に収められた三本の論考は、いずれも長野県の下伊那郡教育会において行われた講演の筆記記録である。その書誌的な事項を示すと次の通り。

「古事記の研究」　昭和九年九月七・八日、下伊那郡教育会第七支会

「古事記の研究　二」　昭和十年七月十二・十三日、下伊那郡教育会第七支会

「万葉人の生活」　昭和九年九月十・十一日、下伊那郡教育会
詳細は不明だが、この会は、小学校の教員を中心とした組織で講演会などを開催してい
たらしい（現在も存在する公益財団法人下伊那教育会の前身とみてよかろう）。その分量から
みて、いずれも二日間にわたり午前・午後を通して行われた長時間の講演であったと思わ
れる。そのうち「万葉人の生活」のほうは、教育会全体の催しとして昭和九（一九三四）
年九月に開催されているのに対して、古事記に関する講演のほうは、第七支会という下部
組織が全体の催しに先立って実施したものであったらしい。そのために、この年の折口は、
あいだに一日の休みを挟んだだけで、四日間にわたって下伊那郡教育会で講演を続けたこ
とになる。しかも、古事記に関しては翌年七月にも講演を行っているが、それはおそらく
第七支会の要望を受けて行われた続講とみることができる。それほどに、現場の教員たち
のなかに古事記に対する関心が強かったと考えてよい。そして、それには以下のような事
情があったのではないかというのがわたしの推察である。

折口信夫が講演をした当時、尋常小学校で使われていたのは第四期国定教科書『小学国
語読本』であった（昭和七年十二月、昭和八年度より採用）。この教科書はいわゆる「サク
ラ読本」と呼ばれるものだが、その特徴の一つは、それ以前の国定「国語」教科書に比べ
て、古事記や日本書紀に基づいた神話や伝承の採用が格段に多くなったことである。単純

な数字でいうと、それまで使われていた第三期国定教科書の場合（大正六年十一月、大正七年度より採用）、小学校六年間で使用する国語教科書全十二冊（各学年ともに上・下二分冊）に採録された神話関連教材は七章であったのに対して、第四期国定教科書では、倍以上の十五章にふえている。これは、戦前最後の第五期国定教科書（昭和十六年二月、昭和十六年度より採用）と同数で、昭和八（一九三三）年以降、神話教材が国策としていかに大きく取りあげられることになったかということを如実に示している（第四期と第五期とでは、「出雲大社（国譲り）」が「大八洲（国生み神話）」に差し替えられた以外は変更がない）。

それは当然、軍国主義的な思想が強くなるなかで、民族の象徴として神話を利用しようとしたものであった。選ばれた題材をみても、時代の気運を反映したものであることは言を俟たない。そして、下伊那郡教育会第七支会が、昭和九年九月に古事記の講演を折口に依頼したのには、おそらく、前年四月から使用が開始された第四期国定教科書における神話教材に対する研修という目的が大きな理由であったと考えられるのである。現場の教員にとって、神話をどう教えるかは大きな課題であったに違いない。

以下、第四期国定国語教科書に載せられている神話教材の題名を並べてみる。題名の下に＊を付した話は、第三期から継続して使われている教材である。

第二学年　「国びき」「白兎」＊
第三学年　「天《あめ》の岩屋」「八岐《やまた》のをろち」＊「少彦名《すくなひこな》のみこと」「天孫」「二つの玉」
「神武《じんむ》天皇」「日本武尊《やまとたけるのみこと》（一）川上たける」＊「同（二）草薙剣《くさなぎのつるぎ》」
第四学年　「弟橘媛《おとたちばなひめ》」＊
第六学年　「皇国《みくに》の姿」「古事記の話」「松阪の一夜」＊「出雲大社《いづものおほやしろ》」＊

その内容についていくつか解説を加えると、「国びき」は、『出雲国風土記』意宇郡条のよく知られた神話だが、新羅国から土地を引いてくるという領土拡大の内容が時代になじんだのであろうか。「天孫」はアメノウズメ（天鈿女）とサルタビコ（猿田彦）との問答を含めた天孫降臨の場面、「二つの玉」はホデリ（火照命）とホヲリ（火遠理命）との兄弟葛藤譚、「神武天皇」は東征譚のなかの兄《え》ウカシ・弟《おと》ウカシの討伐を主とした話、「日本武尊」は二話に分けられ、（一）はいわゆるクマソ討伐譚（「川上たける」は日本書紀に出てくるクマソの勇者の名）、（二）は伊勢神宮から焼津へと向かうヤマトタケルの東征譚である。また、「皇国の姿」は「天照《あま》らす神」と「敷島の日本《やまと》の国」の賛辞、「古事記の話」は太安万侶の編纂の苦労と古事記の意義について述べた文章、「松阪の一夜」は賀茂真淵に出会った本居宣長が古事記研究を志す話。最後の「出雲大社」は、旅行案内をかねて国譲り神話を紹介する。

教育現場の新たな動きに対応しようとした教育会の希望と要請にどれだけ折口信夫が応えているかは、その内容をこまかに突き合わせてみる必要があるが、ざっと確認したところでは、教材として取りあげられているいくつかの神話について、かなり詳しい分析を行っているのはみてとれる。そして、この時期に古事記を取りあげる場合には時代の状況にからめ捕られるしかないだろうと思わされる。

本書を読んでいて気になるのは、「その時に天皇は御目覚めになり、皇后にお問ひになるには」とか、「天から神が降られるには、必ず山へ降られ、次に地上へ降られる」、「天子様と神様との間にも一つ尊い階級が出来てくることになります。それは天子様の御位を御すべりになった御方、つまり上皇様（おりゐのみかど）が出来てきて、天子様の上にゆくやうな、逆行してゐる様な関係が出来てくるのであります」といった具合に、神や天皇たちの事績を語ろうとする文章が敬語まみれになっていることである。この時期の講演あるいは書き物では避けて通れないことであり、折口だけのことではないが、そのような時代に語られ書かれた古事記論であり、それは尋常な文章ではないという認識だけは忘れないほうがいい。

もう一点、古事記のヤマトタケル伝承を取りあげて論じながら、たとえば「日本武尊」

「熊襲建」という表記が用いられているのにも困惑させられる。古事記では倭建命と熊曽建という表記をもつのに対して、日本書紀ではヤマトタケルは日本武尊と表記され、クマソ（熊襲）の頭領は「取石鹿文《とろしかや》、亦は川上梟帥《たける》」と呼ばれている。本書の混同は、講演の筆記者による翻字の問題もあろうが、古事記と日本書紀（日本紀）との表記の違いに対して、折口自身もそれほどこだわっていないようにみえる。そして、そうした態度は国定教科書の記述にも通じている。というのは、国定教科書をみると、古事記と日本書紀とに共通する神話や伝承を取りあげる場合、国家の正史である日本書紀を重んじながら、感情を盛り上げるために歌謡を引用したりする場面では古事記の表現を取り込み、古事記と日本書紀とを折衷した新たな神話を作っている。そうした態度が、戦前の教育や研究には共通してみられるということも注意しておきたいことの一つである。

ただし、本書で論じられている古事記は、戦前に凡百が講じたであろう古事記とは一線を画しているというのもまた明らかである。本書に収められた講演のなかで、折口信夫がこだわるのは音声によることばの問題であって、歴史書としての古事記の文字表記にはほとんどこだわっていない。これは、わたしなどにとっては、さすが折口といいたくなる古事記観である。折口にとって、そこに遺されている神話や歌謡の表現こそがだいじであったというのは、かれの古代研究の方法をみれば説明するまでもなかろう。

昭和九年に行われた講演「古事記の研究」は全体を四章にわかっているが、その冒頭の「古事記の世界」では「諺の生きてゐた社会」「笑話」「歌と諺」が扱われ、次章では「古事記の歌謡」が取りあげられて、古歌謡の様式と分類、宮廷詩・民間詩が講じられる。そして、それに続いて「古事記の成立」と「古代精神」を取りあげる。この流れをみても、折口にとって古事記とは、あくまでもことばであり表現であり、そして古事記の表現から引き出されてくる古代人の精神（心）であり倫理観という問題であった。そして、古代の倫理観とその変容に関しては、翌年の講演「古事記の研究　二」で大きく取りあげられている。

折口信夫の立場としては、歴史を担うのは「日本紀」であり、それとは別の作品として古事記は存在するという明確な認識がある。たとえば折口は、本書に収めた講演のなかで、「古事記と日本紀とは、おのづから、違ふ目的がなければならぬ」と指摘し、「日本紀は支那の正史にならつてこしらへたもの、譬へば史記・漢書・後漢書等の正史類と同じ成立のもの」と述べ、それに対する古事記の成立について、稗田阿礼の口述や語部の存在について論じている。それが折口の古事記観であった。

ここで論じられる古事記の成立論が今そのまま認められるか、日本紀という呼称をそのまま認めていいかどうか、わたしなりの見解は持っている。したがって、そのまま受け入れることはできないと言うしかないが、古事記と日本書紀（日本紀）とを別のものとして論じる態度は、現在においても重視されるべき研究態度であるということは間違いがない。そして、そうした認識を折口信夫が持っていたために、「記紀」という言い方を本書ではまったくしていないのであり、その点も大いに評価できるところである。本書ではと書いたが、折口自身の手になる著述群のなかでも、まったくというわけではないが「記紀」という表記はきわめて少ない。これは、この時代の研究者としては稀有なことと言えるのではないか、わたしなどはそのように評価している。

（みうら・すけゆき　古代文学・伝承文学研究）

（付記）国定教科書における古事記や日本書紀の神話利用に関しては、三浦佑之「国定教科書と神話」（三浦編『古事記を読む』吉川弘文館、二〇〇八年）で論じた。ご参照いただければ幸いである。

編集付記

一、本書は著者の講演録「古事記の研究」「古事記の研究　二」「万葉人の生活」を一冊にし、文庫化したものである。中公文庫オリジナル。

一、本書は中央公論社版『折口信夫全集　別巻1　折口信夫講義』（一九九九年）を底本とした。底本中、明らかな誤植と思われる箇所は訂正し、難読と思われる語には新たにひらがなでルビを付した（本文中のカタカナのルビは底本に拠る）。

一、本文中、今日の人権意識に照らして不適切な語句や表現が見受けられるが、著者が故人であること、執筆当時の時代背景と作品の文化的価値に鑑みて、底本のままとした。